光文社文庫

真犯人の貌《かお》

前川　裕《ゆたか》

光　文　社

真犯人の貌《かお》

目次

第一部

その自白にはリアリティーがある！
川口事件は冤罪なのか？

【『黎明《れいめい》』二〇〇九年十月号掲載】（敬称略、一部仮名）

家族も疑っている！

私が中根遼子《なかねりようこ》（四十一歳）から、弟夫婦の行方不明事件（川口《かわぐち》事件）について話を聞いたのは、二〇〇九年八月十二日の午後一時過ぎのことだった。事件発生から、ちょうど一年が経過しており、弟殺害の容疑で起訴されていた戸田達也《とだたつや》（四十三歳）は、一審の東京地裁で無罪判決を受け、検察側が控訴を断念したため、無罪が確定していた。

遼子は商社員の夫と結婚していたが、夫はシンガポールに単身赴任中だったため、小学生の一人娘と二人で吉祥寺《きちじようじ》の二LDKのマンションで暮らしていた。その日は平日の水曜日で、娘は小学校に行っており、私はリビングに置かれたネイビーブルーの応接セットに遼子と対座して、三時間近く話を聞くことができた。

遼子は、行方不明になっている弟の戸田勇人《はやと》（行方不明時三十九歳）とは年子の姉だったが、達也から見れば、二歳年下の妹である。遼子は、私のインタビューの申し込みを、すんなりと受け入れてくれた。しかし、インタビューの内容は、ある意味では、予想外のものとなった。

「兄が本当にやっていないのか、私には確信が持てないんです」

遼子は開口一番、こう言ってのけたのだ。私は、遼子が身内として、兄の達也を庇《かば》うことを、当然、予想していた。場合によっては、強引な起訴をした検察を厳しく批判するかも知れないとさえ思っていたのである。

「伺いにくいことですが、逆に言えばやっているかも知れないと内心では思っているということでしょうか？」

質《たち》の良くないジャーナリストの質問に聞こえることを覚悟の上で、私はこう訊《き》いた。身内の中にさえ、達也を疑う声があることは、噂話としては私も聞いていた。しかし、具体的に身内の誰がそういうことを言っているのかは、知らなかった。

「そうです。私は今でも兄を疑っています。判決だって、完全無罪だと言っているわけではないと思います」

あまりにも直截《ちょくさい》な表現に、私は思わず上半身をのけぞらせた。確かに、東京地裁の示した判断は微妙だった。

しかし、この東京地裁の判決に触れる前に、読者の便宜のためにまず川口事件の概要を書いておくべきだろう。もちろん、この事件については、去年から今年に掛けて、マスコミが様々な形で報道しているため、すでに多くの人々にとって、既知の有名事件となっているのかも知れない。ただ、関係者の証言という意味でも非常に複雑な事件であり、そういう証言から伝わってくる事件の細部に関しても、意外に知られていない面もあるのだ。

消えた死体

二〇〇八年八月十三日の深夜もしくは翌日の早朝、八王子《はちおうじ》市川口町の民家から一組の夫婦が忽然《こつぜん》と姿を消した。

行方不明になったのは、戸田勇人とその妻、碧《みどり》（三十五歳、当時）で、二人とも埼玉県内の高校の体育教師だった。普段は埼玉県の草加《そうか》市に居住していたが、その日は盆のため二泊の予定で勇人の実家に里帰りしていたのである。

最初に異変に気づいたのは、やはり里帰りしていた遼子だった。

「私は日頃から早起きで、この日も午前六時過ぎに起床し、洗顔《せんがん》のため二階の両親の部屋から一階の浴室に行く途中、弟夫婦が寝ている六畳の和室前を通り過ぎたんです。そのとき、障子《しょうじ》が一部破れていて、血痕みたいなものがかなり広い範囲に亘《わた》って飛び散っているのを発見したんです」

遼子が障子を開けて中を覗《のぞ》き込むと、室内には血の海が広がっていた。だが、二つの蒲団《ふとん》が敷かれているだけで、勇人と碧の姿はなかったという。遼子はすぐに一一〇番通報した。

警視庁の多摩総合指令センターがこの一一〇番通報を受信したのは、午前六時十六分と記録されている。最初に、現場に到着したのは、八王子警察署地域課のパトカーだった。到着時刻は午前六時三十一分で、通報から十五分が経過していた。そのさらに五分後、自動車警邏《けいら》隊のパトカーと救急車がほぼ同時に到着した。

　この頃には、戸田家の家族はすでに全員起床していて、遼子と共に行方不明夫婦を捜し始めていた。だが、戸田家は二階建てとは言え、それほど広い家ではない。一階にある浴室とトイレを除けば、二階に十畳と十二畳の和室二間、一階に六畳の和室と応接室として使っている八畳程度の洋間、それに小さなキッチンがあるだけである。捜索と言っても、せいぜい室内の押し入れを開ける程度で、たいして時間の掛かることではなかった。

　捜索は家屋に比べれば比較的広い庭にも及んだ。北東角地に建つ納屋も調べられたが、夫婦の発見には至らなかった。

　やがて、初動捜査を担う機動捜査隊や鑑識課の警察車両などが続々と到着し、戸田家周辺は騒然とした雰囲気に包まれた。近隣の多くの人々が路上に出て、不安と好奇の色を滲《にじ》ませた目で、戸田家の方向を注視していた。

　すぐに家族から事情を聴き始めた機捜隊《きそうたい》の隊員二名は、その夜戸田家に泊まっていた人々の家族関係を摑《つか》むのに、かなりの時間を要した。各部屋に分かれて八人の人間が寝ていて、その部屋割りは思いの外複雑だったのだ。

　遼子は二階の十二畳の部屋に両親と共に寝ており、十畳の部屋には勇人夫婦の娘で小学校三年生の悠《ゆう》花《か》と、遼子の娘で小学校六年生の紗英《さえ》が一緒に寝ていた。普段それほど頻繁に会うことがない従姉妹《いとこ》同士が久しぶりの再会に興奮して、同じ部屋で眠ることを主張したのである。

勇人と碧は一階の和室を使っていた。ある意味では贅沢《ぜいたく》な部屋割りだったが、そのあおりを受けたのが、戸田家の長男で普段から両親と共にその家に居住していた達也だった。

「兄は応接室のソファーでごろ寝状態だったんです」

遼子の説明では、達也はその夜、普段使っていた二階の十畳間は子供たちに譲って、一階の応接室を自分の部屋にしていた。ただ、達也がそのことで取り立てて不満を唱えることもなかったという。

結局、その日警察によって行なわれた、戸田家の周辺地域も含む大がかりな捜索活動のあとでも、夫婦の消息は分からなかった。しかし、後に警察によって行われたDNA鑑定によって、ある重大な事実が判明した。夫婦が寝ていた部屋の畳、蒲団、障子に飛散していた夥《おびただ》しい血はAB型一種類だけで、勇人のものだったのだ。しかも、その血液量は十分に致死量に達しているという。

A型だった碧の血液はまったく発見されていない。このことが何を意味しているかは、分明ではなかった。碧は生きたまま拉致《らち》されたとも考えられるが、出血を伴わない絞殺などの別の方法で殺害された上で死体を運び去られた可能性も排除できなかった。

二人の行方は、事件発生から一ヶ月経《た》っても分からなかった。しかし、捜査本部は少なくとも勇人に関しては死亡している可能性が高いと判断しており、事件は死体なき殺人事件の様相を帯び始めた。ただ、捜査は膠着《こうちゃく》状態というわけではなかった。比較的早い段階で有力な容疑者が捜査線上に浮上していたのだ。

勇人の兄、達也である。達也は四十を過ぎてもなお独身で、定職を持っていなかった。

「でも、無収入だったわけではありません。ときどき、近所の家に出入りし、庭の掃除や木の伐採《ばっさい》など、雑多な仕事をして手間賃をもらっていたんです。母も私も弟も、世間体を気にして、そういう兄の仕事をけっして快くは思っていなかったのですが、『働かざる者、食うべからず』というのが、戸田家の家訓でしたし、兄にはそれくらいしか仕事がなく、私たちも表立っては反対できなかったんです」

達也はおとなしく、少なくとも日常生活では暴力性など皆無だった。しかし、勇人や遼子などの弟妹《きょうだい》からは若干疎《うと》まれた存在だったようだ。因《ちな》みに、きょうだいの中で、大学に行っていないのは、達也だけである。

達也の置かれたこうした環境が、警察の関心を引きやすかったことは否定できない。だがもちろん、警察はそれだけのことで達也を疑ったわけではなかった。

庭の納屋から刃先に勇人の血痕が付いた、園芸用の手斧《ちょうな》が発見され、その柄には達也の指紋が残されていたのだ。ただ、これも決定的な証拠とは言えなかった。それは普段、達也が仕事に用いている手斧だったから、別に達也の指紋が付いていてもおかしくはなく、達也も両親もその趣旨の証言をしていたのである。

誰かが勝手にその手斧を納屋から持ち出して犯行に使い、犯行後元の場所に戻したと考えることも不可能ではない。納屋には鍵が掛けられていなかったため、誰でも自由に出入りできる状態だった。

だがその後、達也にとって決定的に不利になる情報が、意外な人物の口から捜査本部にもたらされた。

捜査官から聞き込みを受けた達子の娘、紗英が躊躇《ちゅうちょ》しながらも、その夜、とんでもない達也の姿を目撃したことを証言したのである。

紗英は悠花とは年が三歳離れていたが、もともと悠花のことを可愛がっていて、仲がよかった。その夜、久しぶりに会った悠花との会話が弾んで、眠ったのは午前二時過ぎだった。

先に悠花が眠りにつき、それを確認した紗英は眠る前に喉の渇きを感じ、キッチンで水を飲もうとして下に降りたのだ。みんなが寝静まっていると思われる時間帯だったので、紗英は階段を降りるとき、できるだけ音を立てないように忍び足を使った。

階段の下まで降りきったところで、紗英はぎょっとして立ち竦《すく》んだ。勇人と碧が寝ているはずの和室前の廊下に跪《ひざまず》いている人影が見えたのだ。一瞬、泥棒かと思った。

だが、障子に僅《わず》かな隙間《すきま》を作って、中を覗き込んでいる人物の横顔が廊下に点《とも》っていた弱い蛍光灯の光に照らされて見えたとき、紗英は啞然《あぜん》とした。伯父の達也だったのである。

紗英は何か見てはならないものを見てしまった気分に駆られて、キッチンへは向かわず、再び、忍び足で階段を上った。

このあと紗英は喉の渇きは我慢してすぐに眠りについたため、階下の物音など一切聞いていないという。しかし、この情報は捜査本部の捜査官たちを色めき立たせた。

捜査本部は達也の逮捕に踏み切った。最初は窃盗罪の容疑だった。明らかな別件逮捕である。仕事で出入りしていた家の自転車に乗ってコンビニまで行き、そこで自転車を放置したというのだ。これは窃盗というより、無断借用と呼ぶべき事案だったから、後に弁護側の警察批判の格好の材料となった。

しかし、こういう強引な捜査手法も警察の視点から見れば、必ずしも失敗だったわけではない。窃盗罪で逮捕して四十八時間以内に、達也は捜査本部の厳しい取り調べに対して弟夫婦の殺害を自白したのだ。ほぼ捜査本部の見立て通りの自白内容だった。

違っていたのは達也が覗いていたのは二人のセックスではなく、碧の寝姿だったということくらいだが、そんな差は捜査本部の刑事たちにとってどうでもよかった。当然、達也は今度は殺人罪で再逮捕された。

達也は碧を絞殺したあと勇人を手斧で撲殺《ぼくさつ》し、二人の死体を自宅にあったワゴン車に乗せて、ススキの乱れ咲く多摩《たま》川の河川敷まで運び、その近辺にスコップで穴を掘って埋めたことを自供していた。だが、死体を埋めた場所に関する達也の供述は、二転三転し、結局、二人の死体は発見されなかった。

後に弁護側はこれを取調官の誘導もしくは脅迫による任意性のない自白だった証左《しょうさ》と指摘した。実際、達也は公判段階で自白を覆《くつがえ》し、無罪を主張している。一方、検察側は達也自身が方向感覚に乏しく、自分が埋めた死体の位置が分からなくなったせいだと反論した。

死体が発見されていないにも拘《かか》わらず、検察は強気の姿勢を崩さず、最終的には達也を殺人罪で起訴した。異例の展開である。

ただし、検察が起訴したのは、勇人に対する殺人罪だけだった。室内で発見された勇人の血液が致死量に達していることやその他の状況証拠を総合的に判断すれば、勇人が達也に殺害されたのは明らかで、死体がなくても公判の維持は可能というのが検察の判断だった。碧の殺害に関してはとりあえず立件を見送り、死体が発見された段階で、別途《べっと》起訴するという二段構えだったと推定される。

しかし、二〇〇九年四月二十五日、一審の東京地裁は、達也に対して無罪判決を言い渡した。検察の求刑は無期懲役だった。

微妙な判決文

勇人夫婦が行方不明になってから、一年が経過した現在でも、二人の死体は発見されていない。遼子のような身内にとって、この状況では事件が解決されていないと思うのは、当然だろう。そして、その苛立《いらだ》ちが、達也に対する疑惑の根底にあるのも確かに思われた。

「私だけではありません。ほとんどの親戚がいまだに兄を疑っています」

「しかし、あなたのご両親はそうではないでしょ」

私の質問に遼子は視線を落とした。しばらく、考え込むようにして、再び、口を開いた。

「確かに、父と母だけは兄を庇っています。でも、それは兄を本当に無罪だと思っているというより、戸田家の名誉のために、仕方なくそういうポーズを取っているだけだと思います」

戸田家の名誉。分からなくもない。被害者だけでなく、加害者も自分の子供となれば、親にとって、事態は一層耐えがたいものとなるのだ。

「私も素人《しろうと》なりに判決文を読んでみたんですが、あの判決文は兄をはっきりと無罪だと言っているのではなく、死体がないため、兄を犯人とは断定できないと言っているに過ぎないように読めるんです」

いかにも聡明な印象を与える遼子の言っていることは、それなりに判決文の問題点を捉えているように思えた。ただ、あの判決文の骨子を理解するためには、もう少し法律的な解説が必要だろう。

というのも、達也の無罪判決は事実関係に関わる疑義に基づくというより、むしろ刑事訴訟法的な問題点に重きを置いた判決だったからである。それは殺人罪という訴因そのものの瑕疵《かし》を指摘していたのだ。

致死量に達していると鑑定された戸田勇人の血液だけで、同人がすでに死亡していると断定するには、なお合理的な疑いが残り、訴因自体に自明性が欠ける以上、被告人の罪を問うことはできない。

(東京地裁判決文骨子)

この判示《はんじ》は、確かに消極的無罪論に近かった。判決文は、検察が挙げたその他の状況証拠も、検察側の論理を補強するものとは認めていなかった。

東京地裁が特に問題にしていたのは、致死量の概念だった。致死量という場合、「半数致死量」という考え方が普通であって、それは半数の人間が死亡する数値を指す。

従って、同じ人間でも個体差があり、出血が致死量に達しているからと言って、勇人が絶対に死亡しているとは言えないという判断を裁判所は示したのである。同時に、警察や検察の取り調べ段階での達也の自白に強制や誘導があったとは必ずしも認められないという微妙な判断も示している。

死体が発見されていないのはやはり決定的だった。その結果、検察側は控訴を断念し、勇人殺しに関する達也の無罪判決は確定した。それは、一事不再理《いちじふさいり》という刑事訴訟法の原理に基づき、達也が勇人の殺害容疑に関しては、二度と起訴されないことを意味していた。しかし、検察の立場からは、碧の殺害容疑に関しては、なお達也を起訴できる余地を残していたとも言える。

「それに日頃の兄を知っている私たちにとって、検察側が描いていた事件の構図はすごく説得力があるんです。兄はあの歳で独身ですから、女兄妹《きょうだい》の私から見ると、その性欲の強さが気持ち悪いほど、伝わってくるんです」

理知的に見える遼子の発言だからこそ、こういう発言のインパクトは想像以上だった。私は裁判を一日も欠かさず傍聴していたから、達也の容姿はよく知っている。その印象を一言で言うのは難しいが、確かに全体的に茫洋《ぼうよう》としていて、視点の定まらない目が、鈍く濁った光を湛《たた》えているようにも見えるのだ。

もちろん、人間を容姿で判断するのは間違っているし、達也が川口事件の被告人になっていること自体が、そういう先入観を与えてしまっていると言えなくもない。ただ、女性である遼子の表現が、妙にリアルな説得力を持つのも確かだった。

「ということは、事件が起こる前にも何か具体的なことがあったのでしょうか？」

私はいかにも遠慮がちに訊いた。

「まあ、具体的と言えるかどうかは分かりませんが、特に碧さんを見る兄の目が異常でした。これは私だけでなく、ほとんどの親戚が気づいていたことです。碧さんは美人であるだけでなく、大学時代は新体操の選手でしたから、体の均整もとれていて、女の私が見ても、ほれぼれするくらいでした。事件が起こる前日も、応接室でみんなで西瓜《すいか》を食べながら、テレビを見ていたのですが、碧さんの斜め前に座っていた兄が、本当に露骨に体を捻《ひね》るようにして、浴衣《ゆかた》を着た碧さんの裾が乱れているところを覗き込もうとしていたんです。碧さんも途中からそれに気づいていて、何度も裾を直していました。弟も嫌な顔をしていましたが、直接には注意しませんでしたので、私が見かねて、『お兄さん、何を見てるのよ！』って、兄に注意したんです。それで一気に雰囲気が悪くなってしまい、そこで解散になって、私たちは兄を残して、それぞれの部屋に戻ったんです」

私はそのいたたまれないような雰囲気を想像して、なんとも言えない暗い気分になっていた。その気分を変えるように、私は客観的な質問をした。

「その応接室には、ご両親もいらしたのですか？」

「いいえ、いません。父と母は孫たちと一緒に二階の自分の部屋でテレビを見ていました。その部屋にいたのは、私と兄と弟夫婦だけです」

「でも、四人でテレビを一緒に見ることには抵抗がなかったんですよね。つまり、その程度の親しさにはあった――」

「仕方がなかったんです」

遼子は私の言葉を遮《さえぎ》り、さらに言葉を繋《つな》いだ。

「テレビは二階の両親の部屋と応接室にしかなく、二階のテレビは子供たちに占領されて、子供向けの番組をやっていました。ちょうど見たいテレビドラマがあったので、私たちは応接室で見るしかなかったんです」

悲しいことだが、第三者である私にも達也に対する遼子の嫌悪感がひしひしと伝わってきた。その意味では、私は達也に同情を禁じ得なかったが、このとき遼子が語った話は、達也の供述調書とある種の符合を感じさせるのも事実だった。

供述調書の印象を一言で言えば、単純な性犯罪が、偶発的な出来事によって、殺人に発展したという印象を与えるものだったのだ。計画性のなかったことは、検察側さえ暗に認めているような供述調書なのである。

自白

公判で明らかになった達也の供述調書を精査すれば、その自白にある程度の信憑《しんぴょうせい》性が認められるのは確かに思えた。達也はもともと多弁な男ではない。だからこそ、訥々《とつとつ》と述べるその供述にはある種の真摯《しんし》さが感じられたのである。

もちろん、供述調書は被疑者が述べたことをそのまま書き写すのが建前となっているが、取調官が供述内容に多少の示唆を与え、微細な字句の修整を行なうことはままあることだった。

例えば、被疑者が遣う砕けた日常表現が硬質な警察用語に置き換えられることはそれほどまれなことではない。それが取調官の自由な作文の域に達していると判断される場合は、調書の捏造《ねつぞう》として非難されるのは当然だが、それはあくまでも程度問題だった。

達也が自白したとされる供述調書には、細かな字句の問題を除けば、取調官の露骨な誘導や強制があったようには見えない。逆に、経験した当人でなければ分からないような細部に関わる供述が含まれており、そのことはこの供述調書の一定程度の信憑性を担保しているように見えた。

それに、達也が仕事で出入りしていた近隣では、よくない噂が流れていた。庭で仕事をしているとき、達也はその家のトイレや浴室を覗く窃視症《せっししょう》の癖《へき》があるというのだ。

被害に遭ったのは、主として若い娘のいる家だという。この情報を地取り捜査で聞き込んだ捜査官が、まずは覗きという猥褻《わいせつ》行為で達也を自白に追い込んでから、本丸の殺人罪を追及しようとしたのは、当然の取り調べ手法だった。


私が八月十三日の深夜に行なったことを包み隠さず申し上げます。

その日は、私の弟である戸田勇人が妻と子供を連れて、里帰りしておりました。弟の娘悠花と妹の娘紗英が普段私が使っていた二階の部屋で寝たため、弟夫婦が一階の和室で眠り、その結果、私自身はその隣にある応接室のソファーで寝ることになりました。

私は真夜中を過ぎてもなかなか寝付かれませんでした。夜になっても二十五度くらいある蒸し暑い夜でしたが、応接室の冷房をつけっぱなしにしていましたので、寝苦しいということはありませんでした。寝付かれなかったのは、隣の部屋で寝ている弟夫婦のことが気になってならなかったからです。私は以前より、弟の妻である碧さんのことが好きでした。美しい人で、体育大学時代は新体操の選手をしていたそうで、体も均整がとれています。ただ、私が定職に就いておらず、結婚もしていないせいか、私のことを少し馬鹿にしているような感じで、私とはあまり口を利いてくれませんでしたので、いつか恥を搔《か》かせてやりたいというような気持ちも持っておりました。その碧さんが、すぐ隣の部屋で寝ていると思うと、むらむらと欲情が湧き起こってきたのです。子供は二階で寝ているわけですから、弟夫婦は二人だけのはずで、ひょっとしたら性行為《セックス》を行なっているかも知れないとも思い、その二人の姿をどうしても見てみたいという気持ちに駆られたのです。

私はそっと応接室を抜け出し、忍び足で廊下を歩き、弟夫婦の寝ている部屋の障子の前に跪きました。廊下の蛍光灯ランプは点っていましたが、障子の向こうは真っ暗で、話し声も聞こえませんでした。耳を澄ますと、男女の寝息のようなものが聞こえてきます。それは弟夫婦が性行為はしていないことを意味しましたので、私は少しがっかりしました。しかし、私は諦《あきら》めきれず、緊張のあまり震える手で、障子を二、三センチほど横に開き、中を覗いてみました。やはり、中は真っ暗で、最初は何も見えませんでした。扇風機の回るかなり大きな音が聞こえていたのを覚えています。エアコンは止めてあるようでした。昔、弟が「俺は真夏は夜でも冷房をしないと眠れないのに、碧は冷房が嫌いだからよく喧嘩《けんか》になる」と話していたのを思い出し、冷房を止めて扇風機を回しているのは、弟が碧さんの言い分を呑《の》んだのだろうと感じていました。私が使っていた冷房の入った応接室に比べて、その部屋の空気は熱気を帯びていて、中の蒸し暑さが外の廊下に伝わってくるように感じられました。

目をこらしているうちに、目が暗さに慣れてきたようで、中の様子がぼうっと分かってきました。弟と碧さんは二つの蒲団に別々に寝ていて、弟は左奥に、碧さんは私の目の前に寝ていました。私の目の位置から、碧さんの足の爪先まで、六十センチくらいしかなかったと思います。ですから、碧さんの体の位置が近くにあり過ぎて、かえって視界に入ってくる物の具体的な形状を掴みにくかったこともあります。しかし、我慢強く見ているうちに、碧さんの様子がおおよそ分かってきました。廊下に点っていた蛍光灯の光の助けもあったと思います。碧さんは浴衣を着て、寝ておりました。前の晩、夜の十時頃まで、応接室で私と弟、それに妹の遼子と碧さんの四人で西瓜を食べながら、テレビを見ておりましたが、碧さんはそのときも浴衣を着ておりましたので、おそらくその格好のまま眠ったのだろうと思います。ただ、浴衣の模様や色までがはっきりと分かったわけではありません。

一番驚いたのは、普段はきりっとしていて、隙のない印象の女性なのに、そのときの碧さんは、掛布団もはねのけ、だらしなく下半身を開いて寝ていたことです。浴衣もひどく開《はだ》けていて、太股《ふともも》から臍《へそ》にかけての下半身がほとんど丸見えになっていました。白いパンティーもぼんやりと闇の中に浮き出ていて、股間の膨らみまでが見えていました。私はすっかり興奮してしまい、胸の鼓動が激しくなりました。ただ、全体的にはやはりまだ暗く、碧さんの下半身の輪郭もはっきりしませんでしたので、私はもっと細かく観察したいという欲望を抑えることができなくなりました。私は庭の納屋に懐中電灯があることを思い出し、それを持ってきて、碧さんの下半身を照らすことを思いつきました。（ここで、被疑者は供述を止め、この後に起こったことは一日考えた上で、翌日、改めて供述したいという旨の申し出があった。本職が、それではここまで述べたことは認めるのかと尋ねると、被疑者は同意して、供述調書に署名・押印《おういん》した。そこで本職は、翌日すべての真実を話すという被疑者の申し出に偽りがないか確認した上で、その日の取り調べは午後十時五十分をもって終了した。）

この供述調書は達也が逮捕された日の翌日に当たる九月二日に、司法警察員（警察官）に取られたものであり、達也の供述はここで終わっている。括弧内の取調官のコメントは、取り調べがけっして強制的ではなかったことを強調する付記とも考えられるが、この中途半端な終わり方は、それなりの事情があったことを推察させるものでもある。

刑事訴訟法に基づけば、警察は被疑者を逮捕後、四十八時間以内に検察に送致する必要があるのだが、このときの逮捕容疑は自転車窃盗という微罪だったので、検察に送致すること自体が目的ではなかった。達也から殺人に関する供述を引き出し、殺人罪で再逮捕することが最優先事項であったと思われるのだ。しかし、達也はこの日、覗き行為を自白しただけで、弟夫婦の殺害までは自白しなかったのだろう。

もし二人を殺しているとすれば、極刑も予想される犯罪事案だから、自白するには相当の心の葛藤があったはずである。

公判で検察から開示された供述調書によれば、達也が勇人と碧の殺害を自白するのは、九月三日の夜だった。これは、窃盗罪で検察に送致しなければならないぎりぎりのタイミングである。従って、逮捕後四十八時間以内の自白と言っても、達也が警察の描いた筋書き通りにすんなりと犯行を自白したわけではないことは容易に想像がついた。

【『黎明』二〇〇九年十一月号掲載】

財産問題

バス停「川口小学校」はＪＲ西八王子駅北口の駅前から、西東京バスを利用して、秋川《あきかわ》街道を進むと、二十分から三十分ほどで到着する。川口事件の現場は、川口小学校から徒歩五分くらいの位置にあった。八王子郊外と呼ぶべき地域で、必ずしも交通の便がいい場所ではないが、東京の通勤事情を考えると、特に不便な場所というわけでもない。現にこの近辺から、都心部の職場に通う通勤客はいくらでもいるのだ。

戸田家は秋川街道から若干逸《そ》れた緩やかな坂道を五十メートルくらい登った行き止まりの丘陵《きゅうりょう》地帯にある。何の変哲もない二階建ての家屋で、周辺の民家に比べても特に裕福な家には見えない。

周辺の家には、トマト、ホウレンソウ、キュウリ、エンドウなどの農作物の栽培に従事する農家もあり、家の前に小さな畑を持つ家も散見される。住宅地と農地、それにいくつかの小さな山々が混交した地域と言っていいだろう。

戸田家が直接農業に従事しているわけではないが、近辺に持つ土地を借地として貸し、その土地が農業に利用されている場所もある。現に戸田家前に建つ中安《なかやす》家は、家の前にある小さな畑で川口エンドウと呼ばれるエンドウの栽培を行なっているが、この畑は戸田家が所有する借地である。中安家が近隣では戸田家に一番近い位置にあり、その他の家はかなり離れている。しかし、東京の都心部に比べて全体的に過疎な地域で、特に戸田家が孤立した位置にあるという印象があるわけでもない。中安家の当主中安良治《りょうじ》（五十二歳）は、八月十四日の午前四時前後、「戸田家の白のワゴン車が出ていくのを見た」と証言していた。これは事件直後に近隣に聞き込んだ機捜隊員の質問に答えたもので、この証言は公判段階では、「戸田家の白のワゴン車が出ていく音を聞いた」に修整されている。

この証言の修整も、無罪判決の要因の一つになったことは否定できなかった。戸田家の納屋で発見された勇人の血痕が付着した手斧や紗英の証言と合わせて、中安証言は、死体の未発見によって生じる検察側立証の脆弱性《ぜいじゃくせい》を補強する状況証拠の一つだった。

しかし、公判段階でこのような修整がなされることは、検察側にとっては大きな痛手だった。それは、一見、細かな字句の修整に見えて、それ以上の意味を孕《はら》んでいたからである。

実は、秋川街道を走る車が行き止まりであることを知らずに、この丘陵地帯に迷い込んで来ることが結構あるのだ。そういう車が間違いに気づいて、Uターンする音が響き渡るのを近隣に住む人々はたまに聞くことがあった。

検察側は、時間帯から言って秋川街道を走る車の量は著しく少なかったはずだから、その音がそういう車の音であった可能性はきわめて低いと主張していた。しかし、これはあくまでも可能性の問題であったため、ワゴン車の中に血液反応が認められなかった事実と相俟《あいま》って、検察側立証の弱点を補強するよりは、むしろ裏書きする結果になった。

そうなると、達也を有罪にすることに貢献する有力な補強証拠は、やはり紗英の目撃証言だけということになる。しかし、これも達也が覗き行為をしていたことを証明するだけで、二人を殺害したことの直接的な証明にはなっていない。こう考えると、検察側が状況証拠と称するものが、いかに脆弱なものだったかが、浮き彫りになってくるのだ。

そこで検察は公判段階の途中から、当初の主張とは若干異なる動機説明を加え始めた。それは覗き行為をするのに、何故《なぜ》手斧が必要なのかという弁護側の反証に答えて、持ち出された経済的動機だった。戸田家の家屋の平凡な外観は、確かに当主の戸田隆二《りゅうじ》（七十五歳）が資産家であることを覆い隠しているように見える。また、達也自身が不定期の肉体労働で手間賃をもらっていたこともあり、戸田家の裕福さがあまねく知れわたっているわけでもなかった。しかし、ある程度近隣に住む者なら、よほど事情に疎い者でない限り、戸田家がかなりの資産家であることを知っていたはずである。

しかし、戸田家の置かれていた家族状況は、いささか複雑だったと言うべきだろう。次男の勇人は高校教師という安定した仕事を得てすでに結婚して子供をもうけ、長女の遼子も商社員の夫と結婚していて、やはり子供がいる。それに比べて、結婚どころか定職も持たない長男の達也は、両親にとって悩みの種だったに違いない。

戸田家をよく知る人によれば、隆二は都会的洗練よりは、田舎くさい実質を重んじる男で、まったく働かないよりは、達也の賃仕事をよしとしていたという。妻の菊子《きくこ》（七十一歳）は遼子や勇人以上に、世間体をはばかって、息子の賃仕事をやめさせるように隆二に進言したが、隆二は頑《がん》として受け入れなかったらしい。

同時に、隆二は達也にも厳しく、「お前がもう少し働かないと、うちは勇人にあとを継がせるからな」と言うこともあった。隆二はすでに不動産会社の経営などをやめていたから、「あとを継がせる」という意味は、暗に財産の継承を意味していたとも取れる。

検察はこういう状況を述べたあと、達也が財産すべてを勇人に継承されることを危惧していて、勇人殺害の動機がまったくなかったわけではないことを仄《ほの》めかしたのだ。事件発生のきっかけそのものは、偶発的な要素が強かったにせよ、手斧を用意したのは、頭の片隅にいざとなったら勇人を殺してもいいという気持ちがあったからだと指摘していた。しかし、この点については、先月号でインタビューの模様をお伝えした遼子も、検察の立証に対しては懐疑的な見解を述べていた。

「財産問題は、あまり関係ないと思いますよ。もちろん、兄もお金は欲しがっているとは思いますが、長男ですからね。子供はみんな平等に財産をもらう権利があると言っても、まだ、結構古い風習の残っている地域ですから、親の財産は長男が継ぐものだという意識が強いんです。父もそういう考え方の人です。だから、兄が弟夫婦に財産を取られてしまうことを恐れていたなんて、あり得ませんよ。だいいち、兄はそういうことに頭が回るタイプではまったくないんです。ですから、兄がやっているとしたら、動機はやはり性欲以外には考えられません」

ただ、検察側が唐突に唱え始めたこの主張は、いわば覗き行為と一見矛盾するように見える手斧という決定的な凶器の準備を説明するために導入された補足的な見解であり、主要な殺害動機が財産問題だったと主張したわけではなかった。

遼子の言う通り、この主張に説得力が欠けているのも確かに思われた。つまり、民法上、最低でも達也には等分の遺産継承権があることや達也が長男であり、現に両親と一緒に暮らしている利点を考えると、達也が財産問題を危惧して、潜在的な殺意を勇人に持っていたとは考えにくいのだ。

実際、証人として出廷した隆二は弁護人の質問に答えて、達也に厳しいことを言ったのは「あくまでも達也を励ますためだった」と証言していた。勇人や遼子にもなにがしかの財産を渡すつもりだったが、その大半は達也に相続させるつもりだったとさえ明言したのである。

弁護人の苦しい立場

弁護士という言葉が一般的な表現であるのに対して、弁護人という言葉は、刑事裁判を担当する弁護士にしか用いられない。浜中敦《はまなかあつし》弁護士（四十六歳）は、達也の裁判における、その弁護人だった。

私が浜中の事務所を訪ねたのは、二〇〇九年八月十九日のことで、遼子と面会してから、一週間が経っていた。私はそれ以前も、浜中とまったく面識がなかったわけではない。裁判の傍聴に行ったとき、裁判終了後に時々声を掛けていたが、裁判が進行中であることを理由に、取材は断られ続けていたのだ。

もちろん、これは係争中の刑事裁判を担当する弁護人としては当然の態度であって、私自身、取材を受けてもらえないことには、ある意味では納得していた。しかし、この段階で東京地裁の無罪判決が出て、検察も控訴を断念していたため、勇人殺害に関しては、達也の無罪が確定していた。従って、浜中も私の取材を受けない正当な理由を見つけることは難しかったのだろう。

私は川口事件の地道な調査を続けるうちに、妙な気分になり始めていた。達也の無罪確定後、大手新聞などは川口事件が冤罪《えんざい》事件であるという論調に切り替わっているが、正直なところ、私は調べれば調べるほど、達也の無罪判決に疑問を感じ出していたのだ。少なくとも、達也が弟夫婦の行方不明事件にまったく関与していないとは思えなくなっていた。これには、遼子と面会し、その正直な心情の吐露を聞いたことも多少影響していたのだろう。

しかし、もちろん、それだけではない。検察側の主張する、達也の単独犯説には矛盾を感じるものの、達也を含めた複数犯であると考えると、事件の流れがすっきりと理解できるように思われるのだ。私が浜中に面会したのは、この疑問をぶつけることが目的だった。従って、この面会は最初から波乱含みだったと言っていいだろう。

浜中は川口事件の主任弁護人だったが、この事件を担当する前から、辣腕《らつわん》弁護士として法曹界《ほうそうかい》では有名な人物だった。殺人事件の弁護で定評があったばかりか、さる有名な政治家の汚職事件を無罪に導いたことでも知られ、弁護領域の幅はかなり広いようだった。

しかし、浜中は一見すると、そんなやり手弁護士という印象は薄く、温厚でこなれた性格の人物に見えた。若干白が交じる髪をした四十半ば過ぎの男で、金縁の眼鏡を掛けており、優しくて品のいい小児科医のような雰囲気を漂わせる人物だった。

私たちは事務所の応接ソファーで話した。私はすぐには本題に入らず、今年から実施されている裁判員裁判について、浜中の意見を訊いていた。これはいわば、故意に演出された嵐の前の静けさだったと言っていい。

私はアメリカの陪審員制度に深い関心があった。大学は法学部で、アメリカ法専門の教授のゼミに入っていた。フリーのジャーナリストになる前の新聞記者の頃、会社の留学制度を利用して、一年間アメリカに留学し、陪審員制度について学んだこともある。私はそのとき、日本とアメリカの司法制度の違いについて話していた。

「日本の異常に高い有罪率に比べて、アメリカでは有罪率が遥《はる》かに低いのは、やはり陪審員制度のせいもあると言われていますよね。しかし、ご存じのようにアメリカでは、裁判官は評決《バーディクト》の審議には加わりません。アメリカでは裁判官の役割は形式的な訴訟指揮を執《と》るだけです。しかし、日本の場合は、裁判官は審議に加わり、むしろ中心的な役割を果たすことになります。その場合、素人の裁判員は、プロの裁判官の言いなりになってしまう可能性が高く、むしろ、有罪率はさらに上がる結果になってしまうんじゃないかと心配しているんですよ」

「おっしゃることは分かります。私もどうせやるなら、裁判官は審議には加わらないとするほうがよかったと思いますよ。今の制度では、裁判員の役割は、裁判官の意見に普遍的なお墨付きを与えるだけということにもなりかねませんからね」

浜中の答えは、私の危惧を肯定しているように聞こえた。私は彼の意見が私に近いことに気をよくして、幾分饒舌《じょうぜつ》になった。

「やはり、そうお考えですか。それにしても、私は今の法曹界に危惧を覚えているんですよ。当たり前のことに対しても、世論を恐れて本音を言わない。例えば、浜中先生が無罪判決を導いた例の汚職事件でも、形式的に無罪なら無罪とすべきなのに、実質的な審議がないことを理由に世論は不当判決の大合唱ですよね。アメリカではO・J・シンプソン事件というのがありました。国民的な人気を誇った元アメリカンフットボールの黒人スター選手が白人の妻とその愛人を殺した容疑で起訴されましたが、シンプソン側の弁護人が人種差別丸出しの白人取調官の暴言を含むテープを法廷で暴露したこともあって、結局、陪審員は無罪の評決を下しました。私はあの頃、アメリカであの事件を取材していましたが、知り合いのアメリカ人に訊いても、『みんなO・Jがやったと思っているが、あれはあれでいい』って言うんです。不当な取り調べや手続きがあった場合、実体的真実から離れていても、無罪にするのもやむを得ないという意識は一般の人々の間でも徹底されているんですね。後にシンプソンは民事裁判では敗訴して途方もない賠償金を払わなければならなくなったと聞きましたが、これもある意味では象徴的だと思うんです。刑事事件では、民事事件よりもいっそう高いハードルの厳密な訴訟手続きが要求されるわけですからね」

ここでO・J・シンプソン事件を引き合いに出したのが適切であったかどうかは分からない。ただ、私は浜中が、件《くだん》の大物政治家の弁護でいわれのないバッシングを受けたことは知っていた。その政治家は、ある意味では嫌われ者だったのだ。しかし、そんなことは関係がない。法律はあくまでも形式に従って、粛々《しゅくしゅく》と実施されるべきなのだ。

にも拘わらず、法曹界の大御所たちは世論と学問的良心を秤《はかり》に掛け、沈黙を選んだのだ。浜中は私の言いたいことは分かったはずである。しかし、その答えはいかにも老成した人間の、バランス感覚に満ちたものだった。

「あなたのように法律をよくご存じの方はそうお考えになるのでしょうが、一般の人たちの真実を知りたいという気持ちも無視できない時代ですからね。そういう欲求とあくまでも形式を守ることによって冤罪者を出さないという近代刑法や刑事訴訟法の原理とどう折り合いを付けるかでしょうねえ。まあ、不当判決という意見を言うのは人の勝手でしょうが、弁護人の私まで引き合いに出してぼろくそに言うのは勘弁して欲しいですね。もっとも、近頃は、私も悪口は言われ慣れてきて、何とも感じなくなってきたから、これもある意味では恐ろしいですな」

そう言うと、浜中はおどけたように笑った。話が横道に逸れることを嫌ったのか、O・J・シンプソン事件には触れなかった。

私には随分余裕のある態度に見えた。しかし、その政治家のように経済力のある者は、浜中レベルの一流弁護士を雇えるからまだいいのであって、そんな経済力を持たない一般庶民は、刑法や刑事訴訟法の厳密な形式主義をいっさい無視した強引な起訴が検察によって行なわれた場合、抗《あらが》う術《すべ》がないだろう。

そう考えると、浜中がこの事件の弁護を引き受けた経緯《いきさつ》がふと気になった。達也に最初に付いた弁護人は、国選だったはずだが、裁判が始まる直前に浜中に交代していたのである。

「先生が、この事件をお引き受けになったきっかけは何だったんですか？」

私は出されていた日本茶を啜《すす》りながら訊いた。そろそろ本題に入るという合図だった。与えられた時間は一時間だけである。実際、その百平方メートル近くあると思われる事務所には、浜中以外に五人の弁護士と六人の秘書がおり、私たちが喋《しゃべ》り続けている間もそれぞれのデスクの電話が鳴り続け、それに応答する声が室内に響き渡る慌ただしい雰囲気だった。

「被告人の父親が、ある私の知人を通して依頼してきたのです」

浜中の答えはいかにもあっさりしていた。すでに述べた通り、達也と勇人の父親である隆二は、かなりの資産家だった。川口町近辺でいくつかの土地を貸し、八王子市内の繁華街にも貸しビルや賃貸マンションを持っていた。かつては、都内にも複数の店舗を持つ不動産業者だったらしい。

従って、相当に高い弁護士費用でも、払うことができる経済力があると推定された。それにしても父親にしてみれば、検察が想定する加害者も被害者も自分の息子たちなのだから、何としても達也の関与だけは否定したい気持ちだったに違いない。

「でも、きっかけはそうだったとしても、この事件はおかしいと直感的にお感じになっていたんじゃないですか？」

「いや、そんなことはありません。ただ、仲介者が結構熱心に頼んできたこともあり、たまたまその時期、他の重要案件は抱えていなかったものですから、何となく引き受けてしまいました。でも、引き受けて調べてみるとおかしいことがざくざく出てくる感じで、弁護側にとってそれほど難しい事件とは思えませんでしたね。本人に面会してみると、『本当はやっていない』って言うしね。それじゃあ、今からでも本当のことを言うように諭《さと》しまして、公判ではきっぱりと自白内容を否認させたんです」

「やはり、死体が発見されていないのは、検察にとって致命的だとお感じになりましたか?」

「そうでもありません。死体が発見されないままに検察が被告人を起訴するのは異例ではありますが、かと言って希有《けう》かというとそうでもない。埼玉県の熊谷《くまがや》市で起こった愛犬家殺人なんかまだ記憶に新しいですが、ドラム缶で死体を焼却しちゃったから、最後まで死体は出ませんでしたよね。それでも検察側の立証では、ペットショップ経営の夫婦が被害者を殺し、被害者が死亡していることは間違いないと裁判官を納得させることができる状況証拠をいろいろと揃えたわけですよ。だが、本件では検察が出した状況証拠は、まったく有効じゃなかった」

「手斧のことですか?」

「まあ、それだけじゃありませんが、手斧は検察にとって状況証拠としてはいかにも筋の悪い物証だったのは事実ですね。普段被告人が使っているのだから、指紋が付いているのは当たり前です。まあ、その手斧に勇人さんの血液が付着していたのだから、それが凶器として用いられたのは間違いないと思うのですが、自分が犯行に使った凶器をそのまま元の納屋に戻しておくという神経も常人では考えにくい。

検察側はそれを被告人の愚鈍さのせいにするような人権無視の釈明をしていましたが、私が被告人と接した感じでは、性格的に少しぼんやりとしたところはあるものの、普通に会話は通じるし、知能的には平均以上でまったく問題ありませんよ。それから、一番おかしいことは、覗き行為を咎められて、手斧で犯行に及んだというのですが、そういう痴漢行為をするのに何故、手斧が必要だったかということです。手斧を用意するというのは、どう考えても殺人の予謀《よぼう》行為ですからね」

「検察の主張では、納屋に懐中電灯を取りに行ったとき、ふと手斧が目に入り、念のため手斧も持ち出したことになっていますね」

「あれは、私に言わせれば、明らかに刑事や検察官の作文です。被告人が手斧を持っていた説明の合理性にこと欠いて、ああいう不自然な説明になったんだと思いますよ」

浜中はにべもなく言い放った。手斧については、浜中の言ったことは、私の考えていたこととほとんど一致していた。ただ問題は、覗き行為に関する達也の自供には、妙な臨場感が感じられることである。

私はそろそろ戦端を開く心の準備を始めていた。逆に言うと、そこまでは私と浜中の立場には、あまり大きな開きはなかったということだろう。浜中は世間的には「人権派の弁護士」と考えられており、私も自分で言うのもおこがましいが、「人権派のジャーナリスト」と見なされているのは間違いない。

しかし、その私の立場から見ても、警察・検察が複数犯説を取っていさえすれば、達也を有罪に持ち込むことが可能だったのではないかという意識が拭いきれないのだ。

冤罪事件を被告人の立場に立って反証しようとするのが、ジャーナリストとしての矜持《きょうじ》であるのは、私も否定しない。しかし、今度の場合、そういう意識を持って事件を精査すればするほど、疑惑はブーメランのように達也自身に戻ってきてしまうのだ。

私はそもそも、達也が碧の寝姿を見たという覗き行為自体は実際に行なったのではないかと思っていた。浜中自身がこのことをどう考えているのか、私はまず訊いてみたかった。

「しかし、供述調書を読むと、覗き行為に関しては、達也さんの供述には妙なリアリティーがありますよね。ですから、先生も内心では覗き行為自体は実際にあったとお考えなんでしょ」

私の口調の変化に、浜中はその表情に明らかに警戒の色を滲ませた。

「それは分かりません。しかし、仮にそういう行為があったとしても、それが即、殺人に結び付くという考え方はおかしいでしょ」

「いや、私がお訊きしているのは、客観的にその行為が存在したかどうかということだけです。それを殺人との関係でどう解釈するかは、また別の問題です。先生は達也さんに直接、そのことを確かめられたのですか?」

私は思わず強い口調になった。浜中の表情は、警戒から不快に変わった。

「もちろん、本人に確かめましたよ」

「それで、その返事は?」

「申し上げられません」

浜中は切り捨てるように言った。だが、私もそこで引くわけにはいかなかった。

「どうしてですか?」

「あなただったら、お分かりになっていただけると思うのですがね。弁護人としての守秘義務があります。それにこの場合、彼が本当に覗き行為をしていたかどうかにはたいして意味がない。どちらであっても、彼の殺人の容疑を深める方向には機能しないということを説明するだけで、法的には十分なのです」

詭弁《きべん》に思えた。だが、さすがにその言葉は避けた。

「守秘義務は分かりますが、覗き行為と殺人がまったく結び付かないとも言えないでしょ。男にとって、そういう現場を押さえられるのは、やはり途方もない屈辱ですからね。思わず逆上して、二人を殺害することは、普通に考えられることですよ。従って、その点に関する検察側の立証はそれなりに納得できるんです。ただ、単独犯にこだわったため、立証の後半部分はいかにも不自然なものになってしまった」

私が具体的に何のことを仄めかしているか、浜中にも分かったはずである。実は、事件から一週間ほど経った頃、多摩地区のある非行少年グループに属する一人の少年が八王子市内の民家に複数で押し入り、夫に大けがをさせた上で夫婦を拉致したと仲間に語っていることが分かっていたのだ。

そのことは捜査本部の捜査官たちも把握しており、それなりにその方面の捜査も行なわれた痕跡が残っている。だが、最終的には、それはその少年のはったりで、テレビなどのマスコミ報道に基づいた虚言だったと、判断されたらしい。しかし、独自にその方面を調査した私は、その捜査本部の判断に強い疑問を持っていた。

しかし、そのことに触れる前に、達也の自白調書の中で、弟夫婦の殺害がどのように行なわれたかについて、彼がどう供述しているかを検証してみる必要がある。もちろん、その自白調書には、少年たちのことなど一行も出ていない。検察側が単独犯説を取る以上、それも当然なのだが、非行少年グループの少年の関与を頭に入れて読むと、また別の意味合いが浮かんでくるような調書ではあるのだ。

結局、その日の私と浜中の議論は、堂々巡《どうどうめぐ》りから抜け出すことはなかった。ただ、私としても、多少自制の念が働いて、浜中との関係が決定的に悪化することを避けたところはある。彼はこれからも私が何度か取材しなければならない対象であるのは分かっていた。従って、連絡も拒まれるような緊張した関係になるのは、得策ではない。彼には、まだまだ訊きたいことがたくさんあった。

一時間という与えられた時間で、そのすべてを聞き出すなど、とうてい無理というものだろう。こういう柔軟な対応は、何度もこの種のインタビューを重ねる内に私が身につけた、ジャーナリストとしての知恵だった。

単独犯説には、ムリがある!

九月三日の供述調書の中で、達也は弟夫婦殺害の模様を供述していた。冒頭で、覗きという痴漢行為の自白と、弟夫婦殺害の自白の間にある時間経過について、若干言いわけめいた説明が加えられているのが、印象的である。

本日は、私が弟夫婦を殺害した経緯について申し上げます。昨日、私は碧さんの寝姿を覗いたことは認めましたが、そのあと起こったことについては、お話ししませんでした。やはり、自分のしたことが恐ろしく、それを告白する勇気が持てなかったのです。しかし、一晩じっくりと考え、取り調べの刑事さんにも諭されて、本日は本当のことを申し上げようと決意いたしました。

昨日お話ししたように、私は碧さんの寝姿をもっと詳しく観察したいという欲望を抑えることができず、いったん家の外に出て、納屋から懐中電灯を持ち出しました。そのとき、懐中電灯の横に置いてあった園芸用の手斧も一緒に持ち出しました。なぜ手斧まで必要だと考えたのか、そのときの気持ちは自分でもうまく説明できないのですが、弟か碧さんに気づかれたときにその手斧で脅して逃げようと考えていたのかも知れません。いずれにせよ、手斧を用意したのはいざというときの用心でしたから、それを使って積極的に二人に危害を加えようとは思っていませんでした。

私は元の場所に戻って、再び廊下に跪き、中を覗きました。障子はやはり少し開いた状態になっていましたし、中からは相変わらず寝息が聞こえていましたから、私が納屋に行っていた間、二人とも目を覚ますことなく、眠り続けていたのだと思いました。寝息の中に、ときおり鼾《いびき》に近いものが交じっていましたので、最初は弟が鼾をかいているのだと思いました。しかし、やがて、それはすぐ目の前に見えている碧さんの鼻から出ている音だと分かりました。それで私は碧さんの眠りは一層深くなっていると考え、懐中電灯で下半身を照らしても分からないだろうと判断したのです。懐中電灯の明かりを灯《とも》し、それが碧さんの顔に当たらないように細心の注意を払いながら、下半身に当てました。碧さんの寝姿は、私が納屋に行く前より一層乱れていて、股を大きく開き、浴衣の帯は完全に解《ほど》け、上前《うわまえ》も下前《したまえ》ももつれて上部に捲《めく》れ上がり、ほとんど何も身につけていないのと同じ状態になっていました。白いパンティーがはっきりと見えているだけでなく、その小さなパンティーの脇から少しはみ出ている陰毛までが視認できました。私はますます興奮して、中に侵入して、そっとパンティーを下げてみたくなりました。そんな行動を取ることの危険は分かっていましたが、私の欲望はもうブレーキの利かない状態になっていました。

私は障子を私の体が通れるくらいに開き、中に侵入しました。左手に懐中電灯を持ち、右手で障子を開けたのは覚えています。ただ、手斧はどうしたのだとお尋ねですが、そのことは正直に言って、ほとんど記憶から消えています。無意識のうちに、手斧を持ったまま中に入り、畳の上に置いたのかも知れません。私がはっきり覚えているのは、左手に懐中電灯を構えて、右手で碧さんのパンティーに手を掛けたことです。最初は軽く触れて反応を見てみましたが、何の反応もありません。私は右手で臍の下あたりの部分をそっと下に下げてみました。思った以上に濃い陰毛が見えました。そのとき、不意に「何よ」というつぶやくような女性の声が聞こえたのです。ぎょっとして、右手を離し、碧さんの顔の方向を見上げると、顔を横に振りながら右手で何かを払うような仕草をしているのが分かりました。

寝ぼけている感じで、横に寝ていた弟が体に手を伸ばしてきたため、眠くてそれを振り払おうとしている動作に見えました。すぐに目を覚ますとも思えませんでしたが、私は急に怖くなり、後ずさりをしました。その一瞬、左手で持っていた懐中電灯の光が碧さんの顔に当たってしまったのです。碧さんが目を開き、いまだに寝ぼけたような表情でぼんやりとこちらを見ていたのを覚えています。しかし、不意に正気に戻った表情になり、顔を歪《ゆが》ませながら、引きつったような叫び声を上げました。それほど大きな声ではなかったので、その声が室外にまで聞こえたとは思いません。ただ、私は完全にパニック状態になり、碧さんに飛びかかり、必死で口を押さえました。しかし、私が覚えているのは、そこまでで、そのあとのことははっきりしません。私が両手で碧さんの首を絞めて殺害したのは、確かだと思いますが、弟を手斧で殴りつけたことについては、ぼんやりとした記憶しか残っていません。碧さんと私がもみ合う物音で目を覚ました弟が「兄貴、何してんだ」と叫んだ記憶があり、それに対して私がそばにあった手斧で殴りつけたのは確かですが、その手斧で弟を何回殴ったかもよく覚えていません。とにかく、気がついてみると、首を絞められて死んでいる碧さんと、顔中血だらけになって死んでいる弟の死体が、畳の上に転がっていたのです。

このあと、達也は二人の死体を自宅のワゴン車に乗せ、多摩川の河川敷まで運び、近くの草むらにスコップで穴を掘って埋めたと供述している。しかし、警察が後にこのワゴン車の内部を徹底的に調べても、血液反応は認められなかった。

納屋にあったスコップには微量の土が付着していたが、その土が河川敷の土であることも立証できなかった。そのスコップも、達也が普段仕事で使っているのだから、土が付着していても何らおかしくはない。

この供述調書の特徴は、達也による勇人夫婦殺害のきっかけが偶発的だったことを前提としていることである。こういう場合、取り調べの警察官は、なるべく被疑者の故意または予謀を強調するような調書を作り、被疑者の罪を重くしようとする傾向があることを考えると、これはかなり異例だった。取調官自体が、殺害の偶発性を認めているようにも解釈できる調書なのだ。

また、取り調べの捜査官が達也が手斧を持ち出した動機の説明に苦慮しているのがよく分かる供述調書で「そのときの気持ちは自分でもうまく説明できない」などの文言を加えて、達也の供述が自然に聞こえるように工夫しているように見える。

さらには、覗き行為に関する供述が詳細であるのに比べて、殺害行為に関する供述が、妙に大雑把《おおざっぱ》な印象を与えることも事実である。もちろん、達也がパニックに陥っての犯行だとすれば、興奮状態で自分のしたことを詳細に覚えていないという理屈は、ある程度は理解できる。しかし、それにしても、この調書の前段と後段のリアリティーには差がありすぎるのだ。

検察官もこのことには気づいていたようで、後の検察官に対する供述調書では、殺害の部分に関しては、若干の修整が加えられ、もう少し詳しく書かれてはいる。しかし、それでも大きく改善されていたとは言えず、検察が故意や予謀の立証を犠牲にしても、とにかく勇人夫婦の殺害という事実認定だけに重きを置いた消極的立証を目指していた苦しい事情が窺《うかが》えるのだ。検察側の求刑が、死刑ではなく無期懲役だったことも、こういう立証姿勢と関係があるのかも知れない。

しかも、この調書の中で、達也が勇人と碧の二人の殺害を自白しているにも拘わらず、起訴対象が勇人の殺害だけであるという事実が、やはり検察側の大きな自己矛盾に見えるのは否めなかった。

だが、最大の謎は、達也が勇人と碧を殺害したというこの供述が真実だとしても、それでは死体はどこに消えたのかということだった。達也の供述通り、多摩川の河川敷に埋めたとしたら、それには途方もない労力と時間が掛かるはずである。

事件発生時を正確に特定することは困難だが、中安良治が車の音を聞いたというのが午前四時前後で、最初のパトカーが到着し、達也も含む家族全員で捜索活動を開始したのが、午前六時半過ぎだとすれば、三時間、いや実際には二時間半程度で多摩川の河川敷のどこかに二人の死体を埋めて、戻ってこなければならない。

ところが、私の調査では一番近い多摩川の河川敷を想定したところで、往復だけで最低一時間半程度かかり、よほど手際よく作業を進めない限り、不可能に思えるのだ。しかし、犯人が複数だとすれば、それはけっして不可能ではないだろう。

私は今ではほぼ確信に近い感触を得ている。犯人は複数なのだ!

【『黎明』二〇〇九年十二月号掲載】

捜査本部は少年たちを追っていた！

「あんたがたマスコミには懲りているんでね」

警視庁捜査一課の辻本隆康《つじもとたかやす》警部（五十二歳）は、開口一番こう言い放った。暗に川口事件に関して彼が受けたマスコミからの批判を仄めかしているのは分かった。

私は『黎明』が月刊誌で、週刊誌のような際物《きわもの》的な記事を載せる雑誌ではないことを説明した。川口事件を必ずしも冤罪事件と決めつけているわけではないことも強調した。もちろん、それは辻本から話を聞き出す方便でもあったが、けっして嘘ではない。

実際、一通りの事実調査を終えた段階でも、私には正直なところ、達也が事件に絶対に関与していないという確信が持てなかった。ただ、単独犯であることはどう考えても無理だとは思っていた。

断片的にこんな話をし、東京地裁の判決にも疑問を呈した。そんな発言が功を奏したのか、彼は私に対して次第に心を開き始めた。

平日の夜十時過ぎ、私と辻本はとある喫茶店で対座していた。遅い時間の面会だったから、いたずらに時間を浪費するわけにはいかず、私は最初から、核心部分に踏み込んだ質問をした。

「戸田達也さんが犯人であるかどうかはともかくとして、警視庁の捜査が彼以外の方向に向くことは一度もなかったのでしょうか?」

「当日、多摩川の河川敷で打ち上げ花火をしていた少年グループのことを言ってるのか。だったら、もちろん、調べたさ」

彼らが犯行にかかわったという話はそういう非行少年グループの間では、かなり広範囲に流布されていた。最初に話した少年は一人にしか話さなかったらしいが、それを聞いた相手が他の多くの仲間に喋ったのだ。

浜中弁護士の話では、弁護団もこの方面の調査は相当に行ない、最初にそう話した少年を特定していた。だが、会ってみると、その少年はそれははったりで、大風呂敷を広げただけだと言い張り、その話が事実であることを認めなかったという。弁護団には捜査権がないため、それ以上の追及は無理だった。

しかし、強制的な捜査権を持つ警察は違う。警察がこの少年の捜査にどの程度本腰を入れていたのかを私は知りたかった。

「確かに、ある少年が事件のあった当日、近くの民家に押し入って、夫に手斧で重傷を負わせ、夫婦をそのまま拉致したと別の少年に話しているのは事実だった。俺たちは具体的にその少年が誰かも突き止め、その少年や告白相手の少年、さらにはその周辺にいた複数の少年たちからも事情を聴いている。しかし、彼が仲間の少年にそういうことを話したのは、事件発生から一週間くらい経った頃なんだ。その頃、テレビや新聞はすでに大騒ぎしていて、憶測も含めた様々な情報が飛び交っていた。だから、彼はそういう情報に基づいてはったりをかましただけだと言い張ったんだ。当時、十七歳だったから、いかにもそんな虚勢を張りそうな年齢だろ。もちろん、俺たちもそんな言い訳をすぐに鵜呑《うの》みにしたわけじゃない。裏を取るために動いたが、結局、それが本当だという何の裏付けも得られなかった」

辻本の言うことは、それなりの説得力があるように聞こえた。確かに事件が大きく報道されていたとしたら、非行少年グループの一人が半ば冗談でそういう大風呂敷を広げたに過ぎないと考えることも不可能ではなかった。

だが、私にはすぐには辻本の言葉を受け入れられない事情があった。それは私の独自調査で浮かび上がってきたある少年たちの告白と根本的に異なっていたからだ。

「ただ、達也が一人で二人の死体を、殺されているとすればですが、運んだという想定には無理があるんじゃないでしょうか」

だから、運搬を手伝った者がいるということを、言外に込めたつもりだった。ただ、この段階で、少年たちに関して私が持っている重要情報を辻本に伝える気はなかった。

「難しい。だが、不可能ではない」

辻本の発言はやや意外だった。犯人複数説を何が何でも受け入れないという頑《かたく》なな態度にも見えなかった。

「いずれにせよ、死体さえ発見されれば、何とかなるんだ」

辻本は独り言のようにつぶやいた。恐ろしく切実な心情の吐露に聞こえた。それはそうかも知れない。だが、そのためには死体は誰によって、どのように運ばれたかを知る必要がある。

私は自分の車で何度も事件現場から、多摩川の河川敷までの走行実験を繰り返していた。そして、痛感していたことは、「多摩川の河川敷」という言葉があまりにも広い概念に過ぎるということだ。捜査本部が達也の供述に基づいて、死体の捜索を行ない、結局、発見できなかったとき、私は警察の捜査能力を疑った。

しかし、実際に自分の車で走ってみると、それは捜査能力の問題ではないのは明らかだった。その範囲はあまりにも広すぎ、ピンポイントで場所を特定するのはほとんど不可能に思われたのである。

運び出されたとき、二人は生きていた！

辻本に面会したときより数えて、およそ八ヶ月前の二〇〇八年十一月二十三日、私は須貝《すがい》という『黎明』の編集者と共に、八王子にある喫茶店で木村《きむら》と富樫《とがし》という少年に会っていた。木村は行方不明になっている戸田勇人を知る埼玉第三高校の生徒で、富樫はすでに別の高校を中退していた。

私がこの二人の少年にインタビューした経緯については、少年法の問題もあって、今、ここで詳《つまび》らかにすることはできない。ただ、その意図は判然としないものの、木村のほうがこのインタビューには妙に乗り気だったことだけ付け加えておきたい。謝礼の支払いなど一切ないと釘を刺したにも拘わらず、である。私が単独で彼らに会うことを避けて、須貝にも来てもらったのも、少年法に抵触する行為を私が一切していないことを証明する立会人の役割を彼に果たしてもらいたいという気持ちが働いたせいかも知れない。私は木村とはそのときが初対面だったわけではない。私はもともと問題の証言を行なった富樫に会うつもりだったが、実際に最初に会ったのは木村のほうだった。それはほとんど偶然で、取材で会っていた非行少年のグループから、富樫と親しい少年の名前として、木村の名前が挙がってきたからである。

だから、まず木村に会って、富樫に関する情報を訊き出すつもりだった。これは私たちジャーナリストが使う常套手段の一つで、取材のメインターゲットに会う前に、そのメインターゲットをよく知る人物をまず取材して情報を仕入れるというやり方である。

木村に最初に会ったのは同じ年の九月中旬で、そのとき、事件発生から一ヶ月ほどが経過していた。その後、木村はどういうわけか、私の再三の催促にも拘わらず、なかなか富樫に会わせようとしなかった。

だが、事態が私の思惑とは違う方向に展開し始めたように思われたことも、私が富樫に会うことが遅れた原因の一つだった。ある段階から、木村自身が事件にある程度関与しているとも解釈できる発言を始めていたのである。だから、私は木村には内緒で、木村の家庭環境などを調査して、これに思わぬ時間が掛かったのだ。

木村は母一人子一人の母子家庭に育ち、家は貧しかった。母親は保育園の調理師をして生計を立てていたが、週四回しか働かないアルバイトだったから収入は少ない。ただもちろん、空いている曜日に他のアルバイトを入れることは可能だった。

しかしこの母親は美人だったが、家庭的とはけっして言えない性格で、そういう時間は自分のためにしか使おうとしなかった。たいてい、男とのデートのために取ってあるのだ。木村は母親のそういう性的放縦《ほうじゅう》さを憎んでいたという。

しかも、母親が交際する相手はほとんどが経済力のない、ヒモを絵に描《か》いたような男ばかりなのだ。中学三年の受験期に入って、そういう母親に対する憎しみの感情は歯止めが利かなくなり、木村は母親を殴り始めた。

母親は特に反撃するわけでもなく、自分の不甲斐なさを謝り続ける。その姿を見ると、木村は一層加虐的な気分に駆り立てられ、一時家庭内暴力はすさまじいものになったらしい。

だが、高校に入ると、木村はほとんど母親と口を利くこともなくなり、暴力も振るわなくなった。その分、外部社会に対する木村の犯罪性は一層深まったようだ。

木村は妙に冷静で、何を考えているのか、また、どこまで本気で言っているのか分からないところがあった。ただ、私はそのとき、すでに木村が事件と無関係なただの情報提供者とは思えなくなっていた。

その日、木村は黒のスラックスに白い半袖ワイシャツという地味な服装だったが、それが案外似合っていて、ある種の清涼感さえ漂わせていた。容姿的には、かなりの美男と言っていいのかも知れない。

富樫は紺のジーンズに原色に近い赤のTシャツといういでたちだ。茶髪で肩幅ががっしりしていて体格もよかった。だが、全体的にはおとなしい印象で、口も重そうだった。実際、このインタビューで喋ったのはほとんど木村で、富樫が話した回数は数えるほどしかない。

「富樫君、君は事件への関与を仄めかしたことで、警察から事情を聴かれていますよね。そのときは、警察には事件への関与を否定して、ただちょっと大風呂敷を広げて、強がっただけで、実際にはぜんぜん無関係だったという説明をしています。それは、今でも変わりありませんか?」

私は富樫の顔をじっと見つめながら、冷静に訊いた。だが、ここですぐに、木村が口を挟んできた。

「そのことについては俺のほうから説明しますよ」

私の調査では、木村は中学時代はほとんど勉強しないにも拘わらず、そこそこの成績を収めていたようで、けっして頭は悪くない。高校に入って、著しい非行化が進んだとは言え、その頭の良さの片鱗《へんりん》は残っていて、相手次第で、かなりきちんとした言葉遣いで話すことができる男だった。そのときも、木村と話していると、言葉遣いから受ける印象だけで言うと、まともな社会人と話しているのとそれほど変わりがなかった。

「いや、木村君、悪いが私は富樫君自身の口から直接聞きたいんだ」

私はやんわりと木村を制した。木村は諦めたように、富樫を見た。

「まったく関与していないというのは嘘だよ」

沈んだ声で富樫が応えた。衝撃が走った。もちろん、木村が富樫に会わせることに同意した以上、何かあるとは感じていたが、これほど明瞭な、前言の取り消しは予想していなかった。

「じゃあ、どうして警察ではまったく関与していないと言ったのですか？」

「木村に相談したらそう言えと言われたから」

「木村君に？」

私は思わず、木村の顔を覗き込むようにした。

「だから、そこからは俺が説明しますよ。実は、その仕事にこいつを誘ったのは、俺自身なんだ」

木村が、若干、苛ついた口調で言った。これはまったく想定していない発言というわけでもなかった。その前に木村と会った印象からも、木村が事件について直接的な意味で何か知っているのではないかという疑念が絶えず私の頭を悩ましていた。単に、富樫の事件関与の噂話を聞いたその他大勢の一人というのでは説明の付かない、微妙で複雑な反応が木村から伝わってきたのだ。

「ということは君も――」

私はそのあとの言葉を呑み込んだ。自ら説明すると言っている以上、余計な慫慂《しょうよう》の言葉は不要であるだけでなく、かえって証言者の躊躇を引き出すことがあることを経験的に知っていたからだ。

だが、そのとき、木村の視線は、須貝がテーブルの上に置いた小型ボイスレコーダーに注がれていた。

「その前に、レコーダーを止めてもらえませんか」

木村の言葉を聞いた瞬間、私と須貝の目が合った。須貝は、まだ三十代前半の若い編集者だが、年齢の割に落ち着いた、老成した雰囲気のある男だった。小柄で痩せていて、髪をきちんと七・三に分け、やや太めの黒縁の眼鏡を掛けている。

その日は、真夏日だったが、須貝はノーネクタイとは言え、紺のスーツ姿だった。ただ、かなり冷房が効いている喫茶店内ではジャケットは着たままだ。

須貝は小型ボイスレコーダーをジャケットのポケットにしまい込みながら、若干未練がましい口調で言った。

「私たちがあなたに無断で、録音したものを公表することはあり得ないんですけどね。だから、これはただのメモみたいなもので――」

「いや、録音はやめてください」

木村はもう一度ぴしゃりと言った。その口調は丁寧だったが、妙な威圧感があった。須貝は反駁《はんばく》せず、ポケットの中に右手を入れたまま、スイッチを切るような仕草をした。少し間を置いたあと、木村が再び、口を開いた。

「そうです。俺も一緒に二人を運ぶのを手伝ったんです」

「運ぶのを手伝った？」

私は思わず体を前傾させて、木村の言葉を反復した。実際、とんでもない告白のはずなのに、木村の口調はさりげなさ過ぎたのだ。それに、木村の表現の仕方では、二人が生きていたかどうかは分からなかった。

「ええ、ある男に頼まれたんです」

「ある男って？」

「それは今の段階ではまだ言えません。ただ、戸田達也ではない」

「じゃあ、やっぱり戸田達也さんは濡《ぬ》れ衣《ぎぬ》だったのか？」

「いや、そうじゃありません。彼はあの二人を襲っています。俺と富樫があの家に到着したとき、襲撃はもう終わっていて、家の中に入ると、手斧を持った達也と、鳥打ち帽を被《かぶ》って白いマスクを着けた男がいて、二つの蒲団の横の畳の上には、血だらけのラグビーと浴衣を着た女が——」

「ちょっと待って。ラグビーって？」

「戸田先生のことです。彼の渾名《あだな》です。彼はラグビー部の顧問だから」

「達也さん以外のもう一人の男は鳥打ち帽を被っていたんだね？」

木村は無言でうなずいた。白いマスクはともかく、鳥打ち帽は特徴的だった。鳥打ち帽の男の話も、富樫が最初に別の友人に喋った話には出ていなかったから、私としてはやはり念を押す必要があった。

しかし、富樫は無反応だった。

「二人は生きていたの？」

「はい。ラグビーは血だらけだったけど、呼吸はしていました。女のほうは、たぶん、彼の奥さんだと思うけど、そのときは何かの薬品を嗅《か》がされて気絶している感じだったけど、やはり呼吸はしていました」

「薬品を嗅がされたって、どうして分かったのかな？」

「女の体からクロロフォルムみたいな甘い薬品の臭《にお》いがしたんです」

クロロフォルムから甘い臭いがするのは、本当だった。

「それからどうしたの?」

「俺と富樫が二人を車まで運びました。最初は、女だけ運べと言われましたが、やっぱり男も連れて行くということになって、結局、男も車の中に運びました」

「車って?」

「白のワゴン車です」

「じゃあ、やっぱり戸田家の——」

「いや、違うと思います。戸田家のワゴン車は駐車スペースの中に駐《と》めてありましたが、その横にもう一台同じような白のワゴン車が駐まっていたんです」

「同じ車種の?」

「それは分かりません。同じ白で、大きさも形も似ていたことは確かだったけど、ちゃんと見てなかったから、まったく同じ車種だったかは分からない」

私が木村の話に信憑性を感じたのは、この瞬間である。白いワゴン車が二台あったとすれば、戸田家のワゴン車に血液反応が認められなかったことは説明が付くのだ。これは富樫が別の少年に喋ったというファーストバージョンにはない内容だった。それにファーストバージョンでは、富樫は直接的な襲撃に参加していて、女の足を押さえたことになっている。

「とにかく、君たちは二人を車まで運んだんだね。それから?」

「俺たちはそのワゴン車で出発しました。男は多摩川の河川敷に向かうと言っていました」

「誰が運転していたの？」

「その鳥打ち帽の男です。俺と戸田達也が女を挟むようにして、運転席の後ろに座り、さらにその後ろの席に、富樫が座って、横に倒れているラグビーを見張っていたんです」

「待って。話はちょっと前に戻っちゃうけど、君たちは戸田家までどうやって行ったのかな。その白のワゴン車は君たちがそこに到着したとき、すでに来てたんでしょ？」

「そうです。俺たちはその家まで歩いて行ったんです。普段はオートバイだけど、その日はもともと酒を飲むつもりだったから、オートバイは家に置いてきていました」

「君たちが花火をしていた多摩川の河川敷から？」

「ええ、だから、二時間近く掛かったと思います」

そんな長い距離を歩いたことは、いささか不自然かも知れない。しかし、私はそういう細部にこだわって、話を中断するのは、好ましくないと判断した。

「車の中では、ひどいことが起こりました。男の指示で、俺と達也が女の浴衣を脱がせたのです。逃亡させないようにするためです。ところが、裸にされた途端、女が意識を取り戻したんです。女は特に達也を見て、狼狽《ろうばい》していたようです。今から考えると、自分の義理の兄に素っ裸を見られているのですから、当然の反応かも知れません。もっとも、そのときは、彼らの人間関係があまりよく分かっていませんでしたから、そんな風にも思いませんでしたけど。とにかく、女は大声で泣きわめき始めました。だから、男の指示で、達也が女を絞め殺したんです。俺は正直怖くて、窓のほうにぴたっと体を寄せていただけで、何もしませんでした。富樫も同じで、何もしていません。富樫の横で血だらけで横たわっていたラグビーも、生きていると言っても、ほとんど意識不明状態だったから、女が殺されているときも別に何の反応もしなかった。そもそも、俺たちはある物を運ぶ手伝いに来て欲しいと言われていただけで、そんな仕事だとは思っていなかったんです。俺たちはそのあと多摩川の河川敷まで走ったんですが、河川敷に着いたとき、男が達也にスコップでとどめを刺すように命じたんだ。ところが、達也はもたもたしていた。兄弟なんだから躊躇するのは当然でしょ。だから、結局、男が達也からスコップを奪い、それで頭を殴りつけたんだ。そんなことしなくても、虫の息で、放っておいても死んだはずだったから、俺には無駄な行為としか思えなかったですよ。とにかく、俺と富樫で二人の死体を埋めさせられたんだ。嫌だったけど、断ると俺たちも殺されるかも知れないと思ったから。そのあと、俺と富樫は、八王子市内の富樫の家まで車で送ってもらい、その夜は、というか朝だったけど、俺は富樫の家に泊まったんです」

私は木村の話を聞きながら、やはり時間のことが気になっていた。

「その河川敷はどのあたりか分かりますか？」

「さあ、それはどうかな。ただ、車で一時間くらい走ったことは覚えている」

「もう一度車で同じ道を走れば、思い出せる？」

「たぶん」

木村は言いながら、富樫のほうを見た。富樫はここでも無反応だった。

木村の話が本当なのか、判断は難しかった。一定程度の信憑性を感じていたが、腑《ふ》に落ちないところもある。特に、勇人にとどめを刺したくだりは若干、簡略に過ぎるように思えた。しかし、凄惨な部分はなるべく思い出したくないため、思わず簡略に話してしまったという解釈も可能だった。

「私は富樫君が別の友達に最初に喋った話の内容は聞いているんだけど、それと今度の話はかなり違うよね。今度の話が本当だとしたら、君は最初は嘘を吐《つ》いたということ？」

私は富樫の顔を見ながら訊いた。しかし、この質問に対しても答えたのは、木村である。

「いや、富樫が嘘を吐いたというより、聞いた相手が勝手に解釈したということもあるんだ。今度の俺たちの話が本当に起こったことなんです」

私は富樫自身の答えをなお促すように、富樫から視線を離さなかった。しかし、富樫は相変わらず無言のままだった。

「君と富樫君は、あらかじめ殺人の話を聞かされていたわけではなかったんだろ。それにも拘わらず、そんな死体の処理まで手伝ったのはどうして？」

私は富樫の返事は諦めて、違う角度から質問した。これも、重要な質問であるのは自覚していた。だが、私はわざとそれほどの質問でもないふりを装った。

「まあ、成り行きってこともあるけど、俺はその男から少し金をもらってたし、弱みも握られていたからな」

「弱みって？」

「それは言いたくないです」

木村は私から視線を逸らし、投げ出すように言った。私はさらに強引に尋ねるのは避けて、今度は富樫に訊いた。

「富樫君、君はどうなの？」

「俺の場合も、やっぱり成り行きということもあるけど、一番大きいのは、木村に対する義理かな」

富樫は、溜息《ためいき》をつきながら応えた。それは妙にリアルに聞こえた。

「杉山《すぎやま》さん、俺たちのしたことも、やっぱり犯罪でしょ？」

木村は目の前のコーヒーを一口飲むと、真剣な表情で訊いた。

「うん、死体遺棄にはなるね」

「やっぱり、そうですか」

木村は暗い表情で押し黙った。それから、ちらりと富樫のほうに視線を投げた。しかし、富樫も相変わらず重い口を開こうとはしなかった。

「ところで、木村君、高校のように理科の実験を行なう場所では、クロロフォルムのような薬品は置いてあるものなのかな？」

私は話題を変えるように訊いた。もちろん、私は大学の医学部や薬学部や理工学部などとは違い、高校ではそんな薬品は置いていないことは知っていた。私が木村の話で疑問に思っていたもう一つの点は、クロロフォルムに関する証言だった。

テレビドラマなどでは、ハンカチなどに染みこませたクロロフォルムを嗅がせて人を気絶させる場面をたまに見かけるが、実際はクロロフォルムにはそんな顕著な効果はない。

木村の言うようにクロロフォルムから甘い臭いがするのは事実だったが、それもネット検索で調べればすぐに分かることである。

私は木村の表情を窺った。その顔には案の定、警戒感が浮かんでいる。ただ、私の質問の意図を解しかねている表情にも見えた。

「さあ、それは分かりません」

木村は不意に穏やかな微笑を湛えて答えた。手強い相手だ。

私は、そんな思いを巡らせながら、木村の顔を凝視していた。


私と須貝は、木村と富樫と別れたあと、ＪＲ八王子駅に徒歩で向かいながら、路上で簡単な会話を交わした。私としては、須貝が木村や富樫について、どんな印象を持ったか知りたかったのだ。

「どう思います？　あの二人の言ったこと」

私はできるだけさりげない口調で訊いた。

「あの木村というのは、なかなか食えないですよ。意外にまともな口を利く割に、しっかり要求することとは要求してきますからね」

「ボイスレコーダーのこと?」

「ええ。でも、私も馬鹿じゃありません。ちゃんと録音させてもらいましたよ」

須貝は手に抱えていたジャケットのポケットから、ボイスレコーダーを取り出し、私のほうに翳《かざ》して見せた。啞然とした。

「じゃあ、あのとき」

「止めた振りをしただけです。最近のボイスレコーダーは性能が抜群にいいから、ポケットの中にあってもしっかりと音を拾ってくれますよ」

まじめな堅物《かたぶつ》に見えた須貝の意外な一面を見たような気がした。だが、編集者もジャーナリストの一種と考えれば、その程度の詐術を使うのは当然なのか。私もその点については、他人《ひと》のことが言える立場でないことは分かっていた。

「木村はどの程度本当のことを言っているのだろう?」

私は仕切り直しをするようにもう一度訊いた。

「木村の言ったことがすべて本当だとはとうてい思えませんよ。だいいち、富樫の顔を見ていれば分かるじゃないですか。あの乗り気でない顔は、自分たちの嘘を認めているような顔でしたよ」

「しかし、彼らの言ったことには、一定の真実が含まれているとは思うんだ。あんな重大な証言をする以上、まったくの嘘を言っているとは考えられないでしょ」

「それはそうかも知れません。ただ、彼らが何で真実の一部をああいう形で小出しにしているのか、その背景を知らない以上、今日の話はそう簡単には活字にできませんよ」

それはまさにその通りだった。須貝が、やはり健全な人権意識を持っているのは間違いないように思われた。

犯行は、四人で行なわれた！

達也は、釈放後、川口町の実家に戻っていた。ただ、世間体をはばかって、外に出ることはほとんどなく、事件以前のように賃仕事で近所を回ることもなくなっているという。もともと金に困っていたわけではない。それに事件後、両親とも体調を崩し、達也はその看病に忙しかった。

母親はその後回復したが、軽い脳梗塞《のうこうそく》を患っていた父親は寝たり起きたりの生活だった。やはり、次男夫婦が行方不明な上に、裁判にも出て達也のために証言したことが相当なストレスとなり、脳梗塞を発症させるきっかけとなったのだろう。

遼子は、ほとんど実家には近づかなくなっているらしい。事件前は結構頻繁に実家に顔を出していたから、これは大きな変化である。

「何だか、兄と顔を合わせるのは気味が悪いのよ」

遼子が親しい知人に語ったとされる言葉が、それとなく周囲にも伝わっている。このことは達也に対する遼子の疑惑が払拭《ふっしょく》されたわけではないことを示唆していた。

勇人夫婦の一人娘の悠花は、碧の両親が引き取って、面倒を見ているという。勇人の両親も悠花を可愛がっていたが、無罪になったとは言え、達也の疑惑が完全に払拭されていない以上、現実問題として悠花を預かると申し出るわけにはいかなかったのだろう。

無罪判決後、達也の元には様々な電話が掛かり、怪しげな訪問者もあった。宗教家あるいは占い師と称して、達也の心の中に入り込もうとする者も何人かいたが、結局、金が目当てだった。

訪問販売や保険の勧誘に訪れる者もいる。これには、事件のせいで戸田家が資産家であることが世間に公表されてしまったことが影響しているのだろう。こういう連中を追い払う役割は、達也本人ではなく、電話や玄関でまず応答する病み上がりの母親だったから、体調がいつ再び崩れないとも限らなかった。

私が達也に面会することに対して、浜中弁護士は消極的だった。はっきりと理由は言わなかったが、両親のストレスに配慮したこともあるのだろう。しかし、本音では、私が達也と面会したとき、どんな印象を持つか不安を感じていたのではないか。それは浜中自身が達也の冤罪を確信しているわけではないことと、微妙に関係しているようにも思えた。

もちろん、川口事件の主任弁護人である浜中は世間に対して、達也の無実を絶対に信じているポーズを取る必要があるのは分かる。しかし、こういう事件を扱うプロ中のプロの弁護士である浜中が、検察が提起した訴因に対して無罪を証明しただけで、達也があらゆる意味で事件とは無関係だと考えているかは、また別問題だった。しかし、弁護士の立場からは、誰に対してもそんな胸中を語ることは不可能だったに違いない。

結局、浜中は私が川口町の戸田家を訪問して、達也に会うことを了承してくれた。心ならずもという印象はぬぐえなかったが、仮に彼がそれを許可しなかったとしても、私が密《ひそ》かに達也と連絡を取ろうとすることは分かっていたのだろう。

実際、冤罪とされている事件を取材しているジャーナリストとして、冤罪の対象となった当人にインタビューしないという選択肢などあり得なかった。それを分かっていた浜中は、私に勝手な行動を許すよりは、自分のコントロール下で、私を達也と面会させることを選んだとも言える。

もっとも、売れっ子弁護士として多忙を極める浜中は、その面会に立ち会ったわけではなく、ただ達也の母親に電話を入れ、私の立場を説明し、協力を要請してくれただけである。私が冤罪の視点から川口事件に関心を抱いているジャーナリストであることを説明したはずだから、母親は当然、私が達也の味方であると解釈したことだろう。私は浜中とは最初の訪問以降、電話では何度か話していたが、まだ事件に関する私の本音はぶつけていなかったのだ。

ただ、浜中は私に一つだけ条件を付けていた。母親の前で、達也の覗き行為について訊かないで欲しいというのだ。そういう配慮はある程度理解できるものだったが、それが母親のいないところで訊くのは黙認するという意味なのかは、微妙だった。

私は母親の菊子立ち会いの上で、戸田家の応接室で達也と面会した。私は裁判をほとんど傍聴し、達也の顔を知っていたが、達也は裁判当時よりは顔が幾らかふっくらとしたように思われた。

一方、初対面の菊子はすでに七十歳を超えているが、品のいい臙脂《えんじ》の眼鏡を掛けた知的な風貌で、ある意味では達也と対照的である。しかし、そのげっそりと痩せた頬が、近年の心労を問わず語りに語っているように見えた。

「何とかお二人が無事戻られるといいですね」

形式的な挨拶《あいさつ》の言葉を交わしたあと、私は菊子の目を見ながら言った。現実味のない希望的観測であるのは分かっていたが、憔悴《しょうすい》した母親に多少とも好意的な印象を与えるほうがインタビューはしやすいはずだ。

だが、それ以外にも達也の反応を見るという目的があったことを私は否定しない。私は菊子に目線を合わせながらも、ちらちらと達也のほうも見ていたのだ。

心の奥底では、達也が二人の行方と生死を知っているのではないかという疑念をぬぐい切れなかった。だが、達也はそのトロンとして、鈍い光を放つ目を微動だにさせず、私の目線を外し、あらぬ方向を見ているだけだった。

「ええ、それぱっかりを祈っています。でも、いなくなってから一年以上経っていますから、もう気持ちの上でも限界なんです」

確かにその日は、十一月十二日だったから、事件からおよそ一年と三ヶ月が経過している。

「勇人さんご夫婦は、事件前からよくこちらにいらしていて、泊まっていくこともあったのですか？」

普通の世間話に見えて、私としてはそれなりに意味がある質問だった。実際、菊子は一瞬、何かを言おうとして躊躇しているように見えた。

「いや、そうでもないよ」

答えたのは達也のほうだった。

「そもそも彼らは俺のことをあまり好きではなかったからね」

「そんなことはないわよ」

母親が遮るように言った。達也の発言の危険性に十分に気づいている口調である。だが、達也はその言葉が聞こえないかのように言葉を繋いだ。

「弟はそれほどでもなかったかも知れないが、碧さんはどうも俺が苦手だったみたいだ。だから、二人が結婚した最初の一、二年を除けば、彼らがうちに来て泊まることなんかほとんどなかったね。あの日だって、お袋が勇人にしつこく言ったもんだから、しぶしぶ、久しぶりに家族を連れて里帰りしたんだ」

菊子は不機嫌に黙り込んだ。それは達也の言ったことを肯定したも同然に見えた。

私は達也の発言に大きな意味を見出していた。私はそれまでは彼が別の日に行なった覗き行為を事件の当日の行為のように供述した可能性を排除していなかった。

だが、これでその可能性は低くなり、覗き行為はやはり勇人夫婦が姿を消した日に行なわれた可能性が高いと思ったのだ。だとすれば、覗き行為に気づかれたためにパニックに陥り、発作的に二人を殺害したという検察側の主張は、やはりそれなりの整合性を帯びてくるような気がするのである。

いずれにしても、ここはさらに突っ込んで訊きたいところだったが、母親の前で覗き行為には言及しないという浜中弁護士との約束は守らざるを得なかった。

「あの——できましたら、事件の起こった部屋を見せていただけないでしょうか?」

私は遠慮がちに訊いた。もちろん、私は臨場感のある記事を書くためには、当然現場を見る必要を感じていたが、場所の移動によって、あわよくば私と達也が二人だけになれるチャンスがあるかも知れないという下心があったことも確かだ。

二人ともすぐに了承してくれたが、達也が案内しようとして立ち上がると、菊子も立ち上がろうとした。

「お母さんは大丈夫ですよ」

私は気遣うように言ったが、菊子は無言で無視した。まるで達也を一人にすると、何を言い出すか分からないと危惧しているようにも見えた。

応接室と事件のあった和室の距離は、ほんの五、六メートルくらいしかなかった。白い障子は血痕も付着しておらず、どこも破損していなかったから、当然、事件後、新しい物に入れ替えたのだろう。達也が障子を開け放つと、やはりきれいな畳が現われた。そこに大量に飛散していたはずの血液を想像するのは難しかった。

おそらく、警察も事件から数ヶ月は現場保存の意味で障子や畳の交換はしないように要請していたのだろうが、もはや一年以上が経過しているため、いつまでも事件現場を保存しておくわけにはいかなかったのか。ただし、その六畳の部屋には調度品は一切なかったので、実際より広く見えた。

「この部屋は今はどなたもお使いになっていないのですか?」

「ええ、私も主人も体調が悪いものですから、この子には二階の私たちの隣の部屋に寝てもらっているんです」

達也が再び不規則発言をするのを恐れるように菊子が即答した。

「それに俺だって、夜なんかにこの部屋に入るのはやっぱり気持ちが悪いよ。弟と碧さんがまだこの部屋にいて、俺のことをじっと見ている気がしてさ」

達也の囁《ささや》くような声に、私は凍り付いた。達也がまるで自分の後ろめたさを率直に表現したようにさえ聞こえたのだ。確かに、達也自身が勇人と碧を殺した、あるいはその殺害に何らかの点で関与しているとしたら、この部屋には近づきたくないだろう。

菊子の顔を見た。暗い陰影が老いてやつれた白い皮膚を覆い尽くしていた。同情を禁じ得なかった。しかし、私は心を鬼にして訊いた。

「これは、もちろん、念のために伺うのですが、達也さんは事件にはあらゆる意味において関与していないんですよね」

さりげなさを装ったものの、若干、声が震えるのが自分でも分かった。

「それは言えねえよ」

「えっ!」

そう言ったきり、思わず絶句した。菊子の顔が引きつっている。

私の質問も唐突に聞こえたはずだが、その答えはそれ以上に唐突に響いた。少なくとも、私の想定にはなかった。当然、私は彼が強く否定するのを予想していたのだ。

「どうして言えないんですか？」

私は気を取り直して、今度は冷静な口調で訊いた。

「何か言うと誤解される恐れがあるから、浜中弁護士に何も言わないように止められてるんだ」

「そうですか。でも、普通に考えて、今度の犯行は一人で行なうことが可能だと思いますか？」

私はあえて一般論を装って訊いた。菊子が達也を目で制しているのが、分かった。しかし、達也はこでも母親を無視して答えた。

「ムリだね。犯人は一人じゃないよ。四人だよ」

「四人？」

思わず、体を前傾させた。これが一番、衝撃的な発言だった。達也は「複数」ではなく、「四人」というきわめて具体的な数字に言及したのだ。まるで犯人たちを知っているかのような口吻《くちぶり》だった。

「どうして、四人とお考えになるんですか？」

「それも言えねえよ」

達也は間髪《かんはつ》を容《い》れずに答えた。

「じゃあ、鳥打ち帽を被った男に心当たりはありませんか？」

私も食い下がるように訊いた。

「あの——達也も言っているように、事件について具体的なことを喋るのは、浜中先生に禁じられておりますから」

ここで、菊子がたまりかねたように口を挟んだ。私は黙った。やはり、菊子の体調を考えると、ここを強行突破するのは難しかった。

同時に、浜中との約束を破ってはいないと自分自身に言い聞かせていた。私は、確かに母親の前で、達也の覗き行為については、訊いていなかったのだ。

私は達也とどこか別の場所で一対一で会えば、本当のことを喋るかも知れないという感触を得ていた。従って、ここはひとまず矛《ほこ》を収めたほうがいい。

私は、近々に母親のいないところでもう一度達也に会おうと決意していた。法的真実はともかく、実体的真実という意味では、達也はけっして無罪ではないという実感が、傷口からゆっくりと流れ出す膿《うみ》のように、気味の悪い予想図を描き出していた。それは紛れもなく、川口事件のとんでもない真相が暴露される予感だった。

【連載中止に関するお詫びと告知】

二〇〇九年十月号から三号に亘って連載された杉山康平《こうへい》氏の**「その自白にはリアリティーがある！川口事件は冤罪なのか？」**は先月号をもって、終了とさせていただきます。弊社といたしましては、この記事を連載するにあたり、著者とも十分な打ち合わせを行ない、関係者の方々の人権に最大限配慮した記事にすることを心がけて参りました。しかし、それにも拘わらず、一部の関係者から人権に纏《まつ》わる厳しいご批判を受ける状況に至りました。弊社並びに著者の意図とは異なるとは言え、この記事が一部の関係者の人権を損なう結果を生み出したことを重く受け止め、不本意ながら、連載を中止することを決定いたしました。ご不快な思いをさせてしまった関係者の方々、また、『黎明』の読者の方々に対して、深くお詫びを申し上げます。弊社といたしましては、これを機にさらに高い人権意識を涵養《かんよう》すべく努力を重ねて参る所存でございますので、なにとぞご理解のほどよろしく御願いいたします。

（二〇一〇年一月二十五日　『黎明』編集部）

第二部　人権という闇

第一章　不可視の連鎖

（1）

携帯の音が遠くで聞こえていた。深い眠りから覚醒するのに、しばらくの時間を要した。寝返りを打ちながら、ようやくスマートフォンの画面を見つめる。すでに午後二時半過ぎである。昨日はほぼ徹夜状態で締め切り原稿を書き上げ、眠ったのは朝の九時頃だった。

「はい、杉山です」

痰《たん》の絡んだ自分の声が、他人の声のように聞こえた。

「須貝です」

予想通りの相手だった。原稿を受領したという連絡だろう。ただ、その程度のことは普通はメールで済ませるから、他に話があるのかも知れない。

「ああ、須貝さん、今朝送りましたよ」

「それがですね――」

須貝は言いよどんだ。すぐに不吉な予感が立ち上がった。

「何か問題があるんですか？　もちろん、言っていただければ、語句の修整には応じますよ」

「いえ、そういう問題じゃなくて。連載はいったん中止とさせていただきたいんです」

予感は的中した。いや、的中というのは正確ではないのかも知れない。ここまで、決定的にひどい事態は予想していなかった。

いわゆる人権を巡って、私と『黎明』編集部に微妙な綱引きがあったのは事実である。須貝を通して、編集長やそのさらに上にいる編集局長の危惧は、私にも伝わっていた。しかし、それは連載継続を前提とした注意喚起に過ぎないと、私自身は解釈していた。

「それはないでしょ。今回の原稿は昨日、徹夜で仕上げたんですよ」

さすがに、私は声を荒らげた。

「申し訳ない。もう少し早く結論を出すべきだったんですが、編集会議でもめて、なかなか結論が出なかったものですから。今日の午後の会議で、編集局長が最終的な結論を出したんです」

須貝など直接編集に携わる者は、掲載中止には反対したのだろう。その沈んだ声は、問わず語りに須貝の無念を伝えているように思えた。しかし、出版社の上層部は、ある種の政治的判断を下したに違いない。だとすれば、須貝を責め立てても意味がない。

「でしたら、体裁を変えて継続するのはどうでしょう。例えば、小説のような形で掲載するとか」

「いや、ご存じのように『黎明』は小説など一度も載せたことがありませんから。それに、今回だけ例外的に認めたとしても、すでにこれまでの三回の連載記事を読んでいる読者は、それをフィクションだと考えるはずはありませんよ。とにかく、ここはいったん連載を中止して、行方不明の二人がどんな形にせよ、発見された段階でもう一度考えるしかありません」

須貝の言っていることはまっとうな意見に違いなかった。しかし、私は気持ちの上で整理が付けられなかった。事実がほぼ判明した上で書く記事と、自分の筆の力で事実を判明させる記事を書くことは、根本的に異なるのだ。私にとって、川口事件の今現在の状況が重要だった。

「じゃあ、須貝さん、今日お送りした原稿を私が他社に持ち込むのは、構いませんね」

私はやはり冷静さを失っていたのだろう。あまりにも無謀な発言だった。この出版不況の折、大手出版社とフリーのジャーナリストの力関係は明らかなのだ。

私は知り合いの何人かの他社の編集者の顔を思い浮かべた。彼らが、一度別の雑誌で問題になった原稿を嬉々《きき》として受け取るとはとうてい考えられなかった。

「それは杉山さんの判断の問題ですから、私が口を挟むべきことでは——」

あまりにも当たり前の発言だった。しかし、私はその言葉でトドメを刺された気分になった。

「ただ、杉山さん、これは今回の政治的判断とは別のこととして、一緒に仕事をやってきた編集者として申し上げるのですが、やはりあの少年たちの証言には不確定な部分が多すぎると思います。私、例のボイスレコーダーで録音した彼らの発言をもう一度聞いてみたんですよ。でも、録音されたものを冷静に聞いてみると、その場で直接聞いていたときには見えなかったものが、いろいろと客観的に見えてきて。やっぱり、彼らの言っていることには矛盾も多いですよ。それに、二人の少年と戸田達也との接点がまるで見えてきません。空間的な意味でも、人間関係という意味でも、彼らはまったくかけ離れた環境にいるとしか言いようがない。例の鳥打ち帽の男が接着剤として機能しているのかも知れないけど、それが誰だか分からないというんじゃ話になりません」

須貝の意見は理解できた。だから、暗にそういう未知数の要素を解決しないままに、あいう記事を書いたことは、やはり人権侵害のそしりを免れないと言っているようにも聞こえた。これは、須貝が今になって言い出したことというより、あのときすでに「そう簡単に活字にはできませんよ」という言葉で、私に伝えていたことでもあった。

「それは分かります」

私は、若干冷静さを取り戻していた。

「だから、今後はその方面の調査を行なおうと思っていたし、すでに行なっているんです。特に被害者たちが勤務していた高校内部の人間関係の調査が不足していましたので、今、その方面を重点的に再調査しているところです。それに、浜中弁護士にもまだ訊かなければならないことがたくさんある」

私は今回の連載中止に至った最大の原因が、浜中の抗議であることは分かっていた。須貝も連載中止になる前に、浜中から抗議が入っていることは認めていた。もっとも、抗議の電話や手紙は浜中以外の不特定多数からも、かなり入っていたらしい。

「浜中さんは、うちの編集部に抗議の電話をしてきましたが、こちらが御願いしても、杉山さんと直接話し合うことは拒否していました」

だから、私と浜中が話し合うのは難しいと言いたいのかも知れない。しかし、私はそうであっても絶対にもう一度浜中に会って、話し合いたいと考えていた。

「とにかく、須貝さん、私は事件の調査だけは続けますからね。まあ、何年かかるか分かりませんが、事件の真相を突き止めるまでは私も引くに引けません」

スマートフォンの向こうからは、何の声も聞こえなかった。須貝にしてみれば、そんなことを言われても、応えようがないことだったのだろう。しかし、私は仮に『黎明』と縁が切れようとも、須貝との連絡だけは取り続けるつもりだった。

川口事件との関係において、私が辿《たど》った言動の軌跡を最もよく知っているのは須貝であり、今後も須貝には私の言動の目撃者になってもらいたいような気持ちだったのである。

（2）

檜山洋介《ひやまようすけ》は、八王子市川口町にある真言宗《しんごんしゅう》の寺、高圓寺《こうえんじ》の住職だった。高圓寺は、バス停「川口小学校」から戸田家とは反対方向に五分ほど歩いた場所にある。寺としては、それほど広い敷地ではないが、それでも裏山まで含めれば、川口小学校とさほど変わらない敷地面積だった。

檜山は戸田勇人とは浅からぬ縁のある人物だった。単に寺の住職であるだけでなく、埼玉第三高校の副校長でもあったからだ。勇人が教員採用試験に合格後、この高校を具体的な就職先として選んだのは、もともと戸田家の菩提寺である高圓寺の住職との縁を抜きにしては語れなかった。

教員採用試験に合格するまでは自力以外に頼るものはないが、それはあくまでも資格試験であり、そのあとの具体的な就職先の決定にはまた別の要素が絡むのはよくあることだった。檜山が、勇人の就職に関してアドバイスをして、何らかの尽力をしたのは確かだろう。その結果、二人は同僚という関係にもなっていたのだ。

勇人は就職決定後、すぐに勤務先に近い埼玉県に引っ越していた。しかし、寺の住職でもある檜山は、引っ越すわけには行かず、毎日、川口町から高校のある草加市まで通勤していた。

「まあ、電車で西八王子から草加までは二回乗り換えがあって、一時間半弱というところでしょうか。バスの時間も含めると片道、二時間近く見ておかなければなりませんから、毎日五時には起きますね。五時四十八分の始発バスに乗って、ようやく間に合うというところですな。ただ、私は昔から早起きには慣れていて、日曜日でも五時には自然と目を覚ましますから、別にどうということはありません。バス停まで歩くと十五分は掛かりますので、自転車で行き、知り合いの駐車場の脇に駐めさせてもらっているんです」

そう言うと、檜山は穏やかな笑みを浮かべた。法衣《ほうえ》は着ておらず、黒いズボンに白いワイシャツという私服である。髪の毛も青々と剃《そ》り上げているわけではなく、三分刈り程度の自然な短さだった。

いかにも寺の住職らしい落ち着いた雰囲気の人物である。顔立ちも整っていたが、微笑《ほほえ》むとややのっぺりした女性的な印象が生まれた。

私が初めて高圓寺を訪問し、檜山に面会したのは、二〇一〇年四月十八日日曜日の午後二時過ぎである。私が寺に到着したとき、ちょうど自転車に乗って帰ってきた檜山と、本堂と隣接する住宅棟の玄関で鉢合わせになった。近くのスーパーマーケットで買い物をしてきたという。

確かに、買い物に行くにも、せめて自転車がなければ、なかなか不便な場所である。寺の敷地内には、車がなかったから、そもそも檜山は車は運転しないのかも知れない。

私が檜山を訪ねたのは、埼玉第三高校における人間関係を知る上で、格好の人物だと判断していたからである。檜山は副校長の立場にあり、温厚で人徳のある人物としても知られていた。

従って、学内で起こるもめごとは、たいてい檜山のところに持ち込まれるというのだ。実際、不仲な教員が何かを言い争った場合でも、檜山の仲裁を受けると双方ともたいてい矛を収めると言われているほどだった。私が会った第一印象でも、檜山はそんな評判が納得できる、自然体の、信頼できる人物に見えた。

檜山は二階建ての住宅棟に、里葉《りは》という高校三年生の一人娘と二人で暮らしていた。妻は五年前、乳がんで死亡したという。

私は応接室の洋間に通されたが、日曜日だったので、この高校生の娘も在宅していて、私に飲み物を出すために、少しだけ顔を出した。さわやかで聡明な印象の少女で、感じもよかった。八王子の公立高校に通っているというので、高校名を尋ねると、偏差値的にはトップクラスの都立高校名を応えた。さぞかし勉強もできるのだろう。

「大学受験を控えているのに、いまだにバスケット部の練習で結構忙しいんですよ。夏の終わりまでは部活を続けて、秋には引退して、受験に備えるのが一般的らしいんです。夕飯は交代で作ることになっているのですが、結局、私が作ることのほうが多いですね。今日は日曜ですから、娘が作るとは言っていますが、料理の材料は今、私が買ってきたんです。それでも作ってくれればまだいいのですが、試合があるときなんかは、『お父さん、御願い』って言って、朝早くから出かけちゃいますから、当てにはならないですよ」

里葉が出て行くと、檜山は笑いながらこう言った。グチを装いながらも、いかにも娘に対する愛情があふれている口吻だった。私は一瞬、微笑ましい明るい気分になったが、これから訊こうとしている深刻な話題を考えると、そんな気分はすぐにかき消えた。

実際、本題に入ると、檜山も顔を曇らせ、まずは現在も行方が分からない勇人と碧を気遣った。

「勇人君も碧さんももちろん、よく知っています。二人の結婚式にも私は出席して、スピーチもさせてもらいました。本当にいいご夫婦だったのに、こんなことになるなんて信じられません。私としては、何とか二人が生存していることを願うばかりなのですが」

檜山は溜息を吐きながら、語尾を濁した。さすがに、二人が絶対に生きているとは言えない状況になっていることは、分かっているようだった。

「戸田勇人さんは性格的にはどんな方だったのでしょうか？」

私のこの質問には当然、恨みを買いやすい性格だったのかという含みを持たせていた。

しただ、否定的な要素は直接言葉としては使わないほうが、相手から重要な証言を引き出しやすいことは、ジャーナリストとして学んでいた。

「裏表のない、運動選手らしい性格でしたね。しかし、だからと言って、相手の気持ちを無視して強引に物事を運ぶような人間ではありませんでしたよ」

「そうですか。戸田達也さんのほうはどうだったのですか？　先生は彼とも顔見知りだったのですか？」

私は檜山の呼び方に迷っていた。「先生」と呼ぶのがいいのか、それとも「ご住職」と呼ぶべきなのか。その二つの呼称はどちらも檜山に当てはまるのだ。結局、「先生」を選んだのは、職場の人間関係を知るために檜山に会っているという意識が働いたからかも知れない。

「ええ、お兄さんのこともよく知っています。実は、彼には何度か、うちの寺の庭掃除や樹木の伐採を頼んだことがあるんです。弟さんに比べて、内気でおとなしい男です。でも、仕事はまじめにやってくれますし、けっして粗暴なこともない。だから、今度の事件で彼が逮捕されたと聞いたときは、腰が抜けるほど驚きましたね。事件の直後には、私のところにも刑事さんがやって来て、彼の粗《あら》を探すような質問ばかりを繰り返していましたが、私にしてみれば、何の問題もない男ですから、そう答えざるを得ませんでしたよ」

「兄弟仲はどうだったのでしょう？」

「それも刑事さんに訊かれましたが、特に悪いという話は聞いたことがありません。ただ、達也君は勇人君に比べて、かなり内向的な性格で、タイプはまるで違いますから、ご両親の話では二人が特によく話をしていたということもないようです。勇人君はむしろ、お姉さんの遼子さんといろいろなことを相談していたみたいですから」

檜山の話は、兄弟間で達也が孤立していたことを暗に仄めかしているようにも取れた。実際、それは公判において、犯行に至る伏線として検察側の冒頭陳述にも述べられていることなのである。

「達也さんは家族間で、若干疎まれていたというようなことはあったのでしょうか？」

これも検察の冒頭陳述に含まれる文言に沿った質問だった。同時に私は、今でも達也に対して辛辣《しんらつ》な発言を繰り返している遼子の顔を思い浮かべていた。

「いや、そんなことはないと思いますよ」

檜山は言下に否定した。それから、さらに言葉を繋いだ。

「もちろん、家族間のことは、私のような外部の人間には分からないところもありますから、断言はできません。ただ、達也君はまったく欲のない男で、周りから自分がどう見られているのかもあまり気にしませんでしたから、弟さんや妹さんから見たら少し歯がゆい存在だったのかも知れませんが」

ここまでは、檜山の話は私の想像とそれほど矛盾するわけではなかった。ただ、その温和な人柄のせいか、あるいは住職という職業柄のせいか、物事をオブラートに包んで言う傾向があり、檜山の説明から、兄に対する遼子の激しい嫌悪感などがストレートに伝わってくることはなかった。

「勇人さんと碧さんの結婚の経緯について、少し教えて欲しいのですが」

家族間の人間関係を一通り訊いたところで、私はこう言った。これが私が檜山を訪ねた本当の目的だった。

確かに、檜山が言うように家族のことは家族にしか分からない面があるのだから、檜山に訊いても自ずと限界がある。やはり、一部の週刊誌が伝えている二人の結婚に纏わるトラブルは押さえておく必要があるのだ。

檜山はインテリだから、『黎明』の記事を読んでいて、私の連載が中止になったことを知っている可能性もあった。しかし、私は川口事件の記事を月刊誌に連載しているとは告げたが、具体的な雑誌名や連載中止のことには触れていなかった。

ただ、それはともかくとして、こういう話になると、訊かれる側に多少の警戒心が湧き起こるのも当然だろう。檜山も少し困ったような表情になって、視線を落とした。それから、ゆっくりと噛《か》みしめるような口調で言った。

「まあ、どんな結婚でもそこまで辿り着くには、多少の問題があるもので、それをいちいち大袈裟《おおげさ》にトラブルと呼ぶのはどうかと思うのですが」

「それはもちろん、その通りです」

檜山が一部の週刊誌に批判的なのは明らかだった。

「先生は、お二人からいろいろと相談を受けていらしたと聞いたのですが」

私は重ねて尋ねた。

「ええ、そうです。特に碧さんは少し結婚に悩んでいて、それで私に相談することがあったのです」

「悩みというとどんな？　お差し支えない範囲で教えていただけないでしょうか？」

「基本的には、週刊誌で報道されているような話ですよ。他の二人の同僚からも求婚されていて、それで悩んでおられたのは事実です。ある週刊誌が、そのことをあげつらって、碧さんが案外男好きだったようなことを書いておりましたが、あんなのはまるでデタラメです。彼女はまじめな性格で、だからこそ悩んでいたんです。生田川《いくたがわ》伝説の菟原処女《うないおとめ》みたいなものですよ」

高校では主に古文・漢文を教えている檜山らしい喩《たと》え話だった。確か生田川伝説とは、二人の男に求愛されて悩んだあげく、どちらとも決めきれず、生田川で入水《じゆすい》自殺を遂げた女の伝説である。古くは『万葉集』の歌に詠まれており、中世では『求塚《もとめづか》』という謡曲で描かれているということは、どこかで習った記憶があるが、詳しいことは私も知らなかった。

「でも、碧さんの場合は、生田川伝説のように二人の男ではなく、三人の男だったわけですね」

私の発言に檜山は若干顔を歪めたように見えた。私としては、生田川伝説に引っかけて、厳密に言えば状況は少し違うと言いたかっただけだが、その言い方は檜山には不謹慎に響いたのかも知れない。

「だからこそ、男好きなどという的外れな風評が立ったのかも知れません」

檜山は特に気色《けしき》ばむわけでもなく、ごく自然な口調で応じた。

碧が勇人と結婚する前、勇人と付き合いながら、別の二人の教員からも言い寄られ、その内の一人とは肉体関係も含む深い関係になっていたということは、件《くだん》の週刊誌が書き立てていただけでなく、私の事前調査でも複数の人間が証言していることだったのだ。碧は見た目の印象が清純だったため、大半の人間はその性格についても肯定的な印象を抱いていたのだが、確かに一部には「男好き」と見る意見もなくはなかったのである。

「しかし、もてるのは本人の責任じゃありません。彼女がもてたことは事実ですが、自分に思いを寄せる男性に誠実に対応し過ぎて、混乱が生じてしまったというのが真相なんです」

どうやら、檜山は碧に対してかなり肯定的な評価を持っているようだった。ただ、僧職にあり、人徳もある檜山は誰に対しても肯定的な人間観を持っているとも想像され、それを鵜呑みにするのはいささか危険な気がした。

しかし、もちろん私はそんなことは口に出さず、檜山の話を聞き続けた。勇人と碧の結婚問題について、檜山がかなり具体的な経緯を知っていることは、確かに思えた。

（3）

梶本亮《かじもとりょう》はごく自然な口調で、こう語った。梶本は現在、東洋《とうよう》大学文学部の二年生である。

「うちの高校じゃあ、明治《めいじ》ならトップクラスの成績でなければ難しいですよ」

梶本は埼玉第三高校で、戸田勇人に習っていた。単に授業を受けていただけでなく、個人的にもいろいろと相談していたから、かなり親しい関係だったという。一つには、勇人の母校である明治大学が梶本の第一志望の大学だったため、受験のことでいろいろと相談していたからだ。

梶本の成績は、本人曰《いわ》く、中の上もしくは上の下だから、高校内ではけっして悪くはなかった。非行グループとの付き合いもなく、性格も常識的で突出した行動を取ることもなかった。

かと言って内気というわけでもなく、友達は多いほうだった。ただ、高校三年生になった四月の担任との面談では、今の成績では明治は難しいと言われていた。

「でも、何とか第二志望の東洋に現役で受かったのですから、僕の成績じゃあ御の字でしたけどね」

梶本は屈託のない笑顔で言葉を繋いだ。

梶本が一番仲がいいのは、喜久井良平《きくいりようへい》だった。喜久井とは中学校も同じで、高校三年生になってから、一緒に草加市内にある予備校に通い始めた。喜久井も、得意科目は異なるものの、総合的には梶本と同程度の学力で、やはり明治が第一志望だった。

ただ、二人にはライバル意識など皆無で、「どうせ明治は無理だから、次のところに入れれば御の字だよな」と言い合う仲だった。喜久井も明治は落ちて、専修大学経営学部に合格していた。

しかし、二〇〇八年五月頃から、二人の話題は大学受験よりは、2ちゃんねるの「碧先生を私刑《リンチ》する会」という掲示板の書き込みのことで持ちきりだった。梶本も喜久井も最初は「碧先生」が何者なのか分からなかった。しかし、スレッドのレスを辿っていくと、それがかつて埼玉第三高校で体育を教えていた教員であり、彼らがよく知っている戸田勇人の妻であることが分かったのだ。

梶本はいまだに残っているそのスレッドを、自分のスマートフォンで開いて、私に見せてくれた。

名無しリンチ　碧先生はやっぱりリンチしなきゃダメだな。
名無しリンチ　碧先生ってだれ？

このあと、およそ十三年前に碧が埼玉第三高校に赴任してから、戸田勇人と結婚するまでの男性遍歴が延々と記され、その中で碧の男好きぶりが悪意に満ちた表現で語られている。

しかも、碧以外の登場人物は、ほとんどが実名、ないしは特定性がきわめて高い表現を用いて言及されているのだ。書き込みをしている全員が「名無しリンチ」となっているが、もちろん複数の人間が匿名で書き込んでいるのだろう。

だが、内容はかなり詳細で、現在の勤務校における碧の評判まで書かれているため、書き込みの参加者は直接碧を知っているものと推定される。それによれば、現在の女子校でも前任校と似たようなマイナス評価もあるらしい。

名無しリンチ　表向きは愛想がいいし、見た目もいいから、裏を読まない子からは人気があるけど、かなり多くの子がきらってる。
名無しリンチ　やっぱ男好き？

名無しリンチ　きまってんじゃん。相変わらず、フェロモン、ぷんぷんだし。結婚して子供もいるくせに、若い男性教師に色目使ってんじゃねえの。
名無しリンチ　でも、しょうがなくない？　女の目で見ても、あの先生、今でもいい体してるよ。清楚な顔してて、痩せているようにも見えるくせに、おっぱいなんかしっかりGカップだし。まあ、やり逃げされた過去もあるらしいから、いい男には案外簡単に体開くらしいけど。

梶本も喜久井も碧のことを直接知っているわけではなかった。しかし、勇人とは日常的に接していて、授業以外でも会えば雑談する間柄だったので、こんなスレッドを知った上で勇人と話すのは何となくうしろめたい。

「ラグビー、この2ちゃんねるのこと知ってるのかな」

梶本は予備校からの帰り道、喜久井に訊いたことがある。

「知らねえだろ。教師は2ちゃんねるなんか見ねえし」

「だけど、本当かな。リンチ計画って？」

「嘘だろ。2ちゃんねるなんてデタラメばかりだよ。会話になっていても、ずっと同じやつが書いていることもあるし、女のふりして、男が書いてるなんてこともざらだよ」

確かに喜久井が言うように、女子校での評判に触れている書き込みも女を装っているが、何となく書き手は男のような印象もある。同時に、若者言葉がどことなく板についておらず、もう少し年齢が上の人間が書いているのかも知れない。

しかし、梶本には、碧の「私刑計画《リンチプロジェクト》」に関する書き込みがやはり気になった。喜久井も否定的なことを口では言っていても、やはり気になっている様子だった。

名無しリンチ　今度、碧先生の「私刑計画《リンチプロジェクト》」を実行します！　参加する人は、手を挙げろ。
名無しリンチ　リンチって、何すんの？
名無しリンチ　碧先生を素っ裸にして、みんなで回します。
名無しリンチ　それ犯罪じゃん！
名無しリンチ　いいの！　どうせ犯罪に値する女だし。

不気味なのは、リンチに関する書き込みはこれだけで終わっていて、あとは再び、過去の碧の男関係や容姿、あるいは性格に関する書き込みが延々と続いているのだ。

「でも、僕たちはこのあとはもう2ちゃんねるは見なくなりました。見てしまうと、学校でラグビーと話すとき、意識過剰になってしまうから嫌だったんです」

私と話す梶本の表情から、すでに笑顔は消えていた。二年前の出来事が、もう一度鮮明に脳裏を覆い始めているように見えた。

梶本は八月十四日の夕方、突然、喜久井から携帯に電話を受けたとき、啞然とした。

「夕刊見たか？　テレビでもやってるぞ」

「何のことだ？」

「知らないのか。ラグビーと『碧先生』、今朝拉致されたらしいぞ。二人がいた部屋は、血だらけだったって言うぜ」

梶本は、一瞬言葉を吞み込んで黙りこくった。すぐには信じられなかった。もしそれが本当だったとしたら、2ちゃんねるで書き込まれていた通りのことが起こったことになるのだ。

（4）

川口事件発生からおよそ二年後の八月の夏休みに、草加市の繁華街にある年中無休の居酒屋で埼玉第三高校の同窓会が開かれた。ただ、開催場所を巡って、教員側と幹事を務める元生徒側で、ちょっとしたもめ事が生じていた。

梶本の話では、元生徒側は飲酒を伴う会にすることを希望していたのだが、参加教師の中には難色を示す者があったという。特に四人の教師の内二人が女性で、参加者の中には、未成年者も含まれている可能性があるため、こういう同窓会においても飲酒には否定的だったらしい。

しかも、同じ高校に勤める戸田勇人が妻と共にいまだに行方不明になっているのだから、同窓会とは言え、飲酒するのは不謹慎であると見る向きもあった。しかし、副校長の檜山が仲介して、特に二人の女性教員を説得したのだ。もちろん、飲酒できるのは法的に問題のない者だけで、未成年者にはソフトドリンクしか出さないという前提の上で、飲酒する者があったとしても、二人の無事生還を祈る集会としての性格を持たせればいいというのが、檜山の意見だった。

元生徒側に対しても、そういう会の性格を踏まえた上で、秩序ある同窓会にすることを求め、一気飲みなどで飲酒の強要は一切しないという言質《げんち》を取っていた。檜山自身は下戸《げこ》で、普段から一滴もアルコール類を口にしないというから、この裁定は誰の目にも公平なものに映ったようだ。

こんな事情があったから、同窓会は比較的静かなスタートを切った。参加者の半数が女性だったので、年齢に拘わらず、最初からソフトドリンクを注文する者もいて、よく言えば上品な、悪く言えば盛り上がりに欠ける会になっていた。

最初に檜山が挨拶し、神妙な表情で勇人夫婦のことに触れ「二人の行方不明について何か情報を持っているものは、私か警察に申し出て欲しい」と告知し、そのあと全員で二人の無事を祈る黙禱《もくとう》を捧げたのだ。

梶本と喜久井は、端の席に横並びに座り、生ビールを飲んでいた。彼らは二人ともすでに成人していた。彼らの斜め対面には、同じクラスにいた女性二名が座っていたが、左端が一席分空いている。

梶本は誰かが遅れて来るのだろうと想像していたが、その誰かがまさか木村だとは予想していなかった。しかし、檜山の挨拶が終わって三十分くらい経ってから木村が現われ、幹事に促されて、その空いている端の席に座ったのだ。

梶本は何となくまずいことになったと思っていた。特に木村は冒頭の檜山の挨拶は聞いていないから、この同窓会の趣旨を理解しているとは思えない。また、同窓会の幹事たちと一部の女性教員の意見の相異に基づく議論も聞いているはずがないだろうから、木村がまったくそういった前提を無視して傍若無人《ぼうじゃくぶじん》に振る舞うことを危惧したのだ。

木村は席に座るとすぐに、当然のように生ビールを注文した。梶本は木村の誕生日など知らなかった。木村が成人に達しているのかは分からなかったし、近くにいた誰もあらかじめ決められた飲酒ルールを木村に伝えることもなかった。

しかし、予想外なことに、木村はおとなしかった。少なくとも、ビールを飲みながらも、その場の雰囲気をわきまえた立ち居振る舞いだった。ただ、問題は梶本自身も喜久井も、さらには木村の横に座っている女性たちも、木村に話し掛けないことだった。やはり、木村は特別な存在なのだ。

梶本も木村とはそれまでほとんど口を利いたこともなかった。梶本は何と言っても、まじめ派の代表的な一人だったたし、木村はその正反対の人間なのだ。ただ、梶本は他人に気を遣うタイプで、木村が一人孤立して、黙々と生ビールのジョッキを傾けるのを見るに忍びなかったらしい。

「木村君、今、どうしてるの？」

梶本の、若干唐突にも響く問いかけに、木村は意外そうに顔を上げた。

「ああ、会社に勤めてるよ」

木村はにっこりと微笑みながら答えた。まともな対応だった。

「どんな会社？」

「浄水器を売る会社だよ。俺は訪問販売のセールス担当だ」

梶本はそれ以上言葉を繋げなかった。いかにも木村らしい仕事だとも思った。もちろん、訪問販売の仕事が即違法というわけではないが、木村がやっていると言うと、何となく怪しげに響くのだ。

しばらく、沈黙が続いた。だが、木村が不意に訊いた。

「なあ、ラグビーのこと、どうなったか知ってるか？」

梶本の頭の中では、木村と勇人夫婦の拉致事件はまったく結びついていなかった。一人の少年が事件に関わったと仲間に語ったというマスコミ報道があるのは知っていたが、その少年、つまり富樫と木村のことは、どこのマスコミも報道していなかったから、知っているはずがないのだ。

「まだ見つからないんだって。さっき和尚さんが挨拶のときに触れて、情報があったら教えて欲しいって言ってたよ」

喜久井が初めて木村に対して口を利いた。「和尚さん」というのは、檜山の渾名である。

「そうか。そうだろうな」

木村が独り言のようにつぶやいた。そのつぶやきは、若干、奇異に聞こえた。

「それで、情報があったら、誰に話せって言ったんだ？」

木村は、そう言ったあと、大きく生ビールのグラスを傾けた。

「和尚さんか、警察にだって」

再び、喜久井が答えた。今度は、木村は返事をせず、小さくうなずいただけだった。

「何か情報があるの？」

梶本は思いきって訊いた。やはり、木村の様子は何か子細ありげに見える。

「ああ、少しね。たいしたことじゃないかも知れないけど」

そう答えると、木村は奇妙な笑みを浮かべた。

「どんな情報？」

梶本はさらに訊いた。好奇心を抑えきれなかったのだ。

「それは言えねえよ。人のプライバシーに関わることだからな」

木村が不意に語気鋭く答えた。その表情はひどく真剣に見える。梶本も一瞬、言葉を呑み込んだ。喜久井も緊張した表情で黙りこくっている。

「ところで、先生たちの出席者は、これだけか？」

木村はその間隙《かんげき》を衝《つ》くように、それほど広くない会場を見渡しながら比較的大きな声で訊いた。クラス担任の教員は、それぞれ自分のクラスの生徒が多いテーブルの近くに座り、特定の担任を持たない檜山は中央近辺のテーブルに着いている。教員の参加者は限られているから、その配置は一目瞭然だった。

「四人だけじゃないの」

喜久井が確認するように答えた。

一次会はほとんど盛り上がりを見せることなく二時間程度で終わった。木村も、勇人夫婦の拉致事件についてはそれ以上のことは言わなかった。途中から、木村の横に座っていた女性たちが話し掛け始め、木村も機嫌良く応じていた。梶本も喜久井もあんな木村の姿を見るのは初めてだったのだ。

しかし、見た目のいい木村が女性にもてるのは明らかだった。高校に在籍中は、そのふてくされた態度のせいで、女子生徒も近づきにくい雰囲気があったのだが、普通にしていれば、普通にもてる男なのだ。

二次会に参加する者は少ないようだった。梶本も喜久井も二次会には行かないことに決めていた。かと言って、そのまま自宅に帰る気にもなれない。

二人は、帰宅する他の同窓会参加者の列からは外れて、繁華街を通り抜けようとしていた。時間はまだ午後八時過ぎだったが、盆休みで閉まっている店が目立ち、人通りも少なかった。

「なあ、木村のやつなんで来たのかな?」

喜久井が訊いた。それは、梶本のほうこそ訊きたい質問だった。

「さあな」

「やっぱり、ラグビーたちの拉致事件のことで、和尚さんに話したいことがあったのかな」

梶本もそうは思っていたが、一次会終了後も、木村が檜山に話し掛けている様子はなかった。教員の参加者たちは、一次会の会計が終わると、まるで二次会に誘われるのを恐れるように、そそくさと帰っていった。家の遠い檜山もその一人である。木村も店を出ると、一人でさっさと駅の方面に歩いていったようだった。

「でも、彼が和尚さんに話し掛ける様子はまったくなかったよ。ひょっとしたら、木村、誰か別の教師に会いに来たんじゃないかな」

「そうだな。来ている教師はあれだけかって、俺たちに確認していたもんな」

喜久井もうなずきながら同意した。それから、ふと思い出したように付け加えた。

「木村、誰に会いに来たのかな」

「拉致事件との関係が噂されてる先生か？　だったら――」

梶本はそこで言葉を止めた。最後まで言う必要はなかった。現在、埼玉第三高校に在籍している教員で、「碧先生」を恨んでいるとみなし得る者は一人しかいなかった。梶本も喜久井も、埼玉第三高校で現在も教鞭《きょうべん》を執っている化学の教師に関する、風聞を聞いていたのである。

（5）

戸田勇人は明治大学経営学部を卒業していた。高校時代から全国的に名前を知られたラグビー選手で、大学時代もレギュラー選手として活躍した。県の教員採用試験に合格し、卒業後は埼玉県の草加市にある埼玉第三高校の教員に体育教師として採用されている。同時にラグビー部の顧問も任せられ、毎日の練習にもできるだけ付き合い、試合のための地方遠征には部員を帯同《たいどう》するという多忙な日々を送っていた。

勇人がこの高校で五年目を迎えたとき、定年退職した体育教師の代わりに入ってきた新卒の教師が碧である。碧は日本女子体育大学出身で、大学時代は新体操の選手だったから、同じ運動選手と言っても職場の同僚になるまでは勇人とは何の接点もなかった。しかし、二人は職場で知り合ってから、急速に接近した。

最初に一目惚れしたのは勇人のほうである。碧は新人教員として入ってきた年から、一際《きわ》目立つ存在だった。比較的年配の教師が多い中で、碧は二十二歳と飛び抜けて若く、容姿も整っていた。しかし、今風の派手な外見の女性ではなく、短髪の黒髪で清楚な印象が強く、ときにボーイッシュにさえ見えなくはなかった。

埼玉第三高校は男女共学校で、偏差値的には中堅校だった。特に学習意欲の高い生徒が多いわけではないが、かと言って生徒の授業態度が著しく悪いわけでもない。新人教員には比較的教えやすい教育環境だったと言うべきだろう。

そんな中で、碧はすぐに生徒の中に溶け込み、人気者になった。その若干ボーイッシュな印象のせいか、男子生徒だけでなく、女子生徒からもかなり人気があった。

碧が人気者だったのは、けっして生徒の中だけではない。当然、同じ高校の男性教員、特に独身教員から人気の的だった。その凛《りん》とした雰囲気から最初は話し掛けにくいという印象を持つ者もあったが、話してみると、誰に対しても気さくで親しみやすく、性格もいいというのが碧に関する全般的な評判だった。

しかし、こういう評判はコインの表と裏のように、常にもう一つの負の評価を胚胎《はいたい》している。教職員の一部にではあるが、碧のことを八方美人《はっぽうびじん》、あるいは男好きと評する意見もなくはなかったのだ。清楚な印象故に、その本性《ほんしょう》が覆い隠されているという穿《うが》った見方をする者がいたことも確かだった。

実際、勇人が碧と付き合い始めてから結婚に至るまで、四年の歳月を要している。その間、様々な紆余曲折《うよきょくせつ》があり、二人の結婚がそれほどすんなりと決まったわけではないことを窺わせた。

碧が勇人と付き合っている間にも、独身既婚を問わず、他の男性教員からの食事の誘いにも頻繁に応じていたという噂も流れていた。しかし、これは碧の立場に立って言えば、ある程度やむを得ないところもある。

学校という職場は、一般企業とは違い、パワハラやセクハラに関しては、まだまだ意識が低いところがあった。年長の教員が宴席に若い女性教員を出席させたがるのは、人間関係が密な教員社会の通弊《つうへい》であり、女性教員もある程度そんな慣行に馴染《なじ》んでしまうものなのだ。

だが、ここで問題になるのは、そういう文脈で碧を誘う人間ではなかった。当時、独身の英語教員と化学教員が、碧を巡って勇人と複雑な関係にあるという噂は、かなりの人間に知れ渡っていたのである。

（6）

碧が勇人と関係ができたあとでも、同僚の英語教師藤倉正隆《ふじくらまさたか》とも付き合っていたのは確かだった。藤倉は碧より一年あとに入ってきた埼玉大学教育学部出身の新卒教師だった。一浪していたので、碧とは同い年である。

藤倉は長身痩躯《そうく》で、容貌の整った教師だったから、赴任してすぐに女子生徒の人気の的になった。藤倉自身、ドン・ファンを自任していて、女関係の派手さを殊更《ことさら》隠そうともしない。その意味で教員としては型破りなタイプだったのかも知れない。

その分、同僚の教師の間では、あまり評判のよくない人物だった。単に女関係が激しいだけでなく、先輩教師に対して礼節《れいせつ》を欠いているという評価があった。

藤倉が着任した当初から、碧と親しげに話す姿が目撃されている。最初のうちは勇人はそれを気にすることもなく、勇人、碧、藤倉が三人で飲みに行くこともあった。

しかし、藤倉は少なくとも男女関係に関しては遠慮のない性格で、堂々と碧の携帯番号を聞き出し、単独で連絡を取るようになった。いや、碧自身が藤倉のことを相当気に入っていて、積極的なのはむしろ碧のほうだったという同僚の証言さえあるのだ。

しかし、碧にしてみれば、それまでは年長の教員ばかりの中で息苦しい思いをしていたところ、自分と同じ年齢の教員が入ってきて、ようやく気安く話せる相手が見つかり、嬉しかったということもあったのだろう。ただ、碧が男性関係に関してはその清楚な見かけからは想像がつかないほど、奔放《ほんぽう》な一面があったのは必ずしも否定できなかった。

碧と勇人の関係が危機的状況になったのは、生徒の間で決定的な噂が流れたのがきっかけだった。塾帰りの男子生徒が、夜の十時頃、草加市内の繁華街にあるラブホテルから、碧と藤倉が出てきたのを見たというのだ。

二人は生徒の間では同じような人気者だったから、この噂は瞬《また》く間に広がり、やがてかなりの教員にも知られるようになった。そのため、当時の女性校長が二人を呼んで説諭《せつゆ》したという話も伝わっている。

このあと、さすがに二人は表向きは疎遠になったふりを装い、校内ではほとんど口を利くこともなくなった。ただ、水面下で二人の関係が続いていたことは間違いなく、勇人がそのことでひどく悩んでいることは、傍目《はため》にも分かるほどだった。

しかしこの頃、碧と藤倉の関係に心の葛藤を募らせていたのは勇人だけではない。荻野《おぎの》謙介《けんすけ》という独身の化学教師がいて、この男もまた、碧に思いを寄せている一人だったのだ。

荻野は碧が赴任した年三十五歳だったが、埼玉第三高校で教鞭を執り始めてからまだ二年程度しか経っていなかった。大学院の修士課程を修了したあと、前任校の女子校に八年ほど在籍していた。教師歴は通算で十年ほどだから、教師としては中堅の部類に入る。

荻野は外見も性格も藤倉とは正反対だった。小太りで身長も百六十三センチと男としては高くない。眼鏡は掛けていないが、そのくぼんだ目は斜視気味で、それがどこか異様な雰囲気を醸し出していた。

性格は内気で、弁が立つのとはおよそ逆のタイプだった。数字や記号を板書《ばんしょ》したり、実験を行なうことが多い化学の教師だからまだいいようなもので、あの訥弁《とつべん》では他の科目の教師は務まらないだろうという授業に関する厳しい評価もあった。

だが、荻野も現実の行動力にかけては、藤倉に比べて著しく劣っていたわけではない。何度か碧をデートに誘い、碧も応じているのだ。

碧が何故そんなデートの申し込みを受けていたのか不思議だという声も、私は取材対象の一部の人間から聞いている。碧が最初から断らなかったことが、かえって残酷な状況を作り出したという批判さえあった。

実際、荻野の言動は、碧がデートの申し込みを断るようになってから、明らかに病的なものになっていた。勤務終了後、碧を待ち伏せして声を掛け、デートに誘い出そうとし、碧がそれを断る姿がこの頃頻繁に目撃されている。これはちょうど、碧が藤倉と共に校長から説諭を受け、表向きは藤倉とは切れたことになっていた時期と重なるから、あるいは荻野はこのときをチャンスとみなしていたのかも知れない。

その判断自体はそれ程間違っていたわけではない。確かに、この頃、碧と藤倉の関係は以前のように良好とは言えなくなっていたのだ。

意外なことに、その恋に翻弄されていたのは碧のほうだという声のほうが多い。碧は藤倉に夢中になっていたが、藤倉はドン・ファン特有の優柔不断さを発揮して、碧の結婚願望を聞き流していた。碧がもてたことは確かだとしても、中学校・高校・大学時代のすべてを通じて、スポーツ選手としてまじめに練習に打ち込んできたのだから、恋愛に関してそれほどの免疫があったとは思えない。

勇人との恋では、碧は受け身だった。言い寄ってきたのは、間違いなく勇人のほうであり、その力関係は最後まで変わらなかった。しかし、藤倉の場合は、途中からその力関係は逆転していた。碧が藤倉を必死で追いかけ、その愛を繋ぎ止めようとしていたらしいのだ。

実際、気の強い碧が藤倉になじられて人前で泣いたという証言もある。それでも藤倉を諦めきれなかったというのが、真相だった。

だが、碧と藤倉の恋は思わぬ結末を迎えた。藤倉が突然、高校を辞め、予備校の講師になってしまったのだ。実は、藤倉は高校で教える傍ら、アルバイトとして予備校でも教えていたのだが、この行為は県立高校という公的機関に専任教員として勤める以上、公務員の服務規程違反に当たる。この点についても、藤倉は校長から何度か注意を受けていた。

碧とのことだけでなく、そんなこともあって、藤倉が埼玉第三高校に居づらい環境になっていたことは確かだった。だから、高校のほうを辞めて、予備校講師に専念することを決意したのだ。

藤倉は予備校でも人気があり、予備校で教えるコマ数を増やせば、経済面でも高校教員より高い収入が見込めるという判断も働いたのだろう。結局、藤倉が埼玉第三高校に在籍していたのは、赴任して二年間に過ぎなかった。

藤倉が高校を去った直後、校内のトイレの壁に、碧の心をひどく傷つける落書きが発見された。

碧先生、藤倉先生にやり逃げされた！

しかも、ご丁寧なことに、この落書きは男女のトイレに、まったく同じ文面で書かれていたというのである。

（7）

荻野は埼玉第三高校に赴任する前には、当時の浦和市（現さいたま市）にある県立の女子高校に在籍していた。だが、ここで問題を起こして、草加市に移り住んだという風評があった。事の真偽は定かではないが、盗撮疑惑が持たれていたのである。

体育祭の日に荻野のカメラで撮られた何枚かの写真が荻野自身が編集する高校の広報誌に載ったのだが、その写真が問題となったのだ。体操着姿の女子高生が写っているアングルが不自然で、胸や臀部《でんぶ》が妙に強調されていたという。どう考えてもこっそりと盗み撮りしたとしか考えられない構図の写真も含まれていた。

しかし、荻野はそんなことは一切認めず、体育祭の風景を紹介しただけだと言い張っていた。ただ、高校や教育委員会へ保護者の抗議電話が殺到したため、高校側は結局、その広報誌を回収することになった。

こんなことがあって荻野は職場に居づらくなり、異動を申し出て、埼玉第三高校に移ってきたのだ。粘着質だった荻野は、ほとんどストーカーと呼んでよいようなしつこさでほぼ三年近く碧に対する求愛を続けたが、これに終止符を打ったのは、やはり碧と勇人の結婚だった。

碧が藤倉にふられたのは間違いなく、心の傷が癒えるのに若干時間を要したのは当然だろう。この間、勇人は複雑な心境ながらも、ほとんど停止状態になっていた碧との付き合いを復活させ、結局、元の鞘《さや》に収まることに成功したのだ。二人の結婚は、藤倉が去ってから一年後のことであり、このとき碧は二十六歳、勇人は三十歳だった。

しかし、碧と勇人の婚約が公になった時点でも、どうやら荻野の思いは続いていたようだった。その気まずい雰囲気を避けるためか、碧は結婚の数ヶ月前から職場の異動を申し出て、結婚と同時に勤務する高校を変えている。

この異動には、当時の女性校長も協力的だったという。実際、教員の異動に関しては、推薦人という意味で勤務校の校長の発言権は大きいらしいのだ。だが、この場合はその女性校長が碧を高く評価していたというより、むしろトラブルの元となっていた碧をやっかい払いしたという側面のほうが強かったのだろう。皮肉なことに、碧の異動先の高校は、荻野が以前に勤務していた女子校だった。

口の悪い同僚の中には、碧は荻野が絶対に追ってこられない高校に逃げたのだという者もいた。確かに、荻野が前任校の女子校を辞めた経緯を考えると、戻れるはずのない職場だった。

実際、荻野は碧と勇人が行方不明になる二〇〇八年時点においても、埼玉第三高校に在籍していたから、勇人とはさらに九年間、同じ職場に勤務していたことになる。その間、二人が会話を交わすことはほとんどなかったというが、荻野はもともと極端に無口な男であったため、それが特に目立つわけでもなかった。

しかし、川口事件が発生したとき、警察は地取り・鑑取り捜査の一環として、高校内における人間関係を洗っており、荻野と碧のことは当然把握していた。これは私が辻本から直接に訊き出していることでもある。

もし達也が有力な容疑者として浮上してこなかったならば、警察の疑惑の目が荻野に向いてもまったくおかしくない存在だった。内向的で非社交的だった荻野は、友人もほとんどなく、この頃の彼の心境を知るものは皆無と言っていいだろう。

ただ、その粘着質の性格から言って、荻野が碧や勇人に対して、強い恨みの感情を抱いていたのは想像に難くない。二人が行方不明になったとき、荻野はすでに四十八歳になっており、いまだに独身だった。

果たしてそんな恨みの感情が九年間も続くだろうかという疑問も確かにある。だが、粘着質の人間というのは、時間の経過と共にそういう感情をさらに募らせる可能性だってあるのだ。

（8）

鳥打ち帽の男は誰なのか。木村と富樫の話が虚実綯《な》い交ぜなのは分かっていたが、私はその男の実在自体はほぼ確信していた。

その最大の理由は、やはり白のワゴン車に関する、木村の証言だった。鳥打ち帽の男がそのワゴン車を所有していて、運転していたとしたら、戸田家のワゴン車に血液反応が認められなかったことの説明が付くだけでなく、適切な役割分担をすれば、短時間の間に勇人と碧を運搬し、二人をどこかに遺棄することも可能なのではないか。

鳥打ち帽の男が木村、富樫、達也を結びつける接着剤であるのも間違いないように思われた。いや、木村と富樫が互いに知り合いなのは分かりきっているのだから、達也とどちらか一人の少年が結び付けば、三人も結び付くのだ。

私は埼玉第三高校が、やはりキーワードだと考えていた。事件当時埼玉第三高校に在籍していた木村と達也の接点を発見できれば、この謎は解けるように思えた。つまり、その高校内において、木村と達也を結び付け得る人物を探すことが重要なのだ。

やはり、荻野の存在が気になった。荻野と木村は同じ時期に、教師と生徒として同じ高校に在籍していたのだから、この二人を結ぶ線は明らかである。しかし、荻野を接着剤と考えた場合、荻野と達也を結ぶ線が引けるかが問題だった。ただ、不仲とは言え、荻野と勇人は同僚であり、達也は勇人の兄なのだから、荻野と達也の間に絶対に面識がないとも言いきれない気がした。

私は必死でその方面を調査した。しかし、私が聞き込んだ高校関係者は、ほぼ全員がその可能性については否定的だった。何しろ、荻野と勇人は口も利かない関係なのだから、ましてやその兄と荻野が何らかの関係があったなどとは考えられないというのだ。

また、荻野は高校に近い草加市に住んでおり、達也は八王子市郊外に住んでいるため、空間的にもあまりにもかけ離れている。普通に考えれば、二人が共謀して今回の犯罪を実行したと考えるのは、無理筋だった。

ただ、そうとでも考えなければ、私の仮説を立証する手がかりはもうほとんどあり得ないように思われるのだ。私の思考はメビウスの輪のように循環した。

思いあまって、碧をふったと言われている藤倉のことも考えた。しかし、これはもっと無理筋に思えた。そもそも藤倉のほうには、碧や勇人を恨むべき理由がないのだ。

あるいは、私の視野に入っていないまったく別の人物がいるのかも知れない。その人物が死角に入っているため、私には三人を結ぶ不可視の鎖に気づかないのか。勇人と碧に致命的な傷を負わせ、拉致した実行犯は複数であり、その中に達也も含まれているのは間違いないように思えた。しかし、彼は主犯ではない。

少なくとも、事件全体の構図を描いた人物は他にいる。だが、私にはそいつの貌《かお》がどうしても見えないのだ。

ただ、関与の程度の差こそあれ、木村と富樫、それに達也が事件に関与している可能性はきわめて高いと私は判断していた。それなのに、木村と富樫については未成年という人権的配慮から、また達也については勇人の殺害に関しては無罪が確定しているという理由で、過剰な人権擁護が叫ばれるのが、私には理不尽に思えた。

むしろ、被害者である勇人や碧の人権はどこに消えたのかと問いたかった。私の前に広がっているのは、人権という言葉で黒く覆われた不条理の闇に他ならなかった。

第二章　近親憎悪

(1)

浜中とは相変わらず、話すことができないでいた。私は何度も彼の事務所に電話を入れていたが、秘書は私の電話を浜中に取り継ごうとはしなかった。

私は当然、彼が私を非難した人権問題について話し合う用意があったが、それ以外にもぜひ訊きたいことがあった。事件の担当を浜中に依頼したのは、達也の父親、隆二であるのは分かっているが、隆二を浜中に紹介した知人が誰であるかも知りたかったのだ。

もちろん、その知人が事件と直接関係があるとは思えないが、それでも隆二と相当に親しい人物と予想され、戸田家の事情にも通じている可能性はある。だから、その人物と話すことができれば、また新たな情報を得ることができるかも知れないと期待していたのだ。

しかし、浜中の頑なな態度に拒まれて、私の目論見《もくろみ》もまったく機能しなかった。それに、

『黎明』の連載が中止になったあとも、私はいくつかの別の仕事を同時並行的に抱えており、生活のことを考えると、原稿料を当てにできない仕事だけに打ち込むわけにはいかなかった。

ただ、事件は別の筋から、微妙な展開を遂げ始めた。木村の母親に関する、意外な情報が、私の元にもたらされたのだ。

「男好きというわけじゃないけど、もてるのは間違いないです。まだ四十を少し過ぎたばかりであの美貌ですから、男性が近づいてきても少しも不思議じゃないですよ」

こう話したのは、さいたま市にある保育園「見側《みがわ》学園」で調理師として働く小山安子《こやまやすこ》である。安子は木村の母親である木村多恵子《たえこ》の同僚で、四十五歳だというから年齢的にも近く、比較的親しい間柄らしい。

私は、仕事帰りの安子を誘い、保育園から近い喫茶店で話を聞いていた。午後三時過ぎで、店内は空いている。

「すると、木村さんは男性関係の悩みなどをあなたに話すようなことはあるのですか？」

私の質問に、安子は微妙な表情になって視線を落とした。安子は、多恵子とはこれからも職場の同僚として付き合っていかなければならないのだから、下手なことは言えないという意識が働くのは、当然だろう。私は安子の一瞬の沈黙をそんな風に解釈した。

「まあ、そんなに詳しくは教えてくれませんけど、ちらっと仄めかすようなことはありますよ」

「現在、誰かと付き合っているとか？」

「ええ、でもそんなに具体的なことは言いません。私も職場の中では彼女とは親しいほうですが、あくまでも職場の中だけの付き合いですから」

「木村さんが、現在交際しておられる男性について、どんなささいなことでもいいですから、お話ししていただけませんかね。あなたが話したということは、絶対に他に喋りませんから」

　私は安子が何故そんなことを私が知りたがるのかを訊いてくることを予想していた。もちろん、私は川口事件との関連で、多恵子の息子のことを調査しているなどとは安子に伝えていなかったので、その場合は、返事がかなり難しいと感じていた。だが、安子はそんなことも訊かなかった。あえて訊くのを避けているようにも感じられた。

「そうですね。もうかなり前だったと思いますが、年上の男性と付き合っていると言っていたことがありましたね」

「年上の男性？　何歳くらい上の人ですか？」

「さあ、具体的に何歳上なのかは言ってくれませんでした。ただ、息子さんの関係で知り合ったと――」

私はその言葉に過敏に反応した。ということは、やはり埼玉第三高校の関係者か。必然的に荻野のことが浮かんだ。息子が通う高校の教師なのだから、普通に考えれば、多恵子が荻野を知っていても、不思議はない。

ただ、荻野はその暗く内気な性格から、また本人も望んでいないこともあり、ここ数年は担任から外されていた。従って、多恵子と荻野が個人的に知り合う可能性は低いようにも思えた。

「荻野先生という名前を木村さんの口から聞くことはなかったですか？」

「荻野先生？　さあ、それはなかったと思います」

「木村さんが、息子さんのことを話すことはあるのでしょうか？」

「それはしょっちゅう愚痴を言っています。言うことを聞いてくれなくて、困るみたいなことを」

「そんなに深刻な調子で？」

「いえ、特に深刻というより、普通の母親が息子についてよく言う愚痴という感じですよ。ただ、少し」

ここで安子は、一瞬、躊躇するように言葉を切った。言ってよいものかどうか迷っているようにも見えた。私は、特に促すことはせずに、相手が言葉を繋ぐのを待った。

「息子さんに対する執着が強すぎるというか」

「息子さんを溺愛《できあい》しているという意味ですか？」

「ええ、簡単に言うと、そういうことかも知れません。息子さんも、お母さんのそういう気持ちを分かっていて、ひどく気味悪がっていると多恵子さん自身が言っていますから」

しかし、私にはこの話も格別なことには思えなかった。母一人子一人の母子家庭で、親子関係が異常に濃密になり、そういう背景の中で、刑事事件が起こるのもまれではないことを、私は様々な取材を通して知っていた。

「ただ、私の取材では、息子さんは最近では母親からかなり距離を取っているようだという複数の証言があるんですが」

「ええ、その発言自体は木村さんの言っていたことと一致してるんです。ただ、彼女はそのことを大変寂しがっているように見えるんです」

安子の証言は、正確に客観的事実を伝えているように思えた。安子も、すでに大学生になっている二人の息子の母親というから、多恵子の気持ちもある程度分かるのだろう。

しかし、安子の証言から、荻野に対する私の疑惑が再びをもたげたのも事実だった。

私は安子に気づかれないように重い吐息を漏らしながら、窓の外に視線を逸らした。

（2）

私の問い合わせに対する檜山からの返事は思ったより早かった。檜山自らが私の携帯に電話してくれたのだ。

「意外でしたね。私はここ五、六年、彼は担任など一度もしていないと思い込んでいたものですから。しかし、調べてみて分かったんですが、彼は、二〇〇七年の一年だけ、二年生B組のクラス担任をしているんです。設楽響子《したらきようこ》先生という社会科の教員が体調不良に陥って、六月から担任を彼に代わっているんです。そのクラスに木村君もいましたから、荻野先生が木村君のお母さんと面識があっても、おかしくはありませんね」

私は小山安子の聞き取り調査で、多恵子の恋人が「息子さんの関係で知り合った（人物）」という証言を得たことから、念のため檜山に問い合わせたのだ。だが、心証としては多恵子と荻野の間に男女の関係があった可能性は低いと思っていた。

多恵子が際だった美貌の持ち主という噂があるのに対して、荻野の風采が上がらなかったということもある。加えて、安子も荻野という名前は聞いたことがないと言っているのだ。従って、檜山の回答はやや意外だった。

しかし、檜山のこの証言で、多恵子と荻野の接点が見えてきたことも確かなのだ。再び、果てしない堂々巡りに陥っていた。ただもちろん、私の考えていることを檜山に話すわけにはいかない。

「そうですか。いろいろとお調べくださり、有り難うございました」

私はあえてそれ以上のことは言わなかった。だから、ここで檜山の質問を予想していた。私が何故そんな問い合わせをしたのか、檜山が知りたがるのは当然に思えたのだ。しかし、檜山は私の取材内容に立ち入るのは悪いと思ったのか、その点については何も訊かなかった。その代わり、私の知らなかった情報を話し出した。

「達也君のところも大変なことになりました。お母様が亡くなったんですよ」

その言葉は思わぬほど強い衝撃となって、私の胸に響いた。達也の置かれている家族状況を私がある程度知っていたからだろう。私は達也の母親の、不健康そうだが知的な表情を思い浮かべた。

「ご病気ですか？」

「ええ、あの家のかかりつけの医師とも話したのですが、心臓麻痺《まひ》らしいですよ。もともと、あまり心臓がよくなかったらしいです。明日がお通夜で、明後日がお葬式です。私は経を頼まれておりますので、明日から戸田家に出かけることになっております」

檜山の言い方は、私にも通夜か葬式への出席を促しているようにも聞こえた。もちろん、もしそうだとしたら、檜山はある種の倫理観からそう促しているのだろうが、私にはジャーナリストとしての思惑もあった。そういう葬儀には、当然、戸田家の家族全員が顔を出すだろうから、その様子を観察したいという欲望が強く湧き起こっていたのだ。

私は達也にも母親にも会っているので、葬儀に出席することはそれほど不自然ではない。少なくとも、私が達也親子と面識があることは、葬儀出席の口実にはなるだろう。

「いつお亡くなりになったのですか？」

「三日前です。夕方、食事を終えたあと、急に胸苦しくなって、救急車で搬送されたのですが、搬送中、すでに心肺停止になっていたようです」

その日は九月二十九日だったから、達也の母、戸田菊子が死亡したのは、九月二十六日ということになる。檜山はさらに話し続けた。

「こんなことを言うと、不謹慎に聞こえるかも知れませんが、お母様のほうが先に亡くなったのは意外ですし、戸田家にとっては逆のほうがまだましだったかも知れませんね。お父様のほうも相変わらずあまり具合がよくないようですから、達也君が一人でお父様の面倒を見るのは大変でしょ」

檜山の言いたいことは私にもよく分かった。人間の死にしかるべき順番があるはずもないが、達也にとって、父親の死が先に起こるほうが確かにましだっただろう。ほとんど寝たきりに近い父親の面倒を、達也が世間の厳しい視線を浴びながら見ていくことはいかにも過酷に思われた。

「仰《おつしや》ることは、よく分かります。私も達也さんお一人で、お父さんの介護をするのは難しいと思います」

「ですから、私は達也君から、相談を受けて、お父様を介護施設に入れることを勧めているんです。私の知り合いにそういう介護施設の職員をしている者がいるものですから、私は今、その男に問い合わせている最中なんです」

檜山らしい親切な行為だと思った。それに比べて、私は自分の心理に多少の後ろめたさを感じていた。戸田家に立て続けに起こっている悲劇に、人間として同情を禁じ得なかったが、同時にますます掻き立てられていく取材欲を邪悪なものと感じざるを得なかったのである。そして、その執念には連載中止という事態に対する、私の復讐心のようなものが含まれていることも、私自身が否定できない気がしていた。

（3）

私は一年近くぶりに、戸田家を訪問した。事件のあった一階の和室に、菊子の遺体が安置され、そこが焼香の部屋となっていた。私は午後八時頃到着し、焼香を済ますと、二階にある通夜振る舞いの席に案内された。

案内したのは、葬儀社の人間だったので、私がどういう人間かは知らなかったのだろう。

私はいわばどさくさに紛れるような形で、親戚や故人とごく親しかった人々の間の席に着くことになった。

ただ、私には戸田家が通夜振る舞いの席まで用意していたのは、若干意外だった。そんな席は設けずに、簡略に通夜を済ますだろうと思っていたのだ。しかし、東京と言っても、田舎の古い風習をいまだに残す地域だった上に、親戚筋の人間も高齢者が多かったため、あまり粗略な葬儀は好まない雰囲気があるようだった。

私は二階の十畳の和室で戸田家の親戚や近隣の人々の間に紛れ込んで、酒食のもてなしを受けた。ただ、私がそこにいることにもっとも抵抗を感じていいはずの達也の反応は、相変わらず鈍かった。もともと感情の起伏を読み取るのが難しい男である。暗い重たげな、それでいて幾分幼くも感じられる視線をちらりちらりと投げかけてくるものの、達也のほうから私に話し掛けてくることはなかった。浜中の姿は見えなかった。

達也は床の間に一番近い席に座っていたが、その周辺は妙に空いていて、達也の孤立は視覚的にも歴然としていた。達也に対する疑惑は、親戚や親しい知人の間でも、消えていないどころか、ますます深まったようにさえ見えていたのである。

実を言うと、私はその夜、達也とはそれほど話すつもりはなかった。もちろん、時期が来たら、木村や富樫が私に話したことを達也にもぶつけてみるつもりだったが、まだそのタイミングではないと判断していた。

達也の庇護者でもあり、盾でもあった菊子が死んだ以上、今後、達也と接触することはそれほど難しくはないだろう。むろん、私がそういう行為に出れば、浜中が反発するのは必至だが、浜中と対決する決意はすでに固まっていた。父親は、通夜の席にさえ姿を現すことはなく、通夜振る舞いが行なわれた部屋の隣室で床に臥《ふ》せったままのようだった。

檜山は経を終えたあと、出された茶を一杯飲んだだけで、通夜振る舞いの席には同席せず、帰って行った。しかし、そのあと、事態は思わぬ展開を遂げ、私はとんだ修羅場に巻き込まれることになった。遼子が私や親戚一同の前で、達也を糾弾し始めたのだ。

「お兄さん、やっぱりちゃんと自分の口で説明して欲しいの。裁判で無罪になったからと言って、私たち家族や親戚の疑惑が消えたわけじゃないのよ。お兄さん、私たちにさえ、やったともやっていないとも言ってないじゃないの。黙っていれば、世間の人はやっぱり犯人はお兄さんだって思うのよ。週刊誌にもいろいろな記事が出ているけど、東京地裁の無罪判決を否定する内容ばかりじゃない。犯人は複数だとしても、お兄さんもその一人なのは間違いないって――」

遼子が畳みかけていた。商社員だという夫も、娘の紗英もその場にはいない。他にいるのは、八人の比較的年配の男女と私だけだ。

近頃、マスコミの報道合戦も、いわば第二次騒乱期のピークに入っているように見えた。各テレビ局のワイドショーでも、川口事件は相変わらず、頻繁に取り上げられていたため、戸田家の血筋に繋がる者にとっては、確かに針のむしろに座らされている心境だったのだろう。

やはり、勇人と碧の消息がはっきりしない限り、川口事件が収束することはあり得ないのだ。その意味で、達也の無罪判決は、実体的には何事も意味していなかった。

「俺は何にも言う気はないよ」

達也がぽつりと答えた。その日初めて口にした、言葉らしい言葉だった。

「どうしてなの?」

遼子が即座に詰問した。

「言ったって誰も信じねえだろ」

「他人が信じる、信じないという問題じゃない。お前の信念の問題だろ」

こう言ったのは、かなり高齢な、薄い白髪の男で、隆二の兄、戸田秀明《ひであき》だった。従って、達也から見れば、伯父に当たる人物だ。秀明の横には、妻らしい品のいい同年配の女性が、当惑の表情を浮かべて座っている。私は、この二人とはその日が初対面だった。

達也はこの発言にも沈黙したままだった。再び、遼子が話し出した。

「じゃあ、覗きはどうなの。私、女性としてこんなことを言ったり、訊いたりするのは、本当に恥ずかしいのよ。でも、こうなったらはっきり言うしかないの。お兄さんのこと、親戚もみんな気持ち悪いって、言ってるのよ。碧さんが、行方不明になる前だって、お兄さんが碧さんの体を嘗《な》めるようにじろじろ見ていることに、みんな気づいていたのよ。勇人だって、陰で本当に不愉快だって、言ってたわよ」

「別に嘗めるようになんか見てねえよ」

達也がかろうじて聞き取れるような声で答えた。しかし、その声には確信のかけらもないように聞こえた。

「だったら、紗英の目撃証言はどうなの。あの子が嘘を吐いてるって言うの。子供に嘘を吐く動機もないでしょ。お兄さん、事件当日、二人の部屋を覗いていたのは本当なんでしょ。やっぱり、二人のセックスか、碧さんの寝姿を見てたんでしょ」

達也は黙り込んだまま、答えなかった。しかし、遼子も異常なほど執拗《しつよう》だった。

「それとも、他の仲間たちを引き入れる準備のために、中の様子を窺っていたの。複数犯説を取る、一部の週刊誌はそういう可能性にも触れているのよ」

「二人はセックスなんかしていなかった」

達也がぽつりと言った。

「やっぱり覗いたんじゃないの」

「ちょっと、中の様子を見ただけだよ。だから、すぐにやめた」

「じゃあ、警察の取り調べで、何故あんなに詳しいことを言ったの。みんな言ってるわ。あんな詳しいことが言えたのは、実際に長い間覗いていたからに違いないって。その覗きが、勇人と碧さんに気づかれて、二人を殺したんじゃないの」

「じゃあ、犯人が複数というのは？」

ここで、再び、秀明が口を挟んだ。今のところ、発言しているのは、遼子と、この伯父だけで、あとの親族・知人は暗い表情で押し黙っている。しかし私には、ほとんどすべての人間が達也に対して、猜疑《さいぎ》の目を向けているように見えた。

「そこなんですよ、伯父さん。私、事件に関与していると言われている人たちは、やっぱり死体の運搬を手伝っただけだと思っているんです。本当のことを話しなさいよ。お兄さん、勇人と碧さんを殺したんでしょ。そうだとしたら、お兄さん、もう死んで二人に詫びるしかないのよ。親戚だって、こんな屈辱的な状態で、世間に晒《さら》されるなら、お兄さんに罪を認めて死んでもらいたいと思っているのよ」

明らかに行き過ぎた発言だった。遼子以外はみんな凍り付いていた。だが、興奮状態の遼子を制する声は、誰からも聞こえてこない。ここは私の出番だと思った。

「ちょっと、もう少し落ち着きましょうよ。達也さんは、東京地裁で無罪判決を受け、それはもう確定してるんですよ。被疑者や被告人でさえも、判決が出るまでは推定無罪というのが原則なんですから。達也さんは、今や、被疑者でも被告人でもありません。ご本人の口から真実を聞きたいという気持ちは、私ももちろん、理解できますが、それには達也さんがもう少し話しやすい環境を作ってあげるべきでしょ」

「そういう理想論を言うのは、やめてください。杉山さんは身内じゃないから、そんな無責任なことが言えるんです。それに杉山さんだって、私にインタビューしたとき、兄に強い疑惑を持っていたじゃないですか。それを今になって、兄の肩を持つようなことを言うの、おかしいでしょ」

遼子は今度は私に食ってかかった。遼子を止めることは、もう誰にもできないように見えた。だが、ここで秀明が発言した。

「遼子、それは少し言い過ぎだぞ。ここは杉山さんみたいな第三者に中に入ってもらって、達也に客観的に質問してもらったほうがいいんじゃないのか」

さすがに、年の功か、理性的な発言だった。横に座っていた妻らしい女性が小さくうなずく。遼子は、一瞬、黙り込んだ。それから、若干、冷静な口調に戻って私に向かって言った。

「じゃあ、杉山さん、あなたのほうから客観的な質問をして、兄が話しやすい環境を作ってくださいよ」

皮肉に聞こえた。確かに、話しやすい環境というのが何なのか、私にも分かっていなかった。そもそも、親族・知人に、こんな風に取り囲まれた状態で、話しやすい環境を実現できるはずもない。ただ、遼子にそう言われた以上、私も引くに引けなくなり、質問を引き継ぐしかなかった。

「それじゃあ、私が主に質問して、ときどき皆さんが補足的な質問をするということで、いかがでしょうか？」

言いながら、私は遼子よりは、他の人々の顔を見回していた。

「それがいい」

秀明が間髪を容れずに賛成した。他の人々も私が川口事件を取材しているジャーナリストであることは分かっているようだった。

「有り難うございます。それでは、そうさせていただきます。ただ、達也さんにも言いたくないことはあるでしょうから、その部分については私は訊きません」

私は、この発言で達也の覗き行為を暗示したつもりだった。実際、私は達也が覗き行為をしていたことはほぼ確実だろうと思っていたが、その部分を追及しても、それが直接勇人と碧の殺害に繋がるとは思えなかった。

そうであるならば、男としてはもっとも言いたくないであろう、そんな部分に関する質問を重ねるのは、得策ではない。むしろ、もっと現実的な質問を、達也が答えやすい形でするのが有効だろう。

「このたび、お母様が亡くなられたのは、まことに残念でした。お母様はさぞかし、勇人さんと碧さんの無事な姿を見たかったことでしょう。ところで、達也さん、あなたは当然、生前のお母様と勇人さんや碧さんの行方について、話すことはあったのでしょうね」

私は言いながら、達也の目を覗き込むようにした。だが、顕著な反応はなかった。達也の目は、相変わらず、鈍い光を湛えているだけだ。

「その話し合いの中で、あなたがお母様にどんなことを言っていたか、教えていただけませんか」

いささか、遠回りな質問だった。平たく言えば、勇人と碧の安否について、達也が母親に何か話したかを訊きたかったのだ。

「いや、そんな話はしてねえよ。お袋も俺に二人のことは何も訊かなかった」

「また、そういう嘘を言う」

すぐに遼子が達也の発言を聞き咎めた。

「私、お母さんからちゃんと訊いているのよ。お母さん、言ってたわ。『私がいくら勇人たちの安否について尋ねても、達也は何も言ってくれない、俺は知らないの一点張りだわ』って」

「それは俺も聞いている。だから、達也、本当のことを言ってくれ。真人間に戻ってくれよ」

秀明が遼子に同調するように言った。「真人間」という言葉には、実直で真摯な響きが籠もっていた。しかし、達也は沈黙した。私はその目にうっすらと涙が滲んでいるのに気づいていた。

「あなたがお母さんとの会話内容を言いたくないのであれば、それを無理に言う必要はありません。ただ、率直に言って、私はあなたがこの事件の犯人、あるいは複数犯の場合は、主犯が誰であるかを知っているという印象を受けている。それが誰であるのか、あなたに言えない事情があることも想像は付きますが、やはり事態がここに至っては、本当のことを言ってもらいたいんです」

　私は、再び、自分の役割を思い出したように言った。

「確かに、俺は犯人を知ってるよ。でも、絶対に言えない義理があるんだ」

　達也がつぶやくように答えた。遼子が信じられないという表情で、体を若干後方へ反らした。

「どういう義理なのよ」

　遼子はあくまでも追及を緩めなかった。

「それも言えないんだ」

「また、そういうデタラメを言う」

　遼子は吐き捨てるように言った。それから、私のほうをにらみ据えながら、一層険のある口調で再び私をなじり始めた。

「杉山さん、そういうことを言って、兄の逃げ道を作るの、やめてもらえません。私、他に真犯人がいるなんて思っていません。でも、杉山さんがそう言えば、この人ずるいから、その言葉に乗っかって、そこに防波堤を作るんです。そこから、一歩も話が進まないようにするんです。兄は頭は悪いけど、悪知恵だけは働くんです」

まるで人権をないがしろにした発言だった。さすがに、私も黙って聞き流すわけにはいかなかった。

「そういうことを言っちゃいけませんよ。身内でも、いや身内だからこそ、そういう発言は控えるべきでしょ。達也さんが裁判で無罪になっていることの意味をもっと重く受け止めるべきだと思うんですよ」

私は厳しい口調で反論した。私はこの時点では、別の主犯の存在にある程度確信を持っていたが、それはこの場で言えるようなことではない。それにしても、遼子が実の兄である達也を徹底的に追い詰めていくプロセスには鬼気《きき》迫るものがあり、遼子自身が正常な精神状態にあるとは思えないほどだった。

「しかしね、杉山さん」

今度は秀明が私に話し掛けてきた。

「達也の態度にも問題があると思うんですよ。これだけ、親戚が心配して集まっているのに、何一つ話そうとしない。母親の通夜の席なんだから、私としては達也が清い気持ちに立ち返って、すべてを告白して欲しいんですよ。しかし、これでは遼子が興奮するのも

――」

そのとき、不意にドスンという地響きのような音が響き渡った。小さく、鋭いいくつかの悲鳴が室内の大気を切り裂いた。私は反射的に、廊下とは反対側にある壁の方向に素早い視線を投げた。白い壁の前に、頭から出血している達也が跪いていた。衝動的に、頭から壁に向かって突っ込んだのだ。

達也が立ち上がって、もう一度体を引いた。私は息を呑んだ。達也が再び、激しい音を立てて、前頭部を壁にぶつけた。再び、轟音《ごうおん》が響き渡った。

「達也さん！」

私は慌ただしく立ち上がり、達也の前まで走り寄った。他の人々は金縛りにでも遭ったように、何の身動きもできないでいる。

私は背後から、立て膝のまま壁に前頭部を付けて身動きしない達也の体を抱き起こした。

額から顔面に掛けて、夥しい出血だ。白い壁にも、相当広範囲に亘って、血が飛びちっている。達也が意識を失っているのかどうかは分からなかった。口と鼻から微弱な呼気が伝わって来る。その死んだような目が、得体の知れない鈍い光を発して、私の顔を見上げているように思えた。

「誰か、救急車を呼んでください。それから、タオルも持って来て！」

私は、故障していたテレビが急に回復して聞こえてきた声のように、絶叫した。

三人の年配の女性たちが、一斉に立ち上がる姿を、私は目で追っていた。

（4）

こんな形で、再び、浜中に会えるのは皮肉とは言え、ある種の僥倖《ぎょうこう》とも感じていた。しかし、浜中の警告は辛辣だった。達也が救急搬送された病院の待合室ソファーに横並びに腰を下ろして、私は駆けつけてきた浜中から激しく非難されていた。

「杉山さん、あなたがこれ以上、私の警告を無視して、戸田達也さんに近づき続けるなら、私はあなたと中根遼子さんを対象として、東京地裁立川《たちかわ》支部に接近禁止の仮処分を申し立てますよ」

これほど感情的になる浜中を見るのは初めてだった。どうやら、浜中は通夜の席をそういう達也糾弾の場に変えようと画策した中心人物は、遼子と共に私でもあると考えているようだった。もちろん、それは違う。しかし、状況的に見て、そう思われても仕方がない一面があることも確かだった。

それにしても、接近禁止の仮処分とは手厳しい。それは、普通にはストーカーなどに対して取られる民事的手続きで、その後、脅迫罪や強要罪などの刑事的手続きに移行するための、過渡的な措置なのだ。

「いや、私は遼子さんの激しい追及を止めようとしていたんです。けっして彼女の追及を煽《あお》り立てたわけじゃありません」

私は必死で言い訳した。頭の片隅に、もう一度浜中との良好な関係を取り戻したいという意識があった。やはり、浜中が持っているはずの詳細な情報なしに、川口事件の真相を突き止めるのは難しいのだ。

「遼子さんだけでなく、あなた御自身も達也さんの無罪判決が確定していることの意味を理解しておられない」

強烈な皮肉だった。私が遼子に向かって言ったことを、浜中はそのまま私に返してきたのだ。

「達也さんに、万一のことがあったらどうするつもりだったんですか」

浜中は、私の返事を待たずに、畳みかけるように言った。それはその通りだった。深刻な人権問題が起こった上に、達也の死と共に川口事件の真相も深い闇の中に消えていった可能性だってあるのだ。

達也は出血量が夥しく重傷ではあったが、壁に強打した部分が、後頭部ではなく前頭部だったため、生命《いのち》に別状はなかった。現在、伯父夫婦と、親戚の女性一名がベッドに付き添っている。遼子は、病院には姿を現わしていなかった。

「もちろん、その点では私も責任を感じています。ですから、今後も達也さんの自傷行為がないように、私としてもしばらく見守っていたいのです」

「それは、親戚の方に任せられたらどうですか。あなたがその役割にふさわしいとは思えませんがね」

浜中はソファーから立ち上がりながら、皮肉な口調で言った。ただ、幾分、冷静さを取り戻しているように見えた。

「とにかく、遼子さんにも、あなたのほうからよく伝えておいてください。これ以上、達也さんを強引に追い込むようなことをすれば、こちらとしても、法的措置を取らざるを得ないと」

浜中は出入り口に向かって歩き出した。

「浜中さん、もう少し話ができませんか？」

私も立ち上がりながら、背中から声を掛けた。しかし、浜中は無視して、一層、歩を速めた。浜中の後ろ姿はあっという間に私の視界から消えた。

さすがにあとを追おうという気持ちにはなれなかった。私は再び、ソファーの上にへたり込むように座った。

そのとき、不意に、初対面のとき、浜中と交わした会話が思い浮かんだ。私は確かに自分がブレていることに気づいていた。法というものは、あくまでも形式的真実を追求するものであるという考え方は正しい。

達也の無罪は確定しているのだから、それがまさに法的真実、すなわち、形式的真実なのだ。それなのに、達也が実質的に川口事件に関与したかどうかにこだわっている私は、普段の主張とは現実的には違う言動を取っていると言われても、仕方がないだろう。

しかし、こういう行動は理屈ではない。私は直感的に達也が事件に関与していると感じており、木村と富樫についても、彼らの告白通りのことが起こったかは疑問だとしても、事件とは完全に無関係ではないと感じていたのである。

（5）

私と木村多恵子は、午後四時過ぎ、「見側学園」に近い住宅街の中にある公園のベンチに、横並びに座って話していた。多恵子は、紺のスラックスに長袖の白のＴシャツ姿だった。化粧は薄くルージュを引いているだけで、ほとんどしていない。

だが、確かに顔立ちの整った女性で、一緒にいるとかなり目立った。年齢的にも三十代の前半にしか見えない。若干薄い眉と、厚ぼったい唇の周辺が妙に不均衡で、それが不思議な色気を醸し出しているように見えた。

その日の面会には、非常に具体的な目的があった。私はずばり本題から入った。

「浜中弁護士とも面識がおありのようですね」

案の定、多恵子の顔色が変わった。実は、多恵子は近くのスーパーマーケットの万引き常習犯だったのだ。何度も、店側の警備員に捕まり、始末書を書かされていた。そして、ついに警察に逮捕される仕儀《しぎ》に至ったのだ。

そのとき浜中が弁護を引き受けていたことは、私の調査で分かっていた。結局、略式起訴の罰金刑で済んでいるから、事件としてはたいしたものではない。だが、私にとって重要だったのは、誰が多恵子を浜中に紹介したかということだった。多恵子がもともと浜中を知っていたはずがないのだ。そして、その人物は、達也の弁護を浜中に頼んだ人物と同一人物に思われたのである。

「ええ、知っています。実は、私、万引きの冤罪を掛けられたことがあるんです」

多恵子は、それはあくまでも冤罪だったと言い張った。明らかに嘘である。

私はその近くのスーパーマーケットにも取材し、それが本当であったことを確認している。あまりにも常習性が高かったという。

ただ、そのスーパーの方針で、最初から警察に引き渡すことはせず、まずは始末書を書かせて、それが累積した段階で警察に引き渡すようにしていたらしい。本人も容疑内容を認めた単純な事件だったから、浜中も事務所の若い弁護士に任せ、自分自身は何もしなかったらしい。

「ですから、警察も冤罪って認めて、起訴しなかったんです」

多恵子は取り繕うように言った。哀しい無知が剝《む》き出しになった発言だった。警察と検察の区別もついていない。それに、実際には略式起訴され、罰金刑を受けているから、多恵子の言ったことは事実に反している。公判請求されなかったのは、犯罪被害が軽微であったからであり、逮捕されるのは初めてという意味で、初犯だったからに過ぎない。

だが、多恵子にわざわざそんなことを言うのは、不毛だった。確かに、川口事件の真相という視点からは、それは周縁的な出来事に過ぎなかった。それよりも私は、こんな多恵子と息子の木村の親子関係のことを考えていた。

小山安子の証言では、二人の間には濃密な親子関係が成立していたという。他の人間に対する私の取材でも、この母と息子には、親子以上の関係があったと、暗に性的関係を仄めかす証言さえあったのも事実だった。

もちろん、事の真偽は分からない。しかし、私は多恵子の表情を窺い見ながら、何となく周辺からそんな証言が飛び出すのは、分かるような気がしていた。その整った美しい顔の背後に、理性の希薄さが透けて見えているように思われたのだ。

だが、多恵子は自分自身の男性関係については、きわめて口が堅かった。荻野のことも遠回しに訊いてみたが、荻野の存在は知っているが、ろくに口を利いたこともないというような反応だった。

私は判断に迷った。特に嘘を吐いているようにも見えなかったが、多恵子のすべての証言には、根本的な誠意のなさが感じられた。それは、故意というのではなく、何か先天的な遺伝子の欠損に起因する虚言癖として、得体の知れないものに映っていたのである。

第三章　脅迫と口封じ

（1）

「本当に今回は、ひどい災難だったね」

　私は二人を慰めるように言った。梶本と喜久井への聞き取り調査は、新宿の名曲喫茶「らんぶる」で行なった。事態が大きな展開を遂げていたのだ。

　一週間前、喜久井の自宅にＵＳＢメモリーの入った茶封筒が送られてきた。そのＵＳＢメモリーをパソコンで開いて見ると、とんでもないものが映っていたのだ。

　喜久井の自宅に呼び出された梶本は、激しい胸の鼓動を感じながら、喜久井と共にそのパソコンの画面を凝視した。

　二人がいる部屋は、六畳程度のフローリングの洋間だった。梶本は何度も喜久井の家には来ており、泊めてもらったこともある。

しかし、その動画に映るもののせいか、梶本は部屋のすべての調度品でさえ、いつもとは違う異様な質感を伝えているように思えた。喜久井の勉強机のパソコンの横には、喜久井の住所と宛名の書かれた、何の変哲もない茶封筒が置かれ、その中に入っていたUSBがパソコンの側面に差し込まれているのだ。封筒には差出人の氏名も住所もなく、何の手紙も添えられていなかった。

それほど鮮明な画像ではなかったが、それでも映っている人間の顔は何とか視認できる程度の解像度《かいぞうど》はある。梶本よりはそういうことに詳しい喜久井の話では、まず携帯で撮影したものをパソコンに送り、それをUSBに保存したものだろうということだった。

「僕もその動画に映る人間の顔を見たとき、胸が締め付けられるように感じたんです。薄暗い画面の中に最初に映ったのが、壁に背中をもたれ掛けている、顔面を鮮血に染めた戸田先生の姿だったからです」

梶本が知っている勇人の顔とはかなり違った印象に見えた。だが、それは涙を流して泣いているせいで、顔の造作自体はどう見ても勇人だった。

ただ、勇人がどこまで起こっていることを認識しているのか、画面からだけでは分からなかった。あの精悍《せいかん》な印象だった勇人が子供のように涙を流して、嗚咽《おえつ》しているのだ。その声は微《かす》かに聞こえるが、それは泣き声が小さいというよりは、集音機能の問題にも思われた。

画面が揺れ乱れ、次に安定した画面が現われたときは、裸の女の背中に馬乗りになっている若い男の顔が見えた。ただ、カメラの焦点は女の顔に当てられているようで、男の顔は一瞬、映っただけだ。

女は全裸で泣き叫んでいるように見える。四つん這《ば》いの両手を茶色の木目の見える床についていて、豊かな胸が乳首と共にはっきりと映り、不鮮明だが濃い叢《くさむら》も微妙に覗いていた。しかし、男の泣き声が微かに聞こえているだけで、女の泣き声は聞こえてこない。

男の下半身は女の下半身と繋がり、その腰が激しく前後に揺れている。画面の右上から伸びた手が女の髪の毛や顎を摑んで、その顔を上方に引き上げていた。女は涙だけでなく、鼻水も垂らしているように見える。目はつり上がり、口を開いて大きく喘《あえ》いでいる。美醜の判断を超える表情だ。

画面が唐突に切れた。あまりにも短い動画だった。梶本は息を呑んだまま、声も出せなかった。

「三十五秒くらいの長さの動画でした」

梶本が私に向かって言った。喜久井も深刻な表情でうなずく。喜久井とは初対面だったが、小柄で痩せたまじめそうな雰囲気の男だった。梶本と同様、眼鏡は掛けていない。

「その動画の中で、戸田先生の顔ははっきりと映っていたのですね？」

「ええ、まあそうです」

「奥さんのほうは？」

「女の人の顔は映っていたけど、そもそも僕らは奥さんには会ったことがないから。それに何と言うか――」

梶本は口ごもりながら、助けを求めるように喜久井のほうを見た。

「仮に顔を知っていたとしても、誰だか分かるような画像じゃなかったよ」

喜久井が、私にではなく、梶本の顔を見ながら言った。

「とても判別が難しい画像だってこと？」

私は喜久井の顔を覗き込むようにして訊いた。

「ええ、そうです。戸田先生の奥さんの顔は、僕らはもともと知らなかったのですが、画面に映った顔はひどく異常な表情で泣き叫んでいたから、普段の顔とは全然違うんじゃないかという気がしたんです」

喜久井の説明で、私も何となく、彼らの言っていることが分かったような気がした。仮に、普段から顔を知っている人物でも、そういう状況で短時間だけ映っている人間の顔を視認するのは難しいに違いない。

「じゃあ、顔が映っていたのは、その二人だけかな？」

私の質問に、梶本と喜久井は互いに顔を見合わせるようにして、一瞬黙り込んだ。それから、梶本が微妙な表情で答えた。

「いいえ、もう一人、若い男の顔がほんの一瞬だけ映っていました」

「碧さんと思われる女性を強姦している若い男のことだね」

私はそのUSBの動画そのものは見ていなかったが、辻本から得た警察情報でその内容は、この日二人に訊く前から大ざっぱには知っていた。

「ええ、そうです」

梶本が、答えた。

「その若い男の顔は知っている人物ですか？」

私の質問に、ここでも二人は顔を見合わせた。しかし、やがて梶本が意を決したように答えた。

「これは警察でも言ったことですが、僕たちには判断がとても難しかったです。顔はほんの二、三秒くらいしか映らなかったんだけど、何となく木村君に似ていると僕たちが感じたことは確かなんです。ただ、先入観があったためにそう感じただけかも知れず、確信はまったくありません」

「先入観というと、やっぱり彼と同窓会で話したことが関係しているわけでしょ」

「ええ、そうなんです。彼はあのとき、情報を持っているような素振りでしたから。彼の話を聞いていたのは僕と喜久井でしたから、二人のうちのどちらでもよかったんじゃないですか、USBを送りつけるのは」

梶本の言うことには、それなりの説得力があった。しかし、分からないこともある。そこに映っている若い男が本当に木村だとしたら、自分の犯罪を同級生に告白したことになる。そんな無謀な自己顕示欲は、私が会っている木村のイメージとは、似ても似つかないのだ。あるいは、その画像だけでは木村は自分とは気づかれないと判断していたのだろうか。

「もしそこに映っているのが木村君で、それを送ってきたのも木村君だとしたら、その目的は何だったんだろうね」

「それがまったく分からないんです！」

梶本と喜久井はほとんど同時に答えた。無理もない。今の段階では、そんなことは誰にも分かるはずはないのだ。ただ、漠然とではあるが、私はそれが誰かに対する脅しになっているのだろうと考えていた。

「結局、君たちはそのUSBを檜山先生に届けたんだね」

「ええ、梶本と相談してそうしたんです。僕宛に届いたものだったから、直接、僕が警察に届けることもできたけど、そんなものを持っていると僕自身が疑われるかも知れないと思ったんです。川口事件に関する警察への情報提供は檜山先生が窓口になってましたから」

　喜久井の判断は確かにまっとうに思えた。それを直接警察に持って行けば、警察はとりあえず、喜久井が共犯である可能性も考えるだろう。そんな疑いはすぐに晴れるはずだが、疑われるだけで相当なストレスになるに違いない。

「警察の対応はどうだった？　乱暴な口を利かれることはなかったかな」

　私は気遣うように訊いた。そのＵＳＢは当然、檜山から警察に届けられていたが、そのあと、喜久井も梶本も長時間に亘る警察の事情聴取を受けていたのだ。

「それはなかったです」

　梶本が答えた。喜久井も小さくうなずく。

「でも、しつこかったです。同じことを何度も訊くんです。だから、いいかげん答えるのが嫌になってしまって」

　再び、梶本が答えた。

「それは、喜久井君も同じだった？」

　私は喜久井のほうに視線を向けて、尋ねた。

「ええ、僕の場合もやたらにしつこかったです。だから、時間がすごく掛かりました」

「特に、どんなことをしつこく訊かれたのかな」

「やっぱり、僕たちと木村君の関係です。どれくらい親しかったかを延々と訊くんです。でも、僕たちは彼とは付き合いがありませんでしたから、話すことはほとんどありません。

でも、そう言っても、具体的な例を一つ一つ挙げて、『こんなことは話したことはないか』などと訊いてくるんです」

こう答えたのも梶本だったが、梶本と喜久井はすでに警察で何を訊かれたかを互いにさんざん話し合っているようで、梶本が代表して答えても、実質的には二人からそれぞれ答えを聞くのとさして変わらないように思えた。

「ということは、君たちの説明を聞いても、木村君が喜久井君にUSB入りの封筒を送ってきたことを警察は納得していなかったってことかな」

「いや、そうでもないんじゃない」

喜久井が、梶本の顔を見ながら言った。

「うん、僕たちを疑っているというより、どんな小さなことでもいいから、情報が欲しいという感じでしたね」

梶本が落ち着いた口調で言った。警察の事情聴取から少し時間が経って、ようやく客観的な目で状況を見ることができるようになったというような口吻だった。

「他に、しつこく訊かれたことはありませんか？」

「それはやっぱりUSBの中身についてですね。あの場所に覚えがないかとか」

「でも、覚えがなかったんですよね」

「ええ、僕も喜久井も警察に行く前にあれを見て、知らない場所だなって、話し合っていましたからね。ただ、僕も喜久井も気づいていなかったんですが、最後に、板敷きの上に落ちている金属の物体が少しだけ映るんです。警察の人は、そこを集中的に質問してきて、僕たちの高校でそういうものが置いてある場所はなかったかって、何度も訊かれましたよ」

「俺たちの学校とは限らなかったんじゃない。どこでもいいから、そういうものが置いてある場所を知らないかって」

梶本の発言を補足するように喜久井が言った。

「金属の物体って、どんな物？　もう少し詳しく説明してくれないかな」

私は身を乗り出すようにして訊いた。そんな情報は、私が辻本から聞いた警察情報にも含まれていなかった。もちろん、辻本が全部話したとは限らない。

「いや、これは警察でも言ったんですけど、それが映るのはほんの一瞬だけですから、どんなに目を凝らしてみても、それが何なのかよく分からないんです。だから、喜久井なんか僕以上に何度も見ていたのに、警察で言われるまで、その存在にさえ気づいていなかったんです。僕なんか、警察へ行く前は一度しか見ていませんでしたから、当然、そんなもの、目に入っていませんでした。警察で何度も見せられて、確かにそれが映っていることは分かりましたが」

「形状や色は分かったかな？」

「う〜ん」

梶本はうなるようにつぶやいて、一呼吸置いた。その間隙を衝くように喜久井が発言した。

「強いて言うなら、黒い金属の湯飲み茶碗みたいな感じだったな」

「まあ、そんな感じだな」

梶本も喜久井の言葉に同調した。

「そうすると、君たちの在籍していた高校で言うと、そういう湯飲みの置いてある給湯《きゅうとう》室《しつ》とか調理室ということになるのかな」

「いえ、そういう場所はないですよ。給湯室や調理室の床はコンクリート張りですから」

喜久井が断言した。確かにそうかも知れない。だとすれば、普通の民家のフローリングのキッチンやリビングの可能性のほうが高いのではないか。

板敷きの上に落ちていた黒い金属の物体。それが唯一の物証ではあまりにも、茫洋とし過ぎている。しかし、見る者が見れば、そこがどこかすぐに分かるような物証なのかも知れない。

見る者とは、すなわち犯人だ。犯人が見れば、その金属の物体が何であるかすぐに分かり、その結果場所も特定できるが、他の人間には分からない物証を画像に残すことこそが、脅迫者の狙いだったのではないか。

針で刺されたような痛みが背骨を走り抜けた。妄想にも似た直感が、ひらめいたのだ。あり得ない。私は心の中でつぶやきながら、深い溜息を吐いた。

（2）

木村とは連絡が取れなくなった。警察も木村を探しているはずだが、警察が木村の行方を把握しているかは分からなかった。しかし、富樫とは話すことができた。富樫のほうから私の携帯に電話してきたのである。

十月十八日の月曜日、私は高井戸《たかいど》近辺のファミリーレストランで富樫に会った。富樫の勤め先のガソリンスタンドから近い場所だ。

私と木村が連絡を取れなくなっていることと、富樫が自分から私に連絡してきたことに、何か関係があるのかは分からない。私も木村のことにはあえて触れなかったし、富樫も同様だった。ただ、最初に会ったとき、主導権を握っているのは明らかに木村のほうで、富樫はしぶしぶ付き合っているようにしか見えなかったので、私に対する富樫からの接触はやはり少し意外だった。

「じゃあ、君たちがこの前私に喋ったことには、嘘も含まれていたというんだね？」

私の直截な質問に、富樫は一瞬、暗い表情になって視線を落とした。私はその表情から、富樫は見かけの風貌とは違って、意外にまじめな性格ではないかと感じていた。富樫が良心の呵責《かしゃく》に耐えかねて、私に真実を告白しようとして連絡してきたのは間違いないように思われた。

富樫は「鳥打ち帽を被った男」と戸田家のワゴン車とは別の白いワゴン車が存在したことは認めた。しかし、車の中で碧を、河川敷では達也を殺害したことは、事実ではないと主張した。生きている碧と瀕死の重傷を負った勇人をある場所まで運んだことは認めていたが、それ以降のことは知らないという。怖くなった彼が、そこで木村たちから離脱したからだ。

この富樫の発言は自分の罪を軽くするための虚言とは思えなかった。というのも、一方では、自分と木村の役割は、単に被害者の運搬だけでなく、二人の襲撃にある程度関与したことさえ認めていたからだ。

これは富樫が最初に非行仲間の一人に話したファーストバージョンの内容を肯定するものとも取れた。その中で、富樫は自分が女の足を押さえたという趣旨の話をしていたのだ。

「そうです。車の中や多摩川の河川敷で起こったと言ったことは嘘です。だいいち、俺たちは被害者たちを多摩川の河川敷なんかに運んでいない」

「じゃあ、どこに運んだの？」

私は緊張していた。勇人と碧の遺棄場所が分かれば、捜査は飛躍的に進展することが分かっていたからだ。川口事件のクライマックスが、今そこにあるように思えた。

「それは言えないです」

富樫は自分に言い聞かせるように、つぶやくように言った。愕然《がくぜん》とした。

「どうして言えないの？」

「俺も殺されたくないから。俺が身の安全を保障されたと確信できるときになったら、言いますよ」

「誰に殺されると思っているのかな？　木村君に？」

私は必死で失望を隠して、あえて冷静を装って訊いた。富樫の返事はなかった。

「じゃあ、鳥打ち帽を被った男は誰なの？」

私は質問を変えるように訊いた。だが、実際には訊いていることは同じだとも言えた。

「だから、それは俺も知らないんだよ。そいつは、そのとき初めて会った男なんですよ」

富樫は苛立ったような口調になった。ただ、ここが肝心な所だったから、私も引くわけにはいかない。

「だけど、君はその男が首謀者だと感じていたんだろ？　だったら、木村君にその男が誰なのか確かめなかったのかい？」

「訊きましたよ。何度もしつこく。だけど、あいつは教えてくれないどころか、逆に俺を脅しにかかったんだ」

富樫はそう言うと、不意に黙り込んだ。その濁った視線は、遠くのどこかを見つめているようだった。

「じゃあ、これだけでもいいから教えてくれないかな。木村君や君が私にあんな告白をした理由は何なの？　自分たちが深刻な犯罪に関与したことを私にわざわざ話す意味がよく分からないんだ」

この質問に対しては、富樫は大きくうなずいた。それから、噛みしめるような口調で言った。

「そのことなら、話してもいいよ」

（3）

二〇〇八年十一月二十四日。それは富樫が木村に連れられて、私と初めて会った翌日だった。

富樫は高井戸ＩＣ入り口近辺の、環状八号線沿いにある勤め先のガソリンスタンドで、車の給油に立ち寄った木村と立ち話をしていた。給油機のホースのノズルを車の給油口に突っ込んで満タンになるのを待つ間、木村はせかせかとした口調で富樫に話し掛けた。

「大丈夫だよ。俺たちの話があのジャーナリストを通して、少し報道されるだけでいいんだ。それで警察が動くことはない。彼らは戸田達也の単独犯説を覆すような話に耳を傾けるはずがない。ただ、目的を果たして、やつに金を払わせたら、あれははったりだったと言えばいい。ただ、目立ちたかったたって言うんだ。そういう連中は世の中にいくらでもいる」

富樫は、木村の言葉を聞きながら、暗い表情で押し黙っていた。木村から、「鳥打ち帽の男」から金を脅し取ろうと持ちかけられたときも、金が欲しいなどとはまったく思っていなかった。それなのに、木村に言われると、蛇に睨《にら》まれた蛙のように、その指示に従ってしまうのだ。それは子供の頃からの長年の付き合いで体に染みこんでしまった、条件反射のようなものだった。

午後一時過ぎ、ガソリンスタンドは空いていて、給油中の車は木村の車一台しかない。営業用に会社から借りている車で、中には木村の上司が一人乗っているが、二人は極端な小声で話していたので、聞こえるはずがなかった。

「ちょっと訊いていいか?」

富樫は木村の表情を窺いながらおそるおそる言った。木村が無言でうなずく。

「俺たちがあのジャーナリストに話したことは、まったくデタラメというわけじゃない。ただ、大きな嘘は、車の中で女が絞め殺されたと言ったことだ。あれは明らかに嘘じゃないか。それに、俺があの場所を離れたあとのことは知らない。だから、多摩川の河川敷で起こったとお前が喋ったことも本当かどうか知りたいんだ。あの男はそこで本当にスコップで殴られ、トドメを刺されたのか？　女は車の中で絞め殺されたのじゃなくて、そこの河川敷で絞め殺されたのか？　俺も嘘を吐く以上、本当のことを知った上で嘘を吐きたいんだよ。そうじゃないと、かえって不安になるんだ」

その日は快晴で、初冬の淡い日差しが二人の顔に穏やかに降り注いでいた。月曜日の振替休日で、比較的道路が混雑していないはずの時間帯とは言え、環状八号線が混雑していないときなどほとんどなかった。実際、その日も相当の交通量があり、車の走行音があたりに響き渡っていた。

「まだらだな」

「まだら？」

「ああ、あのジャーナリストを信じさせるためには、全部嘘を言ったらだめだ。本当のことと、嘘をうまく取り混ぜるんだ」

「じゃあ、やっぱり拉致された男も女も死んだんだな」

実際、富樫は二人の生死についても、木村から聞かされていなかった。

「お前もしつこいな。それは言えねえと、何度も言ってるだろ」

木村が額の汗を手で拭いながら苛立った口調で言った。黒のジャケットに、白の長袖ワイシャツに臙脂《えんじ》のネクタイという渋い服装だ。

「じゃあ、一つだけ別のことを訊かせてくれ。あの二人を連れ込んだ場所のことだ。俺はあそこでお前らと別れたんだけど、あの場所をお前らは勝手に使ったのか。それとも――」

「なあ、カズ」

木村が遮った。木村は昔から、富樫のことを「一樹《かずき》」という名前からこう呼んでいた。そのこめかみに青筋が立っている。木村の苛立ちは頂点に達しているように見えた。富樫はたじろいだ。

「そこが俺としては一番訊いて欲しくない点なんだ。いちいち詮索するんじゃねえ。知らないほうがお前の身のためだ」

「じゃあ、あの鳥打ち帽を被った男は誰なんだ。それだけでもいいから、教えてくれないか。何も知らないんじゃ、俺も不安で仕方がねえんだ」

「もっと知らないほうがいい話だ」

木村は吐き捨てるように言って、富樫をにらみ据えた。だが、すぐに表情を和らげ、うっすらと笑みさえ浮かべながらさらに言葉を繋いだ。

「今度、あの女が夫の前で回されている動画を見せてやるよ。面白いぜ。最初は嫌がって抵抗していたのに、最後なんて夫の前でよがり泣きしてたからな」

富樫は顔をしかめた。そんなことに同調して相づちを打つ余裕などなかった。

給油機の文字盤が満タンを表示していた。富樫はノズルを抜き取り、元の位置に戻した。セルフサービスだから、本来、それは木村がやるべき動作だった。だが、富樫にしてみれば、木村の発言にいたたまれない気持ちになり、体を動かすことによって、その毒気に当たるのを避けようとしているかのようだった。

「なんだ、あれパトカーだろ？」

不意に木村がつぶやいた。確かに、パトカーがガソリンスタンドの駐車スペースに入ってこようとしていた。木村がぎょっとしたのも無理はない。しかし、富樫は平静に言った。

「ああ、よく給油に来るパトカーだよ」

車の窓が開き、木村の上司が顔を出した。地味な黒の背広姿の中年男だが、目つきは鋭く、見る人が見れば、堅気には見えないだろう。

「おい、何をいつまでもべらべらと喋っているんだ。急げよ」

「すみません」

木村は頭を下げ、会計をするために、奥の事務所に向かって小走りに駆け出した。富樫は暗い表情でその背中を見送った。

（4）

「要するに、君らは私に真相の一部を話すことによって、『鳥打ち帽の男』に脅しを掛けようとしていたんだね」

このこと自体は、私がある程度想像していたことだったから、特別な驚きはなかった。

「そうです」

「じゃあ、木村君はその男から金は取れたのかな？」

「取れたみたいですよ。とりあえず、百万もらったって言ってましたから。その金の一部を俺にも寄こそうとしたけど、俺は要らないって断りました」

「どうして？」

「もう木村と関わりたくなかった。あいつと関わると、ろくなことにならないのは分かっていたから」

「木村君は、その百万で満足したのかな」

百万という金額は、裕福ではない人間にとって、魅力的な金額ではあったが、重大犯罪の告白というリスクを冒すに足る金額とも思えない。

「いや、木村はその男を脅し続け、定期的に金をもらい続けていたみたいですよ。時々、あいつに会うと、そんな話をしていた」

「君は最近でも彼に会っているの？」

「たまに。でも、俺のほうから連絡を取ることはない。俺はもうあいつとは付き合いたくないから、なるべく自分からは連絡を取らないようにしているんです」

「一番最近、彼と話したのは、いつですか？」

「二週間前くらいかな？　携帯で話しただけだけど。会いたいって言ってきたんだけど、仕事が忙しいって言って断ったんだ」

「それ以降は、ぜんぜん連絡がないの？」

「そう言えばないな。前は三日に一度くらいは連絡してきてたんだけど」

富樫は一瞬、考え込むように言った。

「実はね、私も彼と連絡が取れないんだ。彼の携帯に電話しても繋がらない」

富樫の顔に不安の色が滲んだ。私の危惧にようやく気づいたかのような表情だった。

私は二つの可能性を考えていた。一つは、木村が逃走した可能性だ。私はUSBを喜久井に送ったのは木村だろうと思っていたが、その意図は必ずしも分明ではない。しかし、それがとにかく警察の手に渡り、司直の手が迫っていることを察知した木村が逃走を企てたとしても不思議ではない。

もう一つは、木村の身に何か決定的なことが起こった可能性だ。木村はあのUSB動画を喜久井に送ることによって、それが脅しの対象の目にも触れることを計算していたのではないか。しかし、それは木村の意図に反して、警察の手に渡ってしまった。だとすれば、木村の逮捕は時間の問題で、木村が逮捕されて、警察ですべてを話す前に、木村を消そうと「鳥打ち帽の男」が考えるのは、当然だろう。

私はこれらの推測を富樫に話すことはしなかった。しかし、USB動画の提供を檜山から受けた警察が事件の見直しを図るのは当然だから、司直の手が富樫にも迫るのは必至だった。

私は理想的には、富樫が逮捕される前に、すべてのことを私に話してもらいたかった。その上で、自首を勧めるつもりだった。しかし、富樫は私のそういう意図に反して、そのあと強引に帰ってしまった。

「すべてのことを話す気になったら、まず杉山さんに連絡します」

富樫は別れ際、こう約束してくれた。しかし、今の段階では、私が最も知りたいことを話すことは拒否したのだ。

私は富樫はすべてを打ち明ける前に、直接木村と連絡を取るのではないかと思っていた。口では、木村と離れたいとは言っているが、いざとなると木村に頼る習性が、富樫には身についているのかも知れない。

それに、やはり事実認定次第では極刑もあり得ないわけではない犯罪事案だから、私のような民間人ではなく、警察に直接話すには、相当な決断が必要だったのだろう。いずれにしても、私が木村と連絡が取れないと言ったことが、想像以上に富樫の心をかき乱したようだった。

（5）

私が檜山の自宅を二度目に訪問したのは、二〇一〇年の十月十九日で、富樫と話した翌日だった。平日の火曜日の午後一時頃だったから、前回と違って娘の里葉は高校に行っていて留守だった。ただ、今回も私が通されたのは、本堂の横に建てられた住宅棟の居間である。

「いや、大変なことになりましたよ」

檜山は私のために自ら淹《い》れてくれた日本茶を出しながら、辟易《へきえき》したように言った。いつもは冷静沈着に見える檜山も、さすがに今度のことでは動揺しているのだろう。

動画のことを私がなぜ知っているのか、檜山は特に尋ねることもなかった。あるいは、私が梶本や喜久井に取材しているのを知っていたから、その筋から訊き出したと思ったのかも知れない。しかし、私が最初に動画の存在を訊き出したのは、辻本からだった。

「彼らが持ち込んできた動画を見たときは、さすがに目を疑いましたよ。最初は、合成されたものかも知れないと思いました。しかし、妙にちぐはぐな撮られ方がかえってリアルでしたね」

「木村君が映っていることには、すぐに気づきましたか？」

「いや、気づきませんでした。彼らが木村君に似ていると言うものだから、そう思って見て、ようやくそうだなと思ったわけです」

「喜久井君も梶本君も動揺してたでしょうね」

「ええ、二人とも不安そうでした。あんな物を送られてきたんじゃ、警察に何かの疑いを掛けられるかも知れないと不安になるのも、当然でしょう。喜久井君もそんなことを口にしていました」

「先生は、彼らが高校を卒業したあとでも、彼らとかなり交流があったのでしょうか？」

「いや、そうでもありません。彼らが在校中のときでさえも、私は副校長という立場にあって担任クラスというものを持っていませんでしたから、そんなに普段から二人をよく知っていたわけでもないんです。ただ、八月に開かれた同窓会のときに、勇人先生の事件についての何か情報がある者は私か警察に伝えて欲しいとは言ったんです。勇人君夫婦の行方不明事件については、私たちの高校をあげて何とか解決して二人が無事に戻ってくることを真剣に考えていましたから、同窓会の場でも私はそういう発言をしました。それを二人は覚えていて、私に連絡を取ってきてくれたわけです」

このとき、彼らがＵＳＢを提出する相手として、私を選んでくれたら、私もその中身を見ることができたであろうというジャーナリストらしい邪《よこしま》な気持ちが一瞬、心を掠《かす》めた。実際、自分の目で見ているのと、言葉だけによる説明では、その差は歴然としていた。

ただ、喜久井や梶本にとって、檜山は私に比べれば、やはり連絡を取りやすい相手ではあったのだろうから、こうなったのは当然の帰結と言える。それにＵＳＢのことはまだどのマスコミも摑んでいないため、その事実を知っているだけで意味があるのだ。

「木村君とはどうでしょうか？　彼が高校に在籍中、先生は彼を知っていたのでしょうか？」

「ええ、話したことはほとんどありませんが、職員会議で彼の名前はよく挙がっておりましたので、顔と名前が一致するという意味では、知っておりました。まあ、言いにくいことですが、授業態度や素行が悪いということで、彼を教えている複数の先生の口から彼の名前が出ることが多かったものですから」

私は高校で木村がどんな目で見られていたかよく知っていたので、檜山の言ったことは想定内だった。

「彼は、この前の同窓会には出席していたと聞いているのですが、そのとき、先生は彼とはお話しになったのですか？」

「いいえ、席が離れておりましたから、話す機会はありませんでしたね。同窓会終了後も、ご存じのように私は家が遠いので、急いで帰りましたから、彼とはまったく口を利いていません」

　これも私が梶本から訊き出した情報と同じだった。

「それでは、最近も彼からは連絡がないですか？」

　やや唐突に聞こえる質問なのは、分かっていた。木村が持っていた情報を檜山に話したかどうかを確かめたかったのだ。もちろん、木村が行方不明になっている可能性は消えていなかったが、このことについては初めから触れるつもりはなかった。それが本当かどうかは、私は辻本からも訊き出せていなかった。

「ええ、もちろん、ありません」

　檜山は私の質問にやや訝《いぶか》るような表情で答えた。やはり、檜山にとって、若干予想外だったのかも知れない。ただ、檜山はその質問の趣旨を問い質《ただ》すこともなかった。

「勇人さんご夫婦については、一目瞭然で彼らと分かりましたか？」

　私は木村の話題を打ち切るように、再びＵＳＢ画像の中身に話を戻した。

「いや、そうでもないです。何しろ、状況が異常なだけに、彼らの顔もいつもと違って見えました。それにあんな内容ですと、さすがに正視に耐えないというか、私も目を逸らしがちでしたから。しかし、彼らのことはよく知っていますから、やはりどう見てもあの二人だということは分かりました」

「場所については、どうです？　学校のような板敷きの床が映っていたということですが」

「うん、それもよく分からないのですが、言われてみると、そうかも知れないという感じですね」

「埼玉第三高校ではない？」

「それも分かりません。ああいう板敷きの場所なんか、どこにだってありますからね」

「画面の右端に映っていた黒い金属の湯飲み茶碗のような物体についてはどうですか？　どこかで見覚えがある物では？」

「杉山さん、先ほども申し上げましたように正視に耐えない内容の動画ですから、私もそれほどきちんと見たわけじゃないんです。私はすぐに警察に届けましたので、あまり細部は見ていないんです。その物体のことも警察で訊かれましたが、私はそれが映っていることに気づいてさえいなかったんです」

　檜山の言ったことは、梶本の言ったこととほとんど同じだった。一度見ただけですぐに警察に届けたとしたら、檜山がその物体に気づかなかったという説明はそれほど不自然ではない。

「その後、警察から何か連絡は？」

「いや、八王子署に届けたとき、いろいろと質問されましたが、それ以降は連絡はないですね」

これ以上、USB画像の中身について話しても、進展は望めそうになかった。

「ところで、達也さんの自傷行為のことですが――」

私は話題を変えた。檜山は一層顔を曇らせた。

「彼には本当に気の毒なことをしましたね。家族や親戚に厳しく追及されて、気持ちの上でも耐えられなくなったんでしょうね」

檜山の口調は特に非難がましくもなく、客観的だった。その追及の場に私もいたことは当然知っているはずだが、浜中のように私を非難することもなかった。

「先生はその後、達也さんにお会いになったのですか？」

「ええ、何度か会っております。彼はもう退院して、伯父さんのところに、身を寄せています。お父さんは、私が紹介した医療老人ホームに入り、遼子さんが頻繁に訪問しているようです」

「達也さんの現在の様子はどうでしょう？」

「もちろん、落ち込んでいますよ。せっかく裁判で無罪になったのに、それを誰にも認めてもらえないという心境なんでしょうね。難しいですよ。それは理屈ではなく、人の感じ方の問題ですからね」

達也の自傷行為については、『週刊毎朝《まいちょう》』が、意味深長な記事を書いており、それは読みようによっては、達也がやはり川口事件の犯人であることを仄めかしているとも取れた。実は、この週刊誌の記者が私に会いに来て、コメントも求められたが、私はノーコメントを貫いていた。事件はもっと大きな、とんでもない展開を遂げているのだ。私にはようやく対岸の風景が見え始めていた。

「そうですね。人の口に戸は立てられませんからね」

我ながら、恐ろしく凡庸な発言だった。私が現在、調査していることをここで口にするのは危険すぎた。あと一歩の確信が欲しい。だから、今はとりあえず息を潜めて、やるべき調査を継続するしかないのだ。

第三部　真犯人の貌

第一章　死者たちの沈黙

（1）

二〇一〇年、十月二十七日。

ヘリコプターに搭載《とうさい》されたカメラが、死体発見現場を映し出していた。千葉県の小仏《こぼとけ》近辺の断崖下だ。左右には緑の山林が広がっているものの、上方は岩肌が剝き出しになった絶壁がそびえている。

その狭い空間でジャンパーの背中に「千葉県警」のロゴを付けた警察官がせわしなく動き回っていた。ビニールシートが被せられた場所に死体があるのは明らかだったが、死体の一部さえ見えていない。おそらく、カメラが俯瞰《ふかん》する距離はテレビ画面に映る印象以上の距離があるのだろう。人の動きが鮮明に分かる割には、細部は不明瞭だった。

今日、午前六時過ぎ、千葉県鴨川市《かもがわ》小湊町《こみなとちょう》の入道ヶ岬《にゅうどうがみさき》に釣りに来た男性が、絶壁を見上げる急斜面の下に、毛布に包まれ、ビニール紐で梱包された物体を発見し、その一部から人間の手らしいものが覗いていたため、警察に通報しました。警察がその物体を確認すると、若い男性の死体であることが判明し、警察は現在その身元の確認を急いでいます。現場は、通称「おせんころがし」と呼ばれる絶壁のすぐ下にあり、死体の損傷状態から絶壁の上から投げ落とされた可能性もあると見て、警察は詳しい状況を調べています。

正午前の民放の短いスポットニュースだった。私が富樫との連絡が取れなくなった矢先のことだ。木村とも、すでに二週間以上、連絡が取れていない。

「おせんころがし」か。私は心の中でつぶやいた。

かつては千葉県最悪の交通の難所として知られていたが、国道一二八号線の開通と共にそれは解消され、現在では快適なドライブを楽しめる整備された新道となったと聞いている。ただ、その呼称の不気味な響きや、かつて実際にここで起こった殺人事件のためなのか、一部の人々の間では心霊スポットとしても知られているらしい。

名前の由来となったおせんという少女がここから身を投げて死んだという話は民間伝承に過ぎないが、残虐な殺人事件がかつてここで発生したのは事実だった。一九五一年、栗《くり》田源蔵《たげんぞう》が行きずりの主婦を強姦して絞殺し、一緒にいた幼い子供三人をも崖から投げ落として、その内の二人を殺害した場所である。長女だけがかろうじて生き残っていた。

私はすぐ始まるはずのNHKのニュースにチャンネルを替えた。外交関係のニュースや国内政治のニュースが流れる間、ぼんやりと画面を見つめ続けた。

問題の事件は、三番目のニュース項目として、報道された。しかし、内容は民放ニュースと大差のないものだった。そもそも時間経過からして、死体が発見されたということ以上のことは分かっていないのだろう。

嫌な予感がしていた。ただ、まさかこれだけのニュースで、発見された死体が木村か富樫のものと考えたわけではない。この時点では、まったく無関係な事件の可能性のほうが高いと考えていた。

私は別件で須貝に電話を掛けた。須貝に頼みたいことがあったのだ。珍しいことに、すぐに繋がった。

「須貝さん、ちょっと調べていただきたいことがあるんです。川口事件絡みですけど――」

「まだ、あの事件を追っているんですか？」

呆《あき》れたような須貝の声が返ってきた。私はその声を無視して、用件だけを喋った。理由は言わず、ただ調べて欲しい内容だけを説明したのだ。

「そんなことを調べる理由が分かりませんが――」

「理由はあなたの調査結果が出てから、申し上げますよ。今は何も言わず、調べていただけませんか」

「分かりました。引き受けましょう」

須貝は一瞬の沈黙のあと、冷静な口調で言った。彼なりに私の調査に意味を見出したということか。

「ところで、小仏近辺で、若い男の死体が発見されたって、さっきテレビのニュースで流れていましたね」

「コボトケ？　それどこでしたっけ？」

「千葉県の鴨川市にあるおせんころがしって場所ですよ」

「千葉県ですか。その若い男がどうかしたんですか？」

私はここで最近の木村と富樫の動向について話した。つまり、二人とも行方不明の可能性があることを指摘したのだ。

「まさか、そのコボトケで発見された死体がそのどちらかだと言うんじゃないでしょうね」

「いや、それは分かりません。そのニュースが気になるのは、たぶん、二人の姿が最近私の身辺から消えたという事実があるからで、実際はまったく無関係な事件である可能性のほうが高いでしょうね」

私はこのあと、富樫が核心部分の証言をしかかっているところで、姿を消したことを付け加えた。

「じゃあ、自分で逃げ出したとも考えられるじゃないですか。木村と示し合わせて逃げたのかも知れないでしょ。私自身は、前にも申し上げたように、彼らが私たちにした証言をあまり信用していませんから」

「もちろん、その可能性もあります。しかし、彼は本当のことを喋れば、木村たちから消される可能性も示唆していましたからね。木村たちから消されたとも考えられますよ」

須貝はそれ以上は、反論してこなかった。ただ、不毛な議論を避けただけで、彼が私の言うことを多少なりとも信じているようには思えなかった。

私は須貝との電話を切ったあと、再び、富樫の携帯に電話を入れた。だが、やはり繋がらない。今度は木村に電話した。結果は同じだった。

（2）

千葉県鴨川市の通称「おせんころがし」の崖下で発見された若い男の死体の身元が判明したのは、死体発見から六日後の十一月二日のことである。意外なことに、私の悪い予感が的中していた。ただ、死体は富樫ではなく、木村だった。

三週間以上、家に帰ってこない息子のことを心配した母親の木村多恵子が警察に相談し、鴨川市で発見された若い男の死体と面通ししたのである。自分の息子の死を知った多恵子は半狂乱で泣き叫んだ。

白いワゴン車に関する目撃情報も浮上していた。この情報をもたらしたのは、勝浦《かつうら》市に住む四十五歳の男性会社員で、商用で鴨川市を訪問した帰りだった。彼は後に、事件現場近くの路上に設置された不審車の目撃情報を募る、千葉県警の立て看板を見て通報してきた際、このときの模様を次のように語っている。

「その夜の九時過ぎ、ハザードランプを点灯させた白いワゴン車が道路脇に停車していました。故障かと思ったので、車から降りてワゴン車の前に回り込み、『大丈夫ですか』って声を掛けたんです。そうしたら、運転席側の窓が開き、鳥打ち帽を被り、白いマスクを着けた男が顔を出したんです。愛想のいい人でしたね。落ち着いた声で『ありがとうございます。運転に疲れたので少し休んでいるだけです。車が故障したわけではありませんので』と仰いましたので、私もそのときは不自然な点は何も感じませんでした。車内はほとんど見えませんでした。というか、私も見る気がなかったので、見えなかったのか、見なかったのかはっきりしませんでしたが。マスクのせいもあって、顔はほとんど覚えていません。中年の五十前後の男という印象ですが、年齢も自信がないですね。何しろ、ほとんど一瞬のことで、周りも暗かったですから。それに二週間以上も前のことなので、思い出せないことも多々ありますからね」

その白いワゴン車を会社員が見たのは、十月十二日というのだから、確かに二週間以上が経過していた。もちろん警察は、この会社員からさらに情報を訊き出そうとして、質問を重ねた。だが、男の容貌については、会社員の記憶は同じところに留まり続けたという。

それ以外に、この白のワゴン車を見たという目撃情報はなかった。そういう目撃情報は偶然的要素に頼ることが多かったが、この事実から白いワゴン車の停止時間がそれほど長くなかったという推測は可能だった。

もともと交通量の多い場所でも、時間帯でもない。その上、停止時間がきわめて限定的だったとすれば、他の車のドライバーの中に、この白いワゴン車を目撃した者がいなかったとしてもそれほど不自然ではないだろう。

従って、この会社員の証言は、かなり重要だった。白いワゴン車内の男の容貌について、記憶が曖昧なのは仕方がないにしても、ともかくも会話は交わしているのだ。例えば、声の印象も事件捜査の何かのヒントになるかも知れない。それにそのワゴン車の具体的な車種を特定できれば、決定的な証拠になる可能性さえあるのだ。結局、この会社員は、その後も何度も地元所轄署員の訪問を受けることになった。

一方、木村多恵子に対する事情聴取は、執拗を極めた。息子の死体と対面した日は、いったん帰宅させられたが、さらに二日後の十一月四日、落ち着きを取り戻してから再び鴨川警察署に呼び出され、長い事情聴取を受けた。木村と母親は、埼玉県のさいたま市に居住しており、死体発見現場は千葉県に属し、川口事件は警視庁の管轄だった。

こういう場合、警視庁と県警の間に、多少の軋轢《あつれき》が生じるのはそれほどまれなことではない。ただ、被害者の居住地域の埼玉県警は捜査権という意味ではもっとも遠く、警視庁と千葉県警が捜査権を巡って綱引きを始めるのが普通だった。

もちろん、木村の死に関しては死体発見現場を管轄している千葉県警が、第一義的な捜査権を持っていることは間違いなく、警視庁としては副総監が千葉県警幹部に対して、情報の相互提供を申し出るのが慣例だった。

これはキャリア警察官どうしの話し合いになるから、そういうレベルの話し合いではそれほどの軋轢も生じず、原則的な合意に達するのは当然である。しかし、問題は現場の捜査官の中にある、根強い縄張り意識なのだ。

多恵子は、鴨川警察署員の間では奇妙な注目を浴びていた。年齢は四十一歳だったが、二十歳過ぎの子供がいるとは思えないほど若々しく見え、容姿も整っていた。

息子の遺体と対面し、髪を振り乱して泣きじゃくっていたときはさすがに誰も気づかなかったが、多恵子が日を改めて事情聴取を受けるために身なりを整えてやって来たとき、多くの署員が目を瞠《みは》ったという。鼻梁の高い気品のある顔立ちだったが、若干、薄い眉と厚ぼったい唇がどこか艶《なま》めかしく、かつ不均衡な魅力となって、署員の印象に残ったらしい。

事情聴取は千葉県警の刑事課の捜査官が中心となって行なわれた。まだ、捜査本部はできていなかったが、千葉県警が川口事件と関係していたかも知れない男の死亡を重視していたのは間違いない。早い段階での県警の関与は、何よりもそのことを物語っていた。

長い事情聴取の中で、担当の捜査官が最も注目した多恵子の証言は、一見、たいしたことには思われない、日常的な細部に関わる供述だった。それは多恵子が息子の姿を最後に見た十月八日に起こった事柄に関するものだった。

「その日、息子が出かけたあと、お掃除をするために部屋に入ったんです。息子は、自分が部屋にいるときは、絶対に私に掃除させませんでしたので、息子が出かけたらすぐに部屋に入って掃除する習慣になっていたんです。そのとき、机の上に切手の貼ってある茶色の封筒が置いてありました。宛名も書かれており、封が閉じられていましたので、私はそれを息子が出し忘れた封筒だと思い、仕事に出かけるついでにポストに投函したんです」

これは重要な証言だった。埼玉第三高校の副校長である檜山洋介から、川口事件の捜査本部が設置されている八王子署に問題の封筒とUSBが届けられたのは、十月十日である。それが喜久井の元に届いたのが十月九日で、喜久井と梶本が檜山に持って行ったのが十月十日だから、多恵子の証言は、その郵便物の移動経路と時間とぴったり一致している。

ただ、八王子署の捜査本部から、この情報が千葉県警に届くのにおよそ四日を要していた。すでに、警視庁と千葉県警の話し合いにより、円滑な情報伝達が約束されていたにも拘わらず、である。

千葉県警の捜査官の中には、川口事件の捜査本部の見立てを突き崩す複数犯人説の決定的証拠が出てきたため、警視庁がその証拠を出し渋ったと解釈する者がいたのもやむを得ないだろう。実際、木村の死体が千葉県警の管轄内で発見されたことにより、千葉県警が警視庁の扱った事件を再捜査しかねない状況が出現していたのだ。それは一度捜査が行なわれ、結論が出された事件を、別の捜査員が再捜査することを意味する「ケツを洗う」という警察用語が文字通り当てはまるような展開だったと言っていい。

もっとも、警視庁は、この情報を千葉県警に開示するのに四日かかったのは、USBの真偽を確認するのに、当然に必要とされる時間だと説明していた。それはとりもなおさず、そのUSBが、最終的に合成画像などではない本物だと判断されたことを意味していた。

千葉県警の捜査官は、若干、遅きに失したこの情報に基づいて、多恵子に執拗な質問を繰り返していた。

「しかしね、封筒の裏に息子さんの住所も名前も書かれていないことをへんだとは思わなかったのかね」

捜査官の質問に、多恵子は小さくうなずいた。それから、ゆっくりとした噛みしめるような口調で、話し始めた。

「よく覚えていないのですが、封筒の裏に何も書かれていなかったことに気づいていた記憶はあるんです。でも、何となくポストに投函してしまったのです。どうしてかうまく説明できないんですが、封筒の中に手紙が入っていて、そこにあの子の名前が書いてあると思ったのかも。あるいは、そのときは差出人の名前をわざわざ書かなくても分かる相手に、あの子がその封筒を送ろうとしていると推測してしまったのかも知れません」

差出人の名前をわざわざ書かなくても分かる相手。捜査官は、この言葉に顕著に反応した。

「ということは、お母さんにも思い当たる相手がいるということですか?」

「いいえ、そうじゃありません。何となくそう思っただけです」

捜査官は諦めなかった。これをきっかけにして、木村の交友関係を根掘り葉掘り、訊き始めたのだ。その中には、当然、富樫の名前もあった。だが、多恵子は富樫の名前も含めて、息子の交友関係については驚くほど無知で、「あの子は何も教えてくれませんでしたから」を繰り返すばかりだったという。

「本当に、富樫という名前も聞いたことがないの。息子さんが一番、親しく付き合っていた友達なんだけどね」

多恵子はやはり首を横に振るだけだった。千葉県警も警視庁情報を元に、富樫に深い関心を持っているのは当然だった。しかし、その富樫も行方が分からなくなっているのである。

千葉県警内部には、富樫が木村を殺害して姿をくらましたという見立てがあるのも事実だった。ただ、木村がいつ殺害されたかは微妙だった。当然、司法解剖が行なわれており、後頭部を鈍器で打たれた上に、紐状の物で絞殺されたことが判明していた。しかし、死体の腐乱状態が進んでいたため、死亡推定時刻は死後二週間から三週間という、やや曖昧な数字になっており、具体的な日にちを推定するのは難しかった。

多恵子が木村を最後に見たのが、十月八日だったとしても、木村の無断外泊など日常茶飯事だったので、その日に彼が殺害されたとは限らないだろう。現に多恵子は三週間以上経ってから、息子の行方を心配し始め、ようやく警察に届けていたのだ。

結局、多恵子に対する事情聴取は六時間にも及んだが、息子の交友関係については、意味のある供述はまったく得られなかった。多恵子の供述でやはり一番重要に思われるものは、ＵＳＢの入った封筒を多恵子がポストに投函した経緯だった。

その封筒を受け取った喜久井は、埼玉第三高校時代はまじめ派として知られており、木村たちの非行グループとはほとんど付き合いのない人物であるのは分かっていた。それにも拘わらず、木村がそんな人物に手紙を送ったのは、謎と言えば謎だったが、その理由を推測することは可能だ。

木村は川口事件に関して、誰かを脅していたが、同時に身の危険も感じていた。従って、自分の身に何か異変が起こったときに備えて、その証拠品を誰か客観的で中立性の高い人間に送る必要があったのではないか。そういう役割を果たす人物として、元同級生である喜久井を選んだ可能性があるのだ。

付き合いがなくとも、木村が喜久井の住所を知ることは容易だったはずである。クラス連絡用の名簿は、同じクラスの人間なら誰もが持っており、そこに住所や電話番号が書かれているのだ。

ただし、多恵子の供述からすると、木村がその時点で実際にその封筒をポストに投函する意思があったかどうかは微妙だった。

木村はその封筒をいつでも投函できるように用意しておいたが、まだ投函するつもりはなかったのかも知れない。それは脅している相手の反応次第で、投函にも不投函にも揺れるものだったのではないか。

だが、木村のそういう意思とは無関係に、多恵子が偶然投函してしまったとも考えられるのだ。一般の人間が視認できるかどうかはともかく、その動画には一瞬とはいえ木村の顔が映っているのだから、それを客観的な第三者に送るリスクは木村も分かっていたはずである。従って、木村としては本当に切羽詰まったときの切り札として、その封筒を残していたのかも知れない。

いずれにせよ、このＵＳＢの存在によって、川口事件が複数犯であるのは、認めざるを得ない状況にすでに立ち至っているように見えた。そして、千葉県警は警視庁と違って、川口事件の捜査指揮を直接執ったわけではないので、犯人複数説を受け入れやすい立場にあった。問題は複数犯の中に、戸田達也が含まれているのかどうかということだ。

また、そうだとしても彼が主犯なのか、それとも他に主犯がいるのかという疑問も立ち上がってくる。それらの疑問に対して、ＵＳＢの動画でさえ決定的な解答を示してはいないのだ。

達也自身はその動画の中には映っていない。しかし、木村以外に、碧を押さえつけている他の人間の手が映っていることや、その動画を撮っている人間の存在も想定すると、その現場には加害者側の人間が少なくとも三人はいたとも考えられる。そして、途中で離脱したという富樫の主張が本当だとすれば、三人という数字は、達也が「犯人は四人だ」と語っている数字とぴったりと一致するのだ。

（３）

川口事件の捜査に、図らずも千葉県警が参加してきたことにより、警視庁は焦っていた。しかも、出てきた新証拠は東京地検の起訴内容を決定的に否定するものなのだ。勇人に重傷を負わせ、碧を強姦した達也以外の犯人がその動画に映っており、その動画が本物であることが判明した以上、警視庁上層部としては、いつまでも当初の見立てにこだわっているわけにはいかなかったのだろう。

警視庁の刑事部長は川口事件全体の見直しを内々に指示し、その指示は警視庁の捜査一課長から、現場の捜査責任者である管理官にも伝達されていた。その結果、捜査本部には異様な緊張感が浸潤し、マスコミに対しても厳重な箝口令《かんこうれい》が敷かれていた。USBのことは極秘にされており、その情報の秘匿は警視庁と千葉県警間のきわめて重要な合意事項の一つだったのである。

捜査本部の捜査官たちは、警視庁上層部の指示によって、考え方を大きく変える必要に迫られていた。「一事不再理」という刑事訴訟法の原理により、勇人に対する殺人罪で達也をもう一度起訴することはできないが、碧に対する傷害罪や強姦罪での起訴なら可能だろう。

特に、達也が強姦に加わっているという前提に立てば集団強姦罪に、その上、死体が発見されれば、強姦致傷罪や殺人罪にも問うことができるのだ。しかし、それにしても、犯人複数説を支持する、重大かつ決定的な証拠の出現により、捜査方針が大きく変更されたことは、捜査本部の刑事たちに途方もない心理的負担を強いていた。

おそらく、そのことを最も敏感に感じ取っていたのは、達也の単独犯自白を引き出していた辻本だったのだろう。ただ、達也が事件に関与していたとしたら、辻本たちの捜査が全面的に間違っていたとも言えない点が、複雑な事情だった。

そうだとすれば全面的に間違っていたのは、むしろ、達也を犯人ではないとした弁護側や裁判所なのだ。ただ、達也自身の顔がその動画に映っていたわけではないため、捜査本部は科捜研に依頼して、動画に映っている二つの手が、逮捕時に撮られた達也の全身写真に写る手と骨格的に一致するかを調べてもらっていた。その調査がうまくいくかどうかは五分五分の確率らしい。

捜査本部は、喜久井と梶本についても、事情聴取を執拗に重ねていた。私が彼らから捜査本部で受けた事情聴取の中身を聞かせてもらったあとも、彼らは何度か捜査本部に呼び出されていた。二人が事件とまったく無関係なのは捜査本部も百も承知だったが、木村の死亡が判明したことにより、もう一度確認したいことがいくつも出てきたのである。

事情聴取は別々の部屋で慎重に行なわれたが、何度訊いても、二人の証言の整合性は高く、二人が嘘を吐いているとも思えなかった。また嘘を吐く理由もない。

辻本も一度、梶本の事情聴取の場面に立ち会っていた。中心となって事情を聴く捜査官ではなかったが、オブザーバーのような立場で話を聞いていた。このとき、同窓会に出席していた木村が、その場にいた四人の教員以外の教員を待っていた様子だったという話が、もう一度梶本の口から語られたらしい。この発言に対して、辻本はすかさず、横から口を挟んだ。

「君としては、そのとき木村君が待っていた教員は誰だと思ったのかな」

梶本は一瞬、息を呑むように沈黙した。警察での事情聴取という緊張の場面だったのだから、それも無理はないだろう。しかし、梶本は躊躇しながらも、2ちゃんねるの書き込みや高校内やその周辺に行きわたっていた噂話にも触れ、埼玉第三高校の化学の教師である荻野の名前を口にしたのである。

私はこの同窓会のことは、辻本には伝えていなかった。警察に安易に話すべきではない取材情報だという意識があったことも、荻野に対する人権意識があったことも否定しない。しかし、それよりもこのときの木村の様子をどう解釈すべきか、自分でも判断が固まっていなかったことのほうが大きい。

ただ、荻野が碧にこっぴどく振られた話自体は梶本や喜久井に限らず、かなりの人々に知れ渡っていた。それはやや大袈裟に言えば、埼玉第三高校内部で世代を超えて語り継がれている醜聞のような様相を帯びていたのだ。

辻本はこの段階でも、直感としては、荻野は相変わらず白だと考えていたようだが、個々の刑事の勘に頼って、捜査が行なわれる時代ではない。怪しい者は調べて、事情を聴くというのが、本筋だった。

捜査一課長は管理官を通して、八王子警察署で荻野から任意で事情を聴くことを指示した。事件発生直後は、捜査本部の刑事が高校に出向いて、荻野から何度か話を聴くことはあったが、捜査本部に呼び出すのは初めてである。このことがマスコミに知られれば、有力な容疑者と受け取られかねないため、この事情聴取は極秘裏に行なわれた。

辻本はこの事情聴取には加わっていない。従って、捜査会議に上がってくる報告として、荻野の供述内容を知っているに過ぎなかった。しかも、事件が大きくなるにつれて捜査本部の肥大化も進み、さまざまな報告事項があるため、捜査会議の席で報告されることは何時間にも亘る事情聴取の内容を極端に圧縮したものになっていた。

実際、荻野の事情聴取は、午前十時から昼休みの休憩一時間を挟んで午後六時まで行なわれていた。しかし、荻野は事件への関与を完全に否定していた。かつての経緯から、戸田夫婦に対していい気持ちは持っていないことは認めていたらしい。ただ、その憎しみは「二人に肉体的危害を加えたいと思うほどではなかった」と供述しているというのだ。

荻野は口数の少ない、訥弁の男だったから、事情聴取を行なった刑事の印象では、感情の起伏を読みにくい面があったという。しかし、この事情聴取では荻野の容疑を否定するかなり決定的な事実が出てきたのだ。

そもそも荻野は車の免許を持っていなかった。であれば、勇人夫婦を拉致したとき、車の運転は達也とは違うもう一方の中年男がしていたという、富樫や木村の証言とは矛盾し、荻野は捜査圏外に遠のくことになる。そんなこともあって、荻野の事情聴取を報告する捜査官の報告は思いの外短いものになっていたのだ。

（4）

その交通事故が発生したのは、十月二十日の午後八時過ぎだった。

現場のガードレールが外側に湾曲《わんきょく》し、バックミラーのガラス片が飛び散った大型オートバイが横倒しになっていた。その後ろに、白いヘルメットが落ちている。被害者の男はすでに一時間前に、救急車で病院に搬送されていたが、搬送途中で心肺停止になったことが報告されていた。

奥多摩近くの国道四一一号線の路上で、交通機動隊の隊員たちが現場検証をしていた。オートバイが壊れているのは、前部だけで、後部には何かに衝突された痕跡はない。ナンバー・プレートにも歪みはないようだった。

緩やかなカーブだったが、運転者がハンドル操作を間違えて、あるいはスピードを出し過ぎて曲がりきれず、ガードレールに衝突した可能性も否定できなかった。都心部からは相当に離れた、交通量の少ない場所だったので、スピード違反車が多いのも事実である。

ただ気になるのは、被害者のリュックサックや衣服のどこからも免許証が発見されていないことだった。

「無免許運転ですかね」

一人の若い隊員が年長らしい隊員に向かって、話し掛けた。彼らの背後には、事故を知らせるハザードランプを点灯させたパトカーや黒い警察車両、それに三台の白バイが駐まっている。

午後九時半過ぎだった。事故が起きてから、一時間半程度が経過している。深まる闇と共に交通量はますます少なくなり、通行車両はたまにしか通らなくなっていたから、事故現場に特有な緊張感もない。現場検証もあらかた終わり、路上にいた六人の警察官はそれぞれが引き上げの準備を始めていた。

「そうかも知れんが、それにしては妙だな」

年長の隊員が答えた。

「ヘルメットを着けていますしね」

若い隊員が再び言った。ヘルメットを着けているということは、暴走族のような無謀走行を行なう人間には見えないという意味か。

「いや、それだけじゃないよ。今時、携帯を持っていないやつなんか見たことがないだろ」

そう言えばそうだった。若い隊員は気づいていなかったが、免許証だけでなく、携帯電話もどこからも発見されていなかったのだ。つまり、被害者は、免許証も携帯電話も持たず、リュックサックを背負い、ヘルメットを着けて走行していたことになる。

もちろん、免許証がないからと言って、即無免許運転というわけではなく、単なる免許証不携帯の可能性もある。しかし、携帯電話まで発見されないとなると、何かの故意を感じずにはいられなかった。

「でも、通報者に不審な点はありませんでしたしね」

この事故を発見して警察に通報したのは、幼い子供二人を軽自動車に乗せた若い主婦だった。その主婦は、隊員の質問に答えて、次のように述べているのだ。

「事故そのものは見ていません。私がそこを通りかかったとき、オートバイはすでに横転し、若い男の人が路上に投げ出されていたんです。ヘルメットが路上に落ちていて、被害者の方は頭から血を流していました。ほとんど動いていませんでしたが、生きているのか死んでいるのかは分かりませんでした。私は自分の車を路肩に駐め、ハザードランプを点けて、後続車に危険を知らせ、すぐに携帯で一一〇番通報しました」

隊員は念のため、軽自動車の車体もそれとなく確認したが、まったく傷ついていなかったから、その主婦の車が事故車に接触したとは考えられなかった。

その上、交通機動隊員としての経験から言っても、それはどう見ても自損事故にしか見えなかった。肉眼的には車同士の衝突の痕跡はどこにもないのだ。もちろん、あとでもっと詳細に事故現場写真を検討する必要があるが、それによって一気に当て逃げ事故という展開になる可能性はきわめて低いように思われた。

「十月十九日までは、夜遅くでしたが、一樹は家に帰っていました。でも十月二十日水曜日の午前中から仕事に出たあと、私たちも連絡が取れなくなったんです」

私は富樫の自宅の応接室で、富樫の母親と妹と話していた。母親の言ったことの裏付けは、すでに取っていた。富樫が十月二十日午前十時から午後六時までの通常の勤務時間中、高井戸にあるガソリンスタンドで働いていたことは、そこの従業員たちが証言しているのだ。

だから、母親の言うことも少し厳密性に欠ける。富樫が消息を絶ったのは、勤務時間終了の午後六時以降と言うべきだろう。勤務時間中、客を除けば、彼を特に訪ねてくる人物もいなかったらしい。

「じゃあ、お母さんたちが交通事故のことを知ったのはいつ頃だったんですか？」

「事故から三日経った十月二十三日です。その頃、私はもう警察に『行方不明者届』を提出していましたが、この娘《こ》が交通事故に遭ったんじゃないかって言うもんですから」

でっぷりと太って人が好さそうに見える母親は、やはり太り加減の妹を見つめながら言った。妹は富樫と違って、髪も染めておらず、見た目もまじめそうな印象だった。

「どうして交通事故かも知れないと思ったのですか？」

私は今度は妹の顔を見ながら、訊いた。

「お兄ちゃん、運転上手くないから、よく駐車場の壁なんかにバイクぶつけていたの知っていたし」

妹は口ごもりながら、答えた。

「それで八王子署に電話したら、三日前に奥多摩のほうで交通事故があって、身元の分からない若い男の遺体があるから見てみないかと言われて、見に行ったら、一樹だったんです」

母親が割り込むように発言した。それから、不意に涙ぐんだ。妹も視線を落とした。かけがえのない家族を失った肉親の悲しみは、よく理解できた。しかし、私にとって重要だったのは、そのあと、死体がどう処理されたかだった。

富樫の死体は、行政解剖さえ行なわれなかったのだ。交通機動隊の現場隊員から上層部に上げられた報告によって、警視庁検視官の検視対象にはなっていたが、この検視官が最終的に富樫の死は事件性なしと判断していたのである。

その根拠は詳らかにされていない。だが、事故現場は自損事故と酷似した状況を示しており、その判断を覆すためには、携帯の不所持や免許証の不携帯以上の、もっと決定的証拠が必要だったのだろう。

富樫の死体は検視終了後、「行方不明者届」を警察に提出していた家族に引き取られ、二日後の十月二十五日に、荼毘《だび》に付された。この扱いは普通の交通事故死とまったく同じだった。ここにも縦割り行政の不備が露呈していた。

どうやら、川口事件の捜査本部は、行方を追っていた富樫の交通事故死を知らなかったらしいのだ。知っていれば、当然、司法解剖もしくは、少なくとも行政解剖は行なわれていたはずである。

このことを後に知った捜査本部の捜査官たちの中にも、富樫が木村を殺害して、自殺を図ったと考える者もいた。そういう見方をする捜査官たちは、私を通じて辻本に伝わった富樫の新たな告白にうさんくささを感じていて、富樫の告白は基本的には虚偽だと判断していたのだろう。その虚偽証言を巡って、二人の間に何らかの諍《いさか》いが起こったと考えているのかも知れない。

富樫より木村のほうが先に死んだのは間違いない。従って、富樫が木村を殺したあと自殺した可能性も確かに論理的には排除できなかった。しかし、富樫と木村の双方を知る私は、富樫が木村を殺した可能性はきわめて低いと判断していた。逆ならあり得るが、厳然とした死亡順位はどうしようもないのだ。

事故現場に携帯電話がなかったことの意味を考えた。私は木村の名を騙《かた》って、別の誰かがメールなどで富樫を呼び出した可能性を視野に入れていた。どう考えても、それが普通の交通事故とは思えなかったのだ。その日は曇りだったが、雨も降っておらず、特に交通車両がスリップしやすい状態にもなかった。

木村を殺した犯人が木村の携帯を手に入れていたとしたら、メールやＬＩＮＥの履歴を見れば、木村と富樫の過去のやり取りをある程度知ることができたはずだ。だから、そういう通信方法で木村になりすますのは、それ程難しくはなかっただろう。

「一樹さんが、最近、誰かに脅されていたような様子はなかったですか？」

私の踏み込んだ質問に母親は驚いたように顔を上げた。

「じゃあ、一樹は事故じゃなくて誰かに――」

「いえ、そうじゃありません」

私は慌てて母親の行き過ぎた推測を否定した。

「これは念のために訊いているだけですから」

私の言葉に母親は曖昧な表情を浮かべた。そのとき、妹のほうが不意に口を開いた。

「この頃、時々、間違い電話や無言電話が掛かってきて、お兄ちゃんはそれをとても気にしている様子でした」

「そういう電話が何故掛かってくるのか、お兄さんはそのわけを知っているようでしたか？」

私は妹を見つめながら訊いた。だが、妹はただ首を横に振っただけだった。

私は犯人の見えない貌を想像し、全身に戦慄《せんりつ》を覚えた。川口事件の真相を知る二人の人間が、共に不審死を遂げたのだ。その死の事情を知る人間が、川口事件の真犯人であるのは、間違いなかった。

だが、その貌は依然として、濃い闇の奥に沈んでいる。

（6）

警察庁が発表している「警察における死因究明等の推進」という資料文書に記載されたある年度を例に取れば、その年警察が取り扱った死体は、十七万三千七百三十五体に上っている。これは地震などの自然災害や交通事故の被害者を除いた数字である。

内訳は犯罪死体七百三十五体、変死体二万七百一体、それ以外の死体は十五万二千二百九十九体となっている。興味深いことに、犯罪死体と変死体の内、犯罪性ありとみなされて司法解剖に回されたものは、七千九百七十一体だけである。

つまり、犯罪死体と断定されている七百三十五体に対して司法解剖が行なわれるのは当然として、二万を超える変死体の内、司法解剖が行われるのはせいぜい七千あまりなのだ。それ以外の一万体を優に超える死体は、検視官による検視を経たあと、遺族に引き取られたことになる。

一方、犯罪死体にも変死体にも属さないその他の死体には、いわゆる行き倒れの行旅死《こうりょ》亡人や自殺者や病死者が含まれている。これらの死体に対する、警察による死体検分も当然行なわれるのだが、その中で死因が特定できないものは、さらに行政解剖に回される。

その年度で言えば、一万一千二百五体が行政解剖されている。病死であっても、家族のいないところや、病院以外の場所で死亡し、病名などが判然としない場合は、検視官の判断で行政解剖が行なわれることもあるようだ。それでも、十四万以上の死体が、行政解剖の必要なしと判断されていた。

すると、犯罪死体にも変死体にも属さない、その他の死体の中で、解剖を受けない死体はかなりの数に上ることになる。そして、これだけの数の未解剖死体があれば、その中にひょっとして犯罪に関係する死体が紛れ込んでいても不思議はない気がするのだ。富樫の死体もそういう可能性のある一体だったとしても、それほどおかしくはないだろう。

しかし、富樫の死の三日後、事態をさらに混沌とさせる状況が生じた。荻野が自宅のマンションの風呂場で首を吊って死んでいるのを、訪ねてきた兄が発見したのである。荻野の死はどう見ても自殺だった。

荻野は川口事件に関連して、警視庁の捜査本部に呼ばれていたため、この現場には、念のため所轄の刑事に加えて、埼玉県警の刑事も臨場していたが、やはり自殺と判断せざるを得なかった。行政解剖もなされたが、結論は同じだった。

実際、荻野は八王子署の捜査本部に呼ばれて、長時間の事情聴取を受けたあと、ひどくふさぎ込んでいたらしい。自分が疑われているという自覚があったのは、当然だろう。兄にも電話で相談しており、その後、連絡が取れなくなったため、心配した兄が弟のマンションを訪問し、縊死《いし》しているのを発見したのである。動機を一言で説明するのはむずかしかったが、事件関与を認めた死というよりは、警察の取り調べを受けたことによってノイローゼ状態に陥ったためと考えられた。

荻野の死は、警視庁にとって大きな痛手となった。荻野についてはもともと容疑は薄いと見られていたから、有力な容疑者を失ったということではない。それよりも問題だったのは、マスコミが行き過ぎた取り調べがあったのではないかと疑い始めたことだった。

捜査本部はすぐに談話を発表し、荻野は一参考人に過ぎず、濃厚な容疑があったわけではなかったから、丁重に対応し、参考人に対する行き過ぎた取り調べなどあり得ないことを強調した。にも拘わらず、警視庁を非難するマスコミの論調はしばらく収まらなかった。

富樫も荻野も、犯罪死体にも変死体にも数えられず、そのどちらでもない死体に分類されていた。要するに、犯罪性なしと判断されたのだ。明らかに殺人と断定されているのは、木村だけである。

捜査本部では、収拾がつかないほど様々な意見が飛び交い始めていた。だが、どの意見も最終的な帰着点を見出せないでいた。

やはり、富樫の死に関する、単純な捜査ミスは決定的だった。捜査本部は、遅ればせながら富樫の死体検案を行なった検視官に対する聞き取り調査を実施した。だが、所詮、解剖の伴わない肉眼的検視の結果報告だけでは、目新しい事実など出るはずもなかった。

富樫の事故現場から、免許証も携帯も発見されなかったということは、誰かがそれを持ち去った可能性が高い。その目的は明らかだろう。まず、富樫の身元が割れるのを遅らせる意図があったと考えられる。さらに言えば、携帯メールの交信記録には、川口事件解決に資する、決定的な内容が残されていた可能性だってあるのだ。

こういうどん詰まり状況の中で、川口事件の捜査本部は檜山から提供された例の動画の解析に必死になっていた。強姦が行なわれている場所がどこなのか、特定できれば捜査が飛躍的に前進するのは間違いない。捜査本部の刑事たちはその一点のみに、希望を繋いでいたのだ。

第二章　異臭

（1）

店内には大音量の軍艦マーチが響き渡っていた。

辻本は私の顔をにらみ据えるようにして訊いた。その顔は不愉快そうに歪んでいる。質問の意味は分かる。梶本と喜久井から事情を聴いた捜査本部は、当然、事情聴取の内容は他人に話さないように釘を刺したはずである。

「どうして分かった？」

特に、板敷きの上に落ちていた金属の物体は、決定的な物証にもなり得るものだから、絶対に外に漏らさないように、二人に念を押したことだろう。

それを私が知っているのは、やはり、梶本と喜久井が私に話したからだと思っているはずだ。結局、私は、この点については嘘を吐かないほうがいいと判断した。

いのだ。

本来、ジャーナリストは取材ソースを警察などに喋るべきでないのは分かっている。だが、情報の流れがこうはっきりしていると、さすがに見え透いた嘘を吐くわけにもいかないのだ。

「しようがないやつらだな」

辻本は吐き捨てるように言い放ったが、その口調は、幾分諦め気味にも響いた。

私たちは、八王子警察署から徒歩十分くらいの所にあるパチンコ店に入っていた。私が辻本の携帯に電話を入れて、警察署の外に呼び出したのである。

パチンコ店は、内密の話をするのにうってつけの場所だった。場内放送と音楽、それにパチンコ玉の出る音で、店内は騒音の大洪水だ。それでも、私たちは用心深く、パチンコ台に僅かな玉を入れて横並びに座り、パチンコに興じているふりをしていた。

だが、少し玉を残した状態で、二人ともすでに玉を打つのは止めていた。ハンドルを回すだけで、あっという間に玉を打ち尽くしてしまうのだ。

「それで、その強姦現場がどこか分かったんですか？」

「それを訊く前に、あんたの情報を話すのが先だろ」

辻本の発言に思わずうなずきそうになった。確かに、「耳寄りな情報がある」と言って、呼び出したのは私のほうなのだ。

「私の情報の価値次第では、質問の答えを教えてくれるわけですね」

私は、若干、おどけた口調で言った。辻本は無言だった。

「私はその動画は見ていないけど、梶本君と喜久井君の話から、ある場所を想定したんです」

「どこだよ、それは」

「ちょっと待ってください。これはあくまでも推測ですから、答えだけを言ったのでは、たぶん、信用してもらえないと思います。ですから、その前提となるような話をまずさせてください」

ここで私はいったん言葉を切った。

「前にもお話ししたように、木村と富樫の証言に出てくる、主犯と思われる、車のハンドルを握っていた男の存在は私は本当だろうと判断しています」

「それで？」

辻本が、乾いた声で先を促した。すでに何度も辻本と議論している内容だったから、辻本は特に関心も示さなかった。店内は、相も変わらぬ軍艦マーチの大音響だ。私は声のボリュームを少しだけ上げた。

「その男は、木村とは少し口を利いたけど、富樫とはまったく喋ろうとしなかったそうです。そして、マスクを着け、鳥打ち帽を被っていた。このことから推測できることは、木村とは知り合いだが、そのとき富樫とは初対面で、顔を知られたくなかったということでしょう。しかし、実際には、それ以上の意味があった」

「回りくどいぞ。俺は忙しいんだ」

辻本がつぶやいた。私はその言葉を無視して、同じような調子で話し続けた。

「マスクには顔を隠すという以外は、たいして意味がない。問題は鳥打ち帽です。別名、ハンチングと言われていますが、これは英語のhunting《ハンティング》、つまり『狩猟』という意味から来ています」

「学識をひけらかすんじゃない。俺は英語は苦手なんだ」

学識と言えるほどでもない基本的な知識だったから、私は思わず、辻本の言葉に笑いそうになった。だが、気を取り直して、話し続けた。

「鳥打ち帽の形状は、狩猟のとき被る帽子であることを考えると、すぐに思い浮かびます。その特徴は、頭を覆う面積が非常に狭いことです。カウボーイハットや野球帽やスキー帽みたいな物に比べると、自分の頭の特徴を隠すのに、特に優れているとは思えない。そして、頭の特徴で一番顕著なものは、何と言っても髪の毛の長さでしょう。従って、この男が鳥打ち帽を選んだのは、それで十分に隠せる程度の頭髪の長さだったということではないでしょうか。ここに、その男にとって落とし穴があった。逆に、その男の頭髪は、かなり短髪だという推測が可能だからです。そのことを動画に映っていたという金属の物体と結びつけたとき、私はぞっとしたんです」

ここで言葉を止め、辻本の反応を見た。特に顕著な反応はなかった。

「寺の坊主が読経をするときに鳴らす鉢形《はちがた》の仏具、つまり鈴《りん》だって言うんだろ」

辻本は私の答えを待ちきれなかったように、言った。愕然とした。やはり、捜査本部はすでにそんなことには気づいていたのだ。私の情報は、辻本と取引できるほどのものでもなさそうだった。

「だとしたら、それがどういう意味を持っているかということですが」

私はこう言ったものの、明らかに動揺していた。とっておきの情報だと思ったものが、すでに相手の知るところだった場合に生じる、あの得も言われぬ羞恥心にいたたまれない気分になっていたのだ。

だが、これから先は、軽々しく何かを断言するのが危険なのも分かっている。警戒心と羞恥心が併存していた。私としては、辻本に先を続けてもらいたかった。しかし、辻本のほうも、私の心理は見抜いていたようで、逆にこう訊いてきた。

「どういう意味を持ってるんだ」

「よくは分かりません。しかし、冷静に考えてみると、あの人は事件の関係者のほとんどすべてと接点を持っていることが分かります。富樫が多少とも事件に関与しているとしても、あの人が事件前に知らなかった可能性があるのは、富樫だけでしょう」

辻本は微妙な表情を作っていた。現職の警視庁刑事として、みだりに根拠のない疑惑を口に出してはいけないという気持ちは分かる。私自身、自分の言っていることに明確な根拠があるとは思っていなかった。

それどころか、自分でも、まだその疑惑の意味が頭の中で、整理しきれていなかった。だが、普通に考えると、そういう方向に自然に向かっていくのだ。

「あんたの情報っていうのは、それだけか？」

痛い言葉だ。辻本は、パチンコ台のハンドルを握って、一気に玉を打ち尽くした。それから、腰を浮かせた。私は自分の台の玉を残したまま立ち上がった。

私たちが店の外に出た途端、私は付け加えるように言った。

「それに、同窓会のとき、木村が梶本君や喜久井君に『ところで、先生たちの出席者は、これだけか？』って訊いた意味が今になって分かったような気がするんです。このとき、問題の人物は出席していましたから、私は最初は木村が出席していなかった荻野あたりを指して、そう言ったのかと推測していました。しかし、今になって思えば、それはやはりカムフラージュの発言だったのではないでしょうか」

「カムフラージュ？　何をカムフラージュするんだ？」

「木村は梶本君や喜久井君に対しては、いかにも出席していない他の教員に会いに来たように装いながら、その実、その場にいた特定の教員に聞こえるように発言し、その教員を脅していた。その言葉の裏には、『本当はお前に会いに来たんだぜ』という皮肉な意味合いがあった。木村というのは、そういう癖のある口の利き方をする男なんですよ。けっして頭は悪くありませんからね。同窓会終了後、木村は問題の人物に特に話し掛けることもなかったようですが、これはあくまでも梶本君や喜久井君に対するポーズであり、すでに脅しの目的は果たしたと考えていたのかも知れません」

　辻本は、私の言ったことに、特にコメントは加えなかった。むしろ、そんなささいなことはどうでもいいと言わんばかりの焦った口調で、意外なことを言い始めたのだ。

「おい、言っとくがな、彼は被疑者でもなければ参考人ですらないんだぞ。だから、勝手な動きをするんじゃねえぞ。あんたに自由に動かれたら、こっちがやりにくくてかなわん。ただ、一つだけ、あんたの意見が訊きたい。あんたは戸田家の人たちに深く食い込んでるからな。今から見せるものは、俺がいいと言うまで公開しないと約束してくれ」

「それは見せてもらうものによりますよ」

　私は驚きを隠して、いかにも余裕ありげににやりと笑いながら言った。辻本はそれには答えず、着ていた黒のパーカーから二つに折りたたまれたA四判のコピー用紙を取り出し、無造作に私の鼻先に突きつけた。

「いいか、見るだけだぞ。携帯での撮影はもちろん、メモもならねえ」

　私はうなずきながら、そのコピー用紙を受け取って開いた。短いパソコンの印字が目に飛び込んできた。

高圓寺の本堂の床下を調べてください。川口事件があった頃、異臭がしていました。宜しくお願いします。

不意に車や人々の雑踏が奏でる騒音が消えた。

（2）

その夜、須貝と会った。それまでも電話では連絡を取り合っていたが、実際に顔を合わせるのは久しぶりである。

須貝が私と会うことに苦痛を感じていないかは、微妙だった。だが、ともかくも私の依頼を引き受けてくれたのだから、私の行動に多少の興味を持っているのは、確かに思えた。須貝は、まだ三十代前半と若いが、私の印象では自分の一度関わった仕事に完全に背を向けられるほど、ドライな男ではない。編集者としての信念をそれなりに貫く良心的な男であるような気がするのだ。

夜の八時過ぎ、私たちは西新宿にあるホテルの二階ラウンジで話していた。須貝はこのあとさらに会社に戻って、編集作業をする予定があると言うから、私たちが話し合える時間は限られていた。

「面倒なことを頼んで悪かったですね」

私は低姿勢に言った。

「ところが、全然面倒じゃありませんでしたよ。今、高校の同窓会名簿なんてそこら中に出回っていますからね、あるつてですぐに手に入りましたよ。現物は返しちゃったから、口頭でいいですよね。確かに、浜中氏と檜山氏は、都立市中《いちなか》高校の同級生です。三年生のときはクラスも一緒です。ちょうど一九八〇年に卒業しています。浜中氏は東大に、もう一方は京都の仏教大学に進学していますね」

須貝は一応メモしてきた手帳を見ながら言っていたが、ほとんど暗記しているような口調だった。

「しかし、杉山さん、こんな情報は格別に重要なものには思えないんですがね。浜中氏と檜山氏が高校時代の同級生で、それが縁で檜山氏が浜中氏に戸田達也の弁護を頼んだとしても、戸田家と檜山氏の関係を考えれば、ごく自然なことですよ。それに浜中氏が故意に檜山氏の名前を隠していたわけでもないんでしょ」

「それはその通りです。私がそれを訊く前に、私と浜中さんの関係が悪くなってしまいましたからね。確かに、普通に訊いていれば、彼も普通に答えてくれたかも知れません」

「でしたら、なおさらじゃないですか。杉山さんは、達也の父を浜中弁護士に紹介したのが、檜山氏であることに何故そんなにこだわるんですか？」

当然の疑問だった。私が新たな調査に基づいた推理を須貝に言わない限り、私の調査方向があまりにも的外れに見えるのは当然だった。私はそのことを聞いてもらうために、須貝を呼び出したのであり、名簿の調査など口実程度のものに過ぎなかった。

「それを理解していただくためには、例のＵＳＢが警察に届けられた経緯をまずお話ししなければならないのですが」

実は、この時点で警視庁はようやくＵＳＢの存在をマスコミに公表し、大ざっぱにはその内容も説明していた。しかし、画像に映る黒い物体の情報については、相変わらず開示されていない。それに、荻野は自殺であり、富樫は交通事故死であるという判断も崩していなかった。

一方、千葉県警は、当然、木村の事件を殺人事件として捜査していた。この二つの捜査姿勢は、必ずしも矛盾しているとは言えず、近いうちに警察庁が仲介して、警視庁と千葉県警の合同捜査本部が設置されるという噂も流れていた。それだけに捜査官の口は堅く、憶測めいた話は、警察情報としてはまったく流れてこなかった。

しかし、相変わらず騒々しいのは、テレビや新聞などのマスコミである。ありとあらゆる根拠のない憶測が跳梁跋扈《ちょうりょうばっこ》していたのはいつものことだが、その中で一番信憑性が高く思えたのは、自殺した荻野が主犯で、達也、木村、それに富樫が共犯であるとする推測的な報道だった。

確かに、富樫を除けば、三人とも被害者夫婦のどちらかと、あるいは両方と人間関係が成立していたことを考えると、これもある程度やむを得ない推測ではある。ただ、私に言わせれば、荻野が車の運転ができないのは決定的であり、そういう報道をするマスコミがその事実を忘れているかのように見えることが不思議でならなかった。

私はまず須貝に、問題のＵＳＢが警察に渡った経緯を、同窓会の風景も含めて、かなり詳細に説明した。この場合、詳細であることに意味があるのだ。

「すると、喜久井君にそれを送れば、喜久井君は必ずそれを最初に檜山氏に見せると、木村は判断していたというのですね」

「そうです。しかし、彼は本当に送るべきかどうかは迷っていた。はっきりとは分からないとは言え、その動画に自分の顔が映っているわけですからね。もしそれを檜山さんが警察に届けたとしたら、木村自身、大変なリスクを背負うことになる。だから、それを喜久井君に送るときは、本当に命の危険に晒されて、のるかそるかの瀬戸際に追い込まれたときだと考えていたのかも知れない」

「しかし同時に、仮にそれが檜山氏の手に渡ったとしても、檜山氏がそれを警察に届けない可能性も考えていたわけですよね」

須貝が微妙に顔を歪ませながら言った。さすがに勘がいい男だ。私の言おうとしていることを半ば分かっているようだった。

「そうです。木村は檜山さんがそれを警察に届けられない理由も知っていたんじゃないでしょうか」

「だったら、それを喜久井君なんかに送るより、最初から檜山氏に送ればよかったんじゃないですか？」

須貝は私を試すように訊いた。

「いや、それでは手の内を読まれてしまうだけでなく、脅しの効果も薄れてしまう。やはり、喜久井君という客観的な第三者を通すことに意味があったのです」

「でも、それでは檜山氏がそれを警察に届けざるを得なくなると、木村は考えなかったのでしょうか？」

「そう考えたかも知れません。しかし、一方では喜久井君自身が自分も実行犯の仲間と警察に誤解されることを恐れていたと言いますから、檜山氏がそういう趣旨の話をして、警察に届けるのは見合わせるように喜久井君を説得することも視野に入れていた可能性もある」

「いずれにせよ、結論を出せないままに思い悩んでいる内に、母親が早とちりして、木村に無断で投函してしまったということですね」

そういうことだと、私は心の中でつぶやいた。この部分は、私が取材した千葉県警の見方とも一致しているのだ。こう考えることによって、木村がＵＳＢを喜久井に送りつけた一見無謀にさえ見える判断の不合理性を幾分緩和することができるように思われた。

「そして、檜山氏が実際に選んだ選択肢は、それを即警察に届けることだったのです。このことを我々がどう考えるかが重要なのです」

私はそう言うと、じっと須貝の目を見つめた。その表情には緊張感が満ちており、そのことは彼が私の言うことに明瞭に興味を持ち始めている証左のようにも感じられた。

「まあ、彼に何もやましいことがないから、それを即、警察に届け出たという解釈が普通だと思いますがね。それ以外の解釈をするとなると、何か具体的な根拠が必要でしょう」

須貝はあくまでも慎重な姿勢を崩さずに言った。だが、本音はそうではなく、私と同じことを考えているようにも見えた。

「須貝さん、数学は得意ですか？」

私の唐突な問いに、須貝は当然ながら怪訝な表情をした。

「残念ながら。私はモロ文系ですから」

須貝は早稲田の文学部出身だった。それもロシア文学専攻だったというから、かなり文学志向の強い人間だったのかも知れない。

「そうですか。でも、この話はむしろ、文系の人のほうが分かるような話なんです。高校の数学で、数学的帰納《きのう》法という証明法を習うでしょ。最初にあれを習ったとき、私はなんだかインチキくさいというか、数学的でない証明の仕方だと思っていたんです。でも、今から考えてみると、それもそのはずで、数学というものはもともと演繹《えんえき》的な考え方で成り立っているんですよね。揺るぎのないいくつかの前提がまずあって、そこから論理的に次の数式なり、定理なりを導くわけですから。ところがあの数学的帰納法というのは、最初から結論を見越した推測的な結論があって、まずN＝1のとき成立することを証明し、N＝Kのとき、K＋1でも成立するから、この数式は正しいと証明するわけです。何だか、もともと帰納的な推測があって、そこに途中から演繹的な論理を介入させる歪《いびつ》な思考方式だと思いませんか？」

「杉山さん、悪いんですが、あまり時間がないんですが」

須貝の顔に苦い微笑が浮かんでいた。早く言いたいことを言えということか。

「分かりました。つまり、こういう考え方はできないかということなんです。檜山氏のほうに何か警察に対してやましいことがあるということを前提とした場合、見事なほど様々な事実が彼の方向を指しているということなんです。喜久井君にUSBを送れば、警察以外でそれを見る可能性があるのは、檜山氏しかいない。もちろん、喜久井君が現にそうしたように梶本君に相談することは考えていたでしょうが、木村の頭の中では、喜久井君と梶本君はほとんど一対《いっつい》の存在で、区別されていなかったとも言える。とにかく、躊躇はあったにせよ、木村は喜久井君にそれを送れば、必ずそれが檜山氏の手に渡ることは計算していた。彼は同窓会に参加していて、川口事件に関する情報が檜山氏に集中するシステムになっていることを理解していたはずですからね。いや、それだけではない――」

ここで私は言葉を止めて、じっと須貝を見つめた。須貝が私の言葉を引き取るように話し出した。

「杉山さん、話を絞りましょうよ。あなたが檜山氏について調べたことはあとで聞くとして、ずばり檜山氏が川口事件の主犯であるとした場合、彼がそのUSBを警察に届けた時点で、彼が木村の殺害を決意していたというのですね。それが警察の手に渡れば、やがて木村は逮捕され、彼の自白によって、本当の主犯が誰か分かるのは時間の問題だと考えた。だから、木村を逮捕される前に消してしまう必要があった」

「その通りです。檜山氏がUSBを警察に届けるのは、十月十日ですから、私は木村が殺されたのは、十月十一日くらいと考えています。いや、警察に届け出る前に殺した可能性もあるから、十日だった可能性もあります。そして、それは死亡推定時刻と大きく、矛盾するものではありません」

私はここでもう一度言葉を切った。当然、須貝の反論なり、疑問なりを予想していた。

「しかし、杉山さん、それだけでは。客観的な証拠が必要でしょう。動機は口封じだとしても」

須貝はあくまでも冷静に言った。そして、彼がそう言うのも当然だった。私は長い時間を掛けて調査したことの結論だけを言っているのだ。私はある意味では急いでいた。

警察が正確な真相を把握する前に、真相を発表したいという、ジャーナリストとしての功名心があったことも否定しない。しかし、私が何よりも恐れていたことは、事件の真相解明が遅れることにより、さらに多くの死者が出ることだった。

「証拠はあるんです。かなり決定的な物証が」

私は須貝の顔を凝視しながら言った。私はその日の昼間に交わした辻本との会話を思い出していた。

（3）

八月二十九日。

その臭いはいつも気になっていた。最初はネズミの死骸かと思った。何かの犯罪が行なわれたという決定的な予感もなかったのだ。そのうちに臭いは薄らぎ始め、ほとんど気にならなくなった。

だが、別の嫌な感じは続いていた。部屋の中を誰かに覗かれている。壁の向こうから、死んだ魚類のような、光を失った不気味な目が、こちらを凝視しているように思えるのだ。

風呂に入るときも、何度か同じような視線を感じた。誰かが、観察している。いや、本当はそれが誰かは分かっている。しかし、その人間の正体を意識に上らせることが怖かった。考えまい。考えるのはよそう。

風呂の窓から裏山を見る。深い闇が息づくようにこちらを見ている。その闇の奥に、やはり、あの鈍い光を発する目が潜んでいる。その目の持ち主は底の知れぬ奇怪な笑いを浮かべながら、何かの隙を窺っているように見えた。

山鳩が鳴く。その声は暗く尾を引くような、どこか狂気を帯びた余韻を残して、闇の中に消えていく。ふと考えた。鳴いているのは、本当に山鳩なのだろうか。人間が口まねで、山鳩を装っているのではないか。そう考えるとぞっとした。

その口まねをしている男もやはり同じ顔をしている。しかも、よく知っている顔だ。よく知っているどころではない。その顔は昔から、変わるはずもないのだ。だが、ときに別人と感じることさえある。あなたは、本当は誰なの。私には、目も鼻も口もありません。私は誰でしょう?　そんななぞなぞを口にしたくなるほど、その顔は恐ろしく冷たい表情に見えることさえあるのだ。

あの夜、何が起きたかは知らない。だが、あのときからすべてが変わったように思える。しかし、そのことを誰にも相談することができなかった。

昼間は満面に笑みを浮かべながら、幸福の国の住人のような顔をして生きている。何の屈託もない明るい人間として。だが、夜がやって来ると、恐怖の国の住人へと変貌する。いつも逃げ出したいと思っていた。だが、まだ時期尚早だろう。真相を見極めるまでは、この場所を離れたくはない。

今日も夜の闇が訪れる。昼間は残暑という以上の真夏日だったから、夜の涼しさにほっと一息つく。

だが、雨も降っていないのに、私の耳奥では、断続的な雨だれのような嫌な音が響いている。やがて、それは人間のうめき声に聞こえ始めた。埋められた人間が、苦しさに喘ぎながら、助けを求めているのか。できたら、助けてあげたい。だが、彼らがどこにいるのか分からないのだ。

いや、本当は分かっているのかも知れない。しかし、その位置を明確にすることが怖いのだ。

そのうめき声は、足下から聞こえてくるように思われた。すぐ下の土の中に埋葬された二人の髑髏《されこうべ》が瞼《まぶた》の奥に浮かんでいる。

（4）

「この日記に出てくる『誰か』とか『男』というのは、あなたのお父さんのことですね？」

私は読み終わった日記帳をテーブルの上に置きながら、乾いた声で訊いた。私は須貝と会った二日後、四谷《よつや》の「しんみち通り」にある「喫茶室ルノアール」の個室で、里葉と話していた。四谷は里葉がこの四月から通い始めている有名私大の最寄り駅だ。

「そうです」

里葉の表情はますます青ざめていく。美しい整った顔立ちだったが、病的に繊細な印象で、すでに精神のどこかに異常をきたしているのかも知れないという不吉な予兆を感じさせる表情でもあった。実際、里葉が持参した日記も高校生の文章力としては卓越したもので、豊かで文学的な感性を感じさせるものではあったが、どこか病的な異常性を内包しているようにも思われた。

「八月二十九日という日付は、二〇〇八年のことですよね」

「はい。私が高一のときです」

「お訊きしにくいことですが、この日記であなたが示唆されていることは、ストレートに言ってしまえば、あなたの部屋や風呂場がお父さんに覗かれているのかも知れないということですか？」

「ええ、そうです。私はいつも父の視線を感じていました」

里葉ははっきりと答えた。見た目から受ける印象とは違い、今のところ、受け答えはしっかりしていて、精神の変調をきたしているとも思えない。

「そういう印象はあなたが高校生になってからのことですか？」

「いいえ、そうでもありません。私が小学校の高学年の頃から、父が私の部屋や風呂場を覗いているのを感じていました。まだ、母が生きている頃、そのことで相談したこともありましたが、母は『お父さんは、あなたのことが心配なだけよ』とごまかすように言って、まともに取り合ってくれませんでした」

私は達也に窃視症の癖があるという噂が近隣であったことを思い出した。だから、日記の前半に出てくる「誰かに覗かれている」という文言を読んだとき、最初は達也のことを指しているのかと思ったほどだ。しかし、里葉の父にもそういう癖があったとは信じられない。

私は動揺し、すぐには適切な言葉が出てこなかった。やはり、檜山のイメージと、里葉が語る檜山の姿には齟齬《そご》がありすぎるのだ。里葉が話し続けた。

「もう一つ心配なのは、父の飲酒癖です。一定の量を超えると、不意に酩酊《めいてい》状態に陥り、前後不覚になり、急に凶暴になるんです」

これも意外な発言だった。私は、梶本や喜久井などの埼玉第三高校関連の取材から、檜山が下戸であると聞いていたのだ。そのことを、すぐに里葉にぶつけてみた。

「えっ、私はお父さんはお酒は一滴も召し上がらないと聞いていたのですが」

「表向きはそうなっています。父も自分の酩酊癖は自覚しています。ですから、学校の集まりや、近所の檀家の人たちがお寺にやってくるような公の席では絶対にお酒は飲みません。でも、私は子供の頃、父が酒好きであることは母から聞いて知っていましたし、父が家でお酒を飲むところも見ていました。父は本当にお酒が大好きなんです。でも、父は自分の酩酊癖を恐れていて、できるだけお酒を飲まないように努力しているようです。ただ、時々その禁欲生活に耐えられなくなって、大酒をこっそりと自宅で飲むんです。母が亡くなったあと、その傾向はますます強まっていました。きっと、私の部屋やお風呂を覗いたりするのは、お酒を飲んで酔っ払っているときだと思うんです。私が着替えようとしているとき、部屋の鍵穴を覗いている視線を感じたので、扉を開けてみると、暗い廊下を自分の部屋に引き返していく父の後ろ姿が見えたこともあります。その歩き方は、千鳥足でしたから、あのときもやっぱり酔っていたのは間違いありません」

「でも、あの密告文を警察に届けようと決意したことと、お父さんのそういう好ましくない性癖と直接結び付くわけでもないでしょ」

里葉はすでに、私が辻本から見せられた密告文を書いたのは自分であることを認めていた。我ながら遠回しな表現だった。私としては、里葉が川口事件に対する父親の関与をどの程度疑っているのかを知りたかった。密告文は、あくまでも死体のありかについての暗示だけで、必ずしも川口事件の真犯人を名指すものではないのだ。

「いえ、私の頭の中では結び付いています。もちろん、私はそれについては自信が持てず、ひょっとしたらただの妄想に過ぎないのではないかと思うこともあります。でも、父がお酒を飲んだとき、とんでもない犯罪行為に手を染めることもあり得るんじゃないかっていう不安が消えないんです。高三の頃は、大学受験を控えていましたので、それに打ち込むことによってそういうことを考えないようにしていたんですが、大学に合格したら、逆にそのことばかりを考え始めて、私もうノイローゼ状態なんです。事情を知らない友達は五月病だって言うけど、けっしてそんなんじゃありません。だから、杉山さんからご連絡をいただいたとき、動揺はしましたが、こんな苦しい思いをし続けるよりは、本当のことを話して、ジャーナリストである杉山さんの意見も聞いてみたいと思ったんです。私のプライベートな日記を見せる決意をしたのも、そのためなんです」

里葉が私との面会を承諾した背景に、そんなことがあったのか。里葉が自らをノイローゼ状態と称するのは一面の真実ではあろうが、里葉の理性はまだ壊れてはいない。私はこの女性の人権に最大の留意を払いながらも、真実を引き出す方法を必死になって考え始めた。

「しかし、お父さんの飲酒や窃視症の性癖と、本堂の異臭だけで、お父さんが『川口事件』に関与していると考えるのは、少し早計じゃないでしょうか」

確かに、私はこのとき本音を隠して、慎重に発言していた。檜山に対する私の心証は少なくとも灰色だったが、身内の前でそれを露骨に見せるわけにもいかない。私はむしろ、檜山の立場に立って言い訳するように話し続けた。

「あなたはおそらく、その異臭から、本堂の床下にでも行方不明の戸田夫妻の遺体があるんじゃないかと想像されているのでしょうが、仮にそうだとしても、お寺の本堂に見知らぬ人間が勝手に入り込むのはそう難しくはないでしょ。特にあなたとお父さんが、お住まいになっている住居は隣接しているとは言え、本堂とは別棟《べつむね》にあるわけですから。あなたは、『川口事件』が発生したと考えられている夜、ご自宅にいらしたのですか？」

「いえ、その夜は、たまたま高校の臨海学校で、三泊四日の予定で、九十九里《くじゅうくり》のほうに出かけていて、私は家にはいませんでした」

そう言うと、里葉はじっと私の目を覗き込むようにした。単に客観的事実を述べたというより、そのことに胚胎されている特殊な意味を目で知らせているようにも思えたのだ。だから、父は私の存在を気にせず、自由な行動を取れたとでも言いたげな。しかし、里葉が実際に口にしたことは、もう少し別なことだった。

「それに、私、やっぱり父と達也さんの結びつきが気になるんです。父はどういうわけか、達也さんにとても同情的で、『ああいう男は庇ってやらなきゃいかん』というのが口癖でした。一度、達也さんが近所で覗き行為をしているという苦情がお寺に舞い込んできたことがあったんです。そのときも、文句を言いに来た檀家の人たちに対して、父はあの男がそんなことをするはずがないと、達也さんを庇い続けていましたから」

「それはお父さんの宗教的な倫理観から出たことと思えば、それほど不自然でもないでしょ」

「そうでしょうか。私はそんな風にも思えないんです。というのも、そういうことがあった夜、父は久しぶりに自宅でお酒を飲み、達也さんについて、少し気になることを言ったんです。そんなにたくさん飲んだわけじゃないので、そのとき父はあまり酔っていませんでした。だから、本気でそういうことを言ったんだと思います」

「どんなことを言ったんですか？」

「あいつは、本当に覗きをやっているのかも知れない。だが、たいしたことではない。男なら、多かれ少なかれ、みんなそういう欲望を持ってるもんだみたいなことを言ったんです。私はそのときの父の濁った目が忘れられません」

私は里葉の言葉にすぐには反応せず、ここで一呼吸置いた。父親に対する里葉の不信感は決定的なようだった。

ただ、そのことが即、檜山が川口事件に関与している証拠を補強するわけでもない。思春期にある娘から見たら、ふしだらな性的堕落にしか見えないことも、世間一般の鏡に照らしてみれば、それ程のことでもないということがあり得るのだ。

「お父さんは、お母さんが亡くなられたあと、誰か他の女性と付き合うことなどあったのでしょうか？」

妻を亡くした男が、その直後から性的な放縦さを見せ始めることは、よくあることなのだ。私の質問には、そういう意味が込められていた。

「実は、父には五年くらい付き合っている女性がいました。私がここ数年、父とうまくいかなくなっている原因もそこにあるんです。私は亡くなった母のことが大好きでしたから、そういう父が許せないんです」

話は思わぬ方向に進み始めた。それは別問題だ。私は心の中でそっとつぶやいた。私には、親子関係の確執の中に入り込む気はなかった。ただ、その女性については、もう少し訊き出す必要がある。

「その女性は、『埼玉第三高校』と関係のある、あるいはかつてあった方ですか？」

私は、二人の女性を想定していた。正直、その内の一人は碧だった。あり得ないと思いつつ、碧が結婚について檜山に相談に行っているときに、二人の関係ができた可能性も排除していなかったのだ。

「そうです。あの高校の生徒の親ですから」

里葉はいともあっさりと言ってのけた。初めから隠す気はないようだった。ただ、そうだとすれば碧ではない。

私はすぐにもう一人の人物を思い浮かべた。その人物で当たっているのは、間違いないだろう。ただ、この時点でも私は檜山が事件に関与していることに、絶対の自信があるわけではなかった。

（5）

「私、あの方とはもう完全に切れていますから、本当のことを申し上げているんです。嘘を吐く必要がありませんから。あの方は娘さんが精神の病気を患っていることを本当に悩んでいました。私、あのお寺にはよく出入りしていましたから、本堂にも何度も入っています。里葉ちゃんが、本堂の臭いのことをよく言っていたのも知っています。でも、それはテレビや新聞で『川口事件』のことがしきりに報道されている頃でしたから、ノイローゼ状態だった彼女の妄想だったと思いますよ。私はそんな臭いを感じたことは一度もありません」

私と木村多恵子は、午後四時過ぎ、彼女の自宅リビングで話していた。二ＤＫのアパートで、古びた木製のダイニングテーブルを挟んで、私は多恵子と対座していた。壁際に小さな仏壇があり、木村の遺影が飾られている。微かに微笑んでいるような表情だが、私には、その微笑みは謎めいても見えていた。

多恵子は胸元が若干開いた白のワンピースを着ている。おろしたての新品に見え、それは多恵子の美しさを引き立てていると同時に、ひどく散らかった印象を与える室内の様子と奇妙な不均衡にも映っていた。

「でも、里葉さんは、難関大学にストレートで合格しているんですから、ノイローゼで妄想状態にあったというのは少し無理があるんじゃないでしょうか」

私は遠回しに言った。多恵子の言ったことを必ずしも信用していないという意思表示のつもりだった。

「それはあの娘《こ》はご両親の血を引いて、もともと頭がいいからじゃないですか」

多恵子は艶然《えんぜん》とした笑顔で言った。だが、それは同時に挑発的な発言にも聞こえた。

「檜山先生とは、どういうきっかけでお知り合いになったのでしょうか？　あの先生は副校長というお立場の方ですから、クラス担任もなく、保護者の方と接する機会はそれほどなかったのではないかと思うのですが」

「いえ、そんなことはありません。副校長だからこそ、いろいろな行事に出ていらしていて、私たち保護者ともよく接していました。息子も大変御世話になっていましたから、私もお礼を兼ねて挨拶している内に、いろいろなことを相談するようになり、まあ、それが最初のきっかけですね」

私はこの点について、多恵子が言っていることが必ずしも正確でないことは分かっていた。多恵子が学校の行事で檜山を見かけ、たまに言葉を交わすことがあったのは嘘ではないだろうが、二人が本格的に接近したのはあの万引き事件がきっかけだったはずである。木村がその事件のことで檜山に相談し、檜山が浜中弁護士に多恵子のことを頼んだのだ。そして、ここは私の推測も含まれるが、檜山は多恵子の弱みを知った上で、性的関係を迫ったのではないか。しかし、こちらから積極的にそのあたりの事情を問い質す気もなかった。

「檜山先生は、車の運転をなさるかご存じですか？」

私は不意に、話題の転換を図った。

「ええ、しますわ。もう何十年も運転しているみたいですよ」

多恵子は、気のない声で答えた。その質問の重要性に気がついているようには見えなかった。

「しかし、あのお寺には自転車はありますが、車が駐車されているのは見たことがないのですが」

「ええ、自宅には置いてありません。『川口小学校』の裏のほうに、月極《つきぎめ》の駐車場があるんです。その駐車場の所有者は、高圓寺の檀家の一人で、その人から特別待遇の安い値段で貸してもらっているらしいですよ。何でも、以前、寺の敷地内に車を駐めておいたら、盗まれたことがあるそうで、それなら駐車場のほうがいいだろうということになって。もっとも、駐車場と言ってもこんな田舎の駐車場ですから防犯カメラもありません。お寺に置いとくのとたいして変わらないと思うんですけどね。それでも、寺の中に車を駐めておくと、やって来た檀家の人たちがどこどこまで送れとうるさいらしいんですよ。だから、そういうことを言われないためにも、車は持っていないということにしてたんじゃないですか。その車のことを知っていたのは、私のように彼と親しいごく限られた人だけじゃないでしょうか」

「その車の色とか種類は？」

「私、車なんかに詳しくないから名前は知らないけど、白のワゴン車ですよ。一度、彼に乗せてもらったことがあるから」

全身に激しい痙攣《けいれん》が走った。白のワゴン車。それは木村や富樫の証言と一致していた。ようやく、辿り着くべき目的地が見え始めたように思えた。

第三章　真相

（1）

辻本からの電話で目を覚ました。いきなり携帯のスピーカーから、耳をつんざくような怒声が聞こえてきた。

「おい、ふざけるんじゃないぞ。なんであんなことを書いた？」

意味が分からなかった。連載中止後、私はいかなる媒体にも、川口事件については書いていなかったし、語ってすらいない。

「何のことですか？」

「とぼけるんじゃない。今日発売の『週刊毎朝』を読んだぞ」

不吉な予感を覚えた。辻本から濡れ衣を着せられていることより、情報漏れのことを危惧したのだ。私は自分が摑んだ川口事件の真相を公表する機会を満を持して待っていたのだから、この段階で情報が外に漏れたとしたら、致命的だった。

「落ち着いてくださいよ。私は『毎朝』なんかで書いていませんよ。残念ながら、あの出版社からは原稿依頼がないんでね」

「じゃあ、どうして全部載ってるんだ。俺が喋ったことも、あんたが調べたことも。USBの動画に鈴らしい鉢形の物体が映っていることも。異臭のことも。警察は、川口町の、とある寺に家宅捜索を掛けるはずだとも書いてあるぞ。それから同窓会で、木村が梶本や喜久井と話した内容までが詳細に書かれている。こんなことをみんな知っているのは、あんたしかいない」

私は顔面蒼白だったに違いない。実はそんなことを知っているのは、私以外にもう一人いるのだ。

「とにかく、辻本さん、その記事を書いたのは私ではない。だいいち、それは私の名前が出ている署名記事だったんですか？」

「それは違うが――」

ようやく、辻本の反応に若干の冷静さが戻ったようだった。

「だが、情報が漏れたのは確かなようですね。もしそうだとすれば、一人疑わざるを得ない人物がいる。今から、その男に連絡を取ってみます」

「そんなことはどうでもいい！」

再び、興奮しきった辻本の怒声が飛んだ。

「漏れてしまった情報の出所《でどころ》を探って何の意味がある？　情報が漏れたってことがすべてで、それで終わりなんだ。あんたがそれを誰に喋って、そいつが何故週刊誌に漏らしたかを知っても意味がないんだよ。実際、俺たちは高圓寺に家宅捜索を掛ける準備をしているところだったんだ。ところが、捜査本部の中には、これでそれも難しくなったという声もある。週刊誌が予言している通りのことを、警察がやるのは情報をその週刊誌にリークしたのは警察だって、告白しているようなものだって言うんだ。そうだとすれば、記者クラブの連中がまた騒ぎ立てるに違いない。警視庁と連中の信頼関係なんかガタガタだよ」

警視庁内の記者クラブと、警視庁の幹部の間に、ある種互助会的な関係が成立しているのは確かだった。情報をリークするなら、記者クラブの範囲内で行ない、記者クラブ側も警視庁にでき得る限り協力的な取材姿勢を示す傾向は否定できなかった。

もちろん、私のようなフリーのジャーナリストの中には、これをもたれ合いと呼び、批判的な者もいる。しかし、今はその功罪を悠長に論じている場合ではなかった。

「すると、捜査本部も彼に対する疑惑は濃厚だと考えているんですね」

「そうじゃねえよ」

辻本がぶっきらぼうに答えた。その不機嫌は、簡単には収まりそうもなかった。

「でも、強制捜査なんでしょ？」

「いや、任意だ」

どういうことなのか。一瞬、文脈を失ったような気分になった。

「どういう意味です？」

「檜山のほうから申し出があったんだ。本堂の床下を調べて欲しいってな。娘が三年くらい前から異臭がするって言い続けていることも認めていたよ。自分では判断が難しいから警察の力を借りたいそうだ。だから、家宅捜索を掛けるにしても、令状は必要じゃないんだ」

私は相変わらず、思考停止状態だった。その申し出が何を意味するのか、すぐに判断するのは不可能に思えた。

（2）

二〇一一年十一月十七日。

テレビ画面が、高圓寺の前景を映し出していた。本堂の前には、テレビカメラや写真機などの器材を持った、多くのマスコミが集まっている。各局がレポーターを出し、生放送で高圓寺に対する家宅捜索を中継していた。私が見ていたテレビ局の、若い女性レポーターが甲高い声で叫んでいた。

捜索はご住職の要請により、午前八時から任意で始まりました。現在、午前九時五分ですから、すでに一時間ほど経過していますが、死体発見の一報はまだ入っていません。しかし、警察はさまざまな状況から判断して、戸田勇人・碧夫妻の遺体が高圓寺内のどこかに隠されている可能性も視野に入れて、捜索している模様です。結果が分かるまでは、今しばらく時間が掛かるかも知れません。

本来、極秘で行なわれるはずの家宅捜索が、ここまでマスコミに事前に知られるようになったのは、もちろん、『週刊毎朝』の記事のせいだった。寺の具体名は書かれていなかったが、川口町にある寺は高圓寺しかなかったので、特定するのはいとも簡単だった。

しかも、檜山自身がやって来たマスコミに向かって、警察が家宅捜索を予定している日時を公然と喋っていたのだ。捜査本部も様々な思惑があり、結局、檜山の要請に応じるような形で、家宅捜索の実施を決断していた。

ただ、私は負の予想を抱いていた。二人の死体が発見されることはないだろうと感じていたのだ。檜山はすでに死体がそこにないことを知っているからこそ、任意の家宅捜索を警察に要請したのではないか。

それは檜山にとっては、身の潔白をアピールするための家宅捜索であると言えるのかも知れない。彼がマスコミに今回の家宅捜索について堂々と話したのは、明らかに意図的であり、できるだけ多くのマスコミを集めて、身の潔白を大々的に世間に報道させたかったからに違いない。

私の予想は的中した。夜九時のテレビニュースは、結局、死体は発見されなかったことを報道していた。しかし、同時に、その日の午後から、檜山に対する任意の事情聴取が八王子署で行なわれ、現在も続いていることを伝えていた。

私は何回か辻本の携帯に電話を入れたが、いずれも繋がらなかった。それは私には、檜山に対する事情聴取がきわめて微妙な段階にあることの証左に思えた。

本堂の床下から死体が発見されなかったのは確かだろうが、精密な科学捜査の時代、一時的にせよそこに死体が置かれていたとしたら、何らかの痕跡が残るはずだ。だからこそ、捜査本部は、長時間に亘って檜山から事情を聴いているのかも知れない。

私はとりあえず、この段階で辻本と連絡を取ることは断念した。その代わりに、何度も須貝の携帯に電話を入れた。だが、相変わらず応答はない。

『週刊毎朝』の記事が出たあと、須貝とは一切連絡が取れていなかった。留守電も入れたが、それに対してもなしのつぶてだ。須貝が故意に私を避けているのは明らかだった。

私はついに『黎明』の編集部に電話した。何人かの人間にたらい回しにされて、ようやく私が知っている向井《むかい》という編集長が出た。

「ああ、杉山さん、お久しぶりです。須貝は三ヶ月ほど前に辞めましたよ」

「他の部署に移ったという意味ですか？」

「いえ、うちの会社を辞めたんです」

そのあと向井が、須貝の再就職先として口にした出版社名は、あまりにも予想通りだった。『週刊毎朝』を発行している大手出版社だったのだ。もちろん、その出版社にはさまざまな部署があるから、絶対に須貝が『週刊毎朝』の担当になったとは断言できないだろう。しかし、状況的にはそれはあまりにも自明に思われた。

「要するに、彼は私の調べたことを移籍の手土産にしたのですね」

私はほとんど独り言のように言った。それに対して、向井の当惑した声が聞こえてきた。

「杉山さん、あなたとは長い付き合いで、うちの原稿も何度か書いていただいているから申し上げるんだが、今度の須貝の行動は我々とは何の関係もありませんよ。現に彼は勤め先を変えることなど一切言わず、一身上の都合ということで辞職を申し出たわけですからね。彼があっちの出版社に移ったことを我々が知ったのも、つい最近のことなんです。しかし、彼があなたの調査内容を無断で書いたとしたら、それは本当にジャーナリストとして言語道断で、あなたにはお気の毒なことだと思いますよ。ただ、この件は我々、つまり『黎明』の現スタッフとは何の関係もないということは分かっていただきたいんです」

どうやら、向井も『週刊毎朝』の記事には目を通しており、私からこういう電話が掛かってくるのは予想していたようだった。確かに、向井たちは今度の件とは、何の関係もないのだろう。それなのに、向井に食ってかかれば、「血迷った」と言われても仕方がない。私は冷静な対応を装って、矛を収めるしかなかった。

とんだ番外劇だった。それにしても、きまじめで、人権意識も高いように見えた須貝が、こんな行動を取るとはあまりにも意外だった。思い当たることがあるとすれば、例のボイスレコーダーの件くらいだが、あの程度の不正は、必要があれば私だってやりかねないのだ。

ただ、確かに須貝はあれを記事を書く私に渡すこともなく、自分で持ち続けていた。私も記事を書くに当たって確認したいことがあり、何度かあのボイスレコーダーを私に寄こすように申し出た記憶がある。しかし、須貝は適当な口実を付けて、その実行を引き延ばし続けた。私もその時期、様々な原稿の締め切りに追われていたため、結局、あまりしつこくは要求しなかった。

須貝が自分でスクープ記事を書きたいという欲望に負けたのか、有利な条件で転職するための手段だったのかは分からない。しかし、私は人間の心の闇を見たかのような、得体の知れないうち沈んだ感覚に襲われた。

その感覚は自由連想のように、達也のことを思い出させた。心の闇ということで言えば、達也こそまさにその体現者のように思われたのである。

ただ、達也の現状については、私も詳しいことは知らなかった。ただ一年以上前のことになるが、遼子から私の携帯に電話があり、達也の自傷行為について、自分に責任があるとは考えていないことを聞かされた。私は、無言でその主張を聞き流した。遼子は、その際、達也が退院したら、伯父夫婦の家で過ごすことになっていると告げた。実際に達也がそうしていることは檜山からも聞いていた。

違和感があった。すでに八十を超えているように見える高齢者夫婦が、達也の面倒を見ることは難しいのではないかと思ったのだ。

私はもちろん、達也の自傷行為については、責任の一端を感じており、浜中からも批判されたことと相俟って、退院後の達也と何とか接触して、彼の心を落ち着けることを考えていた。だが、川口事件のあまりにも急速な展開で、それも一年以上の間実現できていなかったのだ。

（3）

高圓寺の捜索が行なわれた翌日、私は達也の伯父、戸田秀明から連絡を受けた。達也は現在、秀明の家で暮らしているが、私と話したいと言っているという。

十一月十八日木曜日の午後三時頃、私は八王子市内にある秀明の自宅応接室のソファーで、達也に面会した。秀明は妻と共に玄関で私を迎えたが、私と達也が話している間、応接室に一度も入ってくることはなく、妻もお茶を一度運んできただけである。

　達也から見れば伯父と伯母に当たるこの二人が、何故私と達也が二人だけで話す場を設定してくれたのかは、推し量る他はない。私には彼らはまともな人間に見えた。二人ともすでに八十を超えており、そう長い人生の時間が残されているわけではないことは自覚しているようだった。従って、達也が真実を語り、どんな形にせよ、勇人夫婦の行方が判明することを願う純粋な気持ちからそういう仲介を買って出たのだろうと私は想像していた。それが死んだ菊子に対する、最高の供養になるはずだ。まったくの第三者である私のほうが、達也が話しやすいだろうということを見越して、この提案は案外秀明夫婦のほうからなされたのではないか。私はそんな印象さえ持っていた。

　達也は紺のズボンに、白いワイシャツの上からベージュのカーディガンという姿で、私の前に現われた。以前に比べてこざっぱりとした印象だった。その服装に伯父夫婦の配慮を感じた。

「体調はいかがですか？」

　私は、まず達也の健康状態を気遣った。浜中の厳しい糾弾の言葉が私の耳奥で響いていた。だが、達也は私のそんな言葉は無視して、いきなり本題に入ってきた。

「昨日、高圓寺の捜索が行なわれたでしょ」

「ええ、ご存じでしたか」

最初はとりとめもない世間話から入るつもりだったのに、私は思わず直近の話題に引き込まれてしまった。

「テレビで見たよ」

「でも、何も出てこなかったようですね」

私は先手を打つように言った。

「当然だよ。死体はもう移動したあとだから」

一気に緊張が高まり、私は思わず、柔らかなソファーの上で体を前傾させた。これほど直截な表現は予想していなかった。死体という表現が、妙に生々しかった。

「どうしてそれが分かるんですか？」

しかし、私はあくまでも冷静を装って訊いた。

「俺が移動させたからさ」

達也は相変わらず抑揚のない口調で言った。いつもの鈍く濁った目の光にも変化はない。

「いつのことですか？」

「もう三年も前のことだよ。事件が起きてから、二週間くらいした頃だったかな。あの寺の娘が臭うって言い出したんで、まずいということになって、二人を別の場所に移動させたんだ」

「別の場所ってどこですか？」

「それはちょっと、今は言えない」

落胆した。死体さえ発見されなければ、何とか逃げ切れるという気持ちが、まだ達也にはあるのか。ただ、それは犯罪を重ねた凶悪犯の狡猾《こうかつ》さとは異質で、告白の衝動と本能的な防御反応の葛藤のようにも見えた。

「檜山さんに頼まれたんですね」

達也は視線を落として、黙り込んだ。それは私には肯定の反応に見えたが、この点について達也は明瞭な答えをしたわけではない。

「初めから、話してもらえませんか」

私は静かに言った。達也のほうから話がしたいと言ってきた以上、何かの告白は予想していた。だが、今まで貝のように口を閉ざしていた男が急に事件の全貌を話すとも思えない。あるいは、死体の移動を認めただけで、それ以上のことは話さないつもりかも知れないという危惧さえ生まれていた。

「話すけど、これを話せばきっと俺は死刑になるだろうな」

そう言うと、達也は遠くを見る目になって、虚空を仰いだ。

「それは分かりませんよ。たぶん、あなたは主犯ではないと思いますから、死刑判決が出ると決めてかかる必要はない」

私の発言に、達也は特に反応しなかった。ただ、ようやく決意したかのように相変わらず重い口調で話し始めた。

達也が、最初に話したことは、事実関係として言えば、富樫が非行仲間の一人に話したことになっているバージョンとほとんど変わらなかった。

私は達也たちが拉致した二人を高圓寺に運び込んだくだりで、いったん話を切り、確認のための質問をした。

「そこまではよく分かりました。念のため、確認させてもらうと、あなたが用意していた手斧で勇人さんを殴りつけたのは木村で、あなた自身は碧さんの上半身に覆い被さるようにして碧さんの首を絞め、富樫があなたを補助するような格好で碧さんの足を押さえつけたのですね」

達也は、無言でうなずいた。私は喋り続けた。

「しかし、碧さんは途中で息を吹き返し、勇人さんも重傷を負っていたものの、まだその時点では生きていた。こういうことですよね？」

これに対しては、達也はうなずくことさえしなかった。しかし、私はそれも肯定の反応と解釈した。

ただ、私が一番訊きたかったのは、やはり白のワゴン車内に残って、室内での襲撃には加わらなかった鳥打ち帽の男のことである。私は達也が話しやすいように、檜山という言葉は遣わず、「鳥打ち帽の男」もしくは「彼」という代名詞で表現し続けた。達也も、終始一貫して、その男のことを「檜山」とは呼ばなかった。

「その鳥打ち帽の男が誰であるにせよ、主犯、つまり、事件の首謀者であるのは認めますよね」

「いや、そこが微妙なんだ。彼が俺たちに頼んだことは、碧さんを拉致して輪姦することだけだ。それを動画に撮るとは言っていたが」

「ということは、木村が勇人さんの頭を手斧で殴りつけたことによって、計画が変わってしまったということですか？」

「そうだと思う。あとで、木村に対して、怒っていたから。勇人にこんな重傷を負わせてしまった以上、殺すしかなくなってしまったじゃないかって」

「あとって、彼らを高圓寺に運び込んだくらいのとき？」

「そうだよ。だから、俺も木村が勇人を手斧で殴ったのは、最初の計画にはなかったんだなと思ったんだ。木村はただパニックになって、殴っちゃったんだ」

しかし、そこは微妙だった。檜山は知的レベルの高い人間だから、碧を拉致して、強姦場面を動画に撮るだけで、ことが済むと思っていたとは、とうてい考えられない。やはり最終的には口封じのために二人とも殺害することを初めから考えていたのではないか。しかし、そのことは木村にも達也にも伝えていなかったのかも知れない。動画に撮るということは、一見脅しの材料にするとも解釈できるが、真の目的はやはり性的興奮を得ることか、何らかの恨みの感情を晴らすことだったように思われるのだ。

「手斧はやはりあなたが用意していたのですか？」

達也は曖昧にうなずいた。

「その動機は、あなたが逮捕された時点で、刑事や検察官に話していることでいいんですよね」

私は達也がその部分については言いたがらないのを知っていたから、あっさりした口調で、早口に言った。暗に答えなくてもいいというニュアンスがあったはずだ。ただ、この質問に対しても、達也は無言でうなずいた。

合点が行った。そうだとすれば、木村がその手斧を使って、勇人の頭を殴打したのも、偶発的なできごとだった可能性はある。

富樫の証言では、木村は犯行時手袋を嵌《は》めていたという。ただ、それは犯罪行為を行なうときの一般的な心得であって、必ずしも手斧の使用を想定していたとは言えないだろう。檜山が最終的には勇人と碧を殺害せざるを得ないと考えていたとしても、木村が手斧で勇人を殴打したことに責任転嫁して、二人を殺害する正当化を図ったと解釈することも不可能ではないのだ。

「決行日は、その日だとあらかじめ決まっていたんですか」

「いや、違う。その日、急に俺の携帯に『今日、決行する』って電話があの人から掛かってきたんだ」

「どれくらいの時間に？」

「彼らが来る一時間くらい前だったから、午前二時頃だったんじゃないかな」

だとしたら、この時点で手斧は達也によってすでに庭の納屋から、勇人と碧が眠る部屋に運び込まれていたはずだ。達也の覗き行為と拉致行為の時間的関連がいまだに明確でなかったのが、これではっきりしたように思えた。

おそらく、達也は話の概略を聞いていただけで、その日に決行することはあらかじめ知らされてはいなかったのだろう。従って、達也が覗き行為をしている最中に、その連絡が入り、事態は思わぬ展開を遂げたのだ。達也の自白調書の前半部は、やはり実際に起こった通りのことを喋ったから、あのように臨場感のあるものになり得ているのだ。

「彼らを高圓寺に連れ込んだあとのことをお話ししていただけませんか？」

私はまず事件の全体像を摑みたかったから、あまり細部にはこだわりたくなかった。何と言っても、高圓寺の本堂で何が起こったかを知りたかったのだ。その部分については、ＵＳＢの画像が残っているものの、正確なことは何も分かっていない。

「勇人の見ている前で、俺と木村が碧さんを強姦した」

達也はそうぽつりと言っただけで、黙りこくった。やはり、言いにくそうだった。達也から見れば、弟の前で弟の妻を輪姦したことを告白することになるわけだから、それも当然だろう。

「鳥打ち帽の男は？」

「携帯で動画を撮っていただけで、強姦には加わらなかった」

これも、予想通りだった。動画の中で木村の顔だけが映っていて、達也の顔が映っていないのは、檜山の意思が働いたからだろう。檜山はいざとなったら、非行少年集団の集団強姦殺人事件という方向に捜査が向かうことを狙っていたのかも知れない。現に、木村と富樫は死んでいるのだから、木村に率いられた非行少年集団の犯行という解釈を否定することも難しくなっているのだ。

だが、こんなことを達也に問い質すのは、ほとんど意味がないように思われた。それは檜山が書いた筋書きだとしても、達也に知らせているはずはないのだ。

「その強姦行為がなされているとき、勇人さんはどんな状態だったんですか？」

「それが不思議なんだ。車の中ではほとんど意識がない状態だったのに、強姦が始まったら急に意識を取り戻して、泣きわめき始めたんだ」

「じゃあ、起こっていることを理解している感じだったんですか？」

「それは分からん。やっぱり、普段の弟とは違ったよ。何だか、夢の中で泣きわめいている感じだった」

「抵抗するとか、強姦を止めようとする素振りは？」

「ぜんぜんなかった。ただ、足を投げ出して泣いているだけで、立ち上がることもしなかった。たぶん、一人じゃ立ち上がれなかったのかも知れないけど」

そう言うと達也は、暗い表情で深い溜息を吐いた。

「それから、あとはどうなったんですか？」

私は若干、急《せ》くように訊いた。こんな陰惨な話はもう簡略に終わらせたかった。

「俺が弟を絞め殺し、木村が碧さんをやっぱり絞め殺した」

達也が間髪を容れずに答えた。まるで私の急いた気持ちが達也にも伝染したかのようだった。だが、私はそのとき達也の目にいくつかの大粒の涙が浮かんでいることに気がついていた。

「鳥打ち帽の男がそうするように指示したんですか？」

「ああ、彼はこうなったのは木村のせいだと繰り返して、怒っていた。勇人にこんな大けがを負わせてしまったのでは、殺すしかなくなったじゃないかと言って――」

「あなたに向かっては直接、そうは言わなかったんですね」

「そうだけど、俺にしてみれば、俺もそう言われているように感じたんだ。それに、弟はそのままほっといたって死ぬ状態だったし、碧さんは逆に意識がしっかりしていて、生かしておけばあとで俺たちのことを警察に通報することは分かっていたから、誰が考えたってバレないようにするためには、二人を殺すしかなかった」

「最初に、どっちが殺されたんですか？」

「俺が最初に弟を殺した。正面から首を絞めて殺したんだ。あいつはラグビーの選手だったから普通なら俺より力が強いはずなのに、そのときはまったく手に力が入っていなかった。頭から出血が続いていたから、もう抵抗する力もなかったんだろうな」

「弟さんは殺されるとき、あなたに何か言いましたか？」

「俺が首を絞めながら、『俺のことをいつも馬鹿にしやがって』って言ったら、『兄貴、許してくれ。悪かったよ』って、泣きながら謝ってた。だけど、俺が手を緩めず締め続けたら、口からゲロを出して、それを喉に詰まらせて死んじまったんだ」

達也の声は掠《かす》れ、夥しい涙が頬を伝った。その涙の意味は、私には恐ろしく複雑なものに映った。

「その光景を碧さんは見ていたんですね」

「ああ、彼女は腰が抜けたみたいになって、床の上にしゃがみ込んでいたけど、それを見たら、泣き叫びながら、四つん這いになって逃げ回り始めた。素っ裸のままだったから、何だか滑稽《こっけい》な感じで、木村なんかゲラゲラ笑いながら、碧さんの尻を叩いて追い回していたよ。だけど、あの人がいきなり、彼女の腹に足蹴りを入れたら、彼女は仰向けにひっくり返ったんだ」

「あの人って、鳥打ち帽の男ですね」

達也は無言でうなずいた。

「そのあとは？」

私はその先をさらに促した。やはり、早く終わらせたかった。ゆっくり話されたら、とうてい耐えられる話ではない。

「あまりちゃんと覚えていないけど、腹を蹴られたとき、碧さんがその衝撃で小便を大量に漏らしちゃったんだ。そしたら、あの人がものすごく興奮して、『てめえ、寺の本堂を汚しやがって』って怒鳴って、『おい木村、早く絞め殺しちゃえ』って言ったんだ。碧さんは、『ごめんなさい、ごめんなさい』って、泣きながら何度も謝ってたけど、結局、木村が彼女の腹に馬乗りになって、絞め殺したんだ。そのとき、木村も大声で何かをわめいていたけど、俺には何と言っているか分からなかった」

話し終わると、達也は手で涙を拭い始めた。私は、ジャケットのポケットに入っていた白いハンカチを手渡した。私自身、動揺していて、しばらくの間、口が利けなかった。あまりにも残酷で、理不尽で得体の知れない話だった。

「そのあと、とりあえず、二人を本堂の床下に埋めたんですね」

私がようやくこう訊いたのは、達也が沈黙してから、すでに十分くらい経ったときである。

「ああ、そのはずだが、俺はあの人に言われて、埋めるのは手伝わず、自宅に戻ったんだ。そうしないと俺がまっさきに疑われると言われて」

この点は、まったく私の予想通りだった。ただ、まだ分からないことだらけだった。特に、碧に対する檜山の発言から読み取れる異常な憎しみの感情の原因が不明だった。しかし、それは達也に訊いたところで、分かるはずもないことのように思えた。

私たちは再び、黙り込んだ。私は全身から力が抜け落ち、金縛りに遭ったように、深くソファーに体を沈ませていた。

「なあ、これ聞いて分かっただろ。どう考えても死刑にしかなりようのない話だ」

達也が、私の渡したハンカチで涙を拭いながら言った。私は不意に覚醒したように、上半身を起こした。だが、すぐには応答の言葉が浮かばなかった。確かに、この通りの事実が認定されれば、死刑判決も十分に考えられる案件である。

「いや、勘違いしないでくれ。俺は死刑になるのを恐れているんじゃない。俺が死刑になるかどうかなんてどうでもいいんだ。ただ、俺は遼子が言うように死刑になるよりは、自分で死んで、弟たちにお詫びしたほうがいいかと思ってさ。あんたは俺と違って頭がいい人だろうから、俺はまずそれを教えてもらいたいんだ。俺、やっぱり死んでお詫びしたほうがいいよな」

達也の目から、もう一度夥しい涙がこぼれ落ちた。今度はそれを拭おうともしない。私がこれまでに見たことがない、達也の示した豊かな感情表現だ。

だが、返答はやはり難しかった。私は次の言葉を思いあぐねたが、思い切り簡略で分かりやすい表現を選んだ。

「死んじゃいけません。ちゃんと詫びるということは、そういうことじゃない」

あくまでも生きて、償い続けて欲しいと、私はさらに付け加えたかったのかも知れない。しかし、この圧倒的に悲惨な現実を前にしては、その言葉は発せられる前からいかにも安っぽいものに思われ、ついに言うことはできなかった。その上、私はそれ以上の質問も難しいと感じていた。

まだ肝心なことを聞き出してはいないにも拘わらず、である。考えてみれば、勇人夫婦の死体が現在、どこにあるのかも達也は依然として話していないのだ。これだけの告白をしながら、そのことだけを隠蔽《いんぺい》しようとする達也の気持ちが、私にはいまいち不明だった。しかし、それはやはり、檜山に対する忠誠心と無関係ではないように思えた。達也はいったい檜山に対して、どれほどの恩義を受けていたというのか。

結局、私はその日の内にすべてを聞き出すのは諦める決断を下した。遼子の行為が、反面教師として機能していた。あの強引な追及が、達也の自傷行為を引き起こしたのだ。

これだけ重大な事柄を一気に喋らせようとすれば、再び、達也が類似の生理反応を引き起こし、不測の事態も招きかねない。だが、そのまま達也を一人にすることが危険なことも分かっていた。達也の発言は自殺を仄めかしていると取れなくはなかったのだ。

そこで、私は辞去する際、玄関先で秀明と妻にくれぐれも達也から目を離さないで欲しいと小声で頼んだ。達也は応接室に入ったまま、外には出てこなかったから、私の小声が達也に聞こえたとも思えない。ただ、私は達也との会話内容も一切伝えなかったし、彼らも尋ねなかった。

私は翌日の九時にもう一度訪問させて欲しいと彼らに頼み、了承された。まだ聞きたいことがあったというより、達也が自殺する可能性を危惧したほうが大きい。私の次の仕事は、達也に生きる希望を与え、私という個人ではなく、司法当局に対して真実を語り、公正な法の裁きを受ける気持ちにさせることだと考えていたのである。

（4）

翌日、私は若干の無礼を承知で、約束より少し早い朝の八時半頃、秀明の家を訪問した。嫌な胸騒ぎがしていたのである。そして、私の胸騒ぎは的中した。

達也は伯父の家にはすでにいなかった。前日の夜八時頃、川口町の実家に帰ってしまったというのだ。ただ、興奮した様子もなく、実家を長く放置しておくわけにもいかないから、とりあえず帰ると言い残して出かけたらしい。私には彼のほうから連絡すると言っていたというが、その連絡は来ていなかった。

私はあわてて路上でタクシーを拾い、川口町へ直行した。だが、私は現場に到着して啞然とした。新聞・雑誌記者やテレビ局のスタッフなどの十名を優に超えるマスコミ関係者がすでに達也の自宅の前に集まり、中の様子を窺っていたのである。どうやら、二日前の高圓寺に対する家宅捜索について、達也がどう感じているのか、各マスコミがコメントを取ろうとしているようだった。

だが、一階も二階も、雨戸は繰られていないものの、カーテンが閉められ、ひっそりと静まりかえっていた。

「留守なの？」

私はたまたま知り合いの週刊誌の記者を見つけて訊いた。

「いや、そうでもないらしいぞ。この家の住人によると、昨日の夜、家に明かりが点っていたというからな。もっともこの一年、留守のことが多かったって話だけど」

教えてくれた記者は、戸田家の前に立つ中安家の表札を指さしながら答えた。一年以上前の達也の自傷行為については知らないような口吻だった。中安家の人間は、救急車騒動を知っているはずだが、近所付き合いの手前、あまり詳しいことは話さず、「留守が多い」という無難な言葉を選んだのかも知れない。

私はふと裁判における中安良治の証言を思い出した。あの証言によって、土地を戸田家から借りている中安家が、多少とも戸田家に対して負い目を感じざるを得ない状況に陥ったのは間違いない。従って、こういう際、マスコミの質問に対しては、慎重になっているのだろう。

集まっているマスコミ関係者は、何度かインターホンを鳴らしていたが、応答はなかった。私は彼らからいったん離れ、こっそりと自分の携帯で、達也の携帯番号に電話を入れたが、繋がらなかった。

そのうちに、パトカーのサイレンが遠くで聞こえ、それは次第に近づいてきた。やがて、けたたましいサイレンを鳴らしたパトカーが戸田家の前に停まり、騒然とする我々マスコミ関係者のほうに、パトカーの外に出てきた二人の制服警官が歩み寄ってきた。

「何かあったんですか？」

数名の声が警官たちに向かって、乱れ飛んだ。

「いや、そうじゃありません。あなた方がうるさいと近所から、苦情が出ているんです。それで、一一〇番通報があったんです。すぐにこの敷地内から立ち退《の》いてください」

年長のほうの警官が、穏やかだが毅然としてもいる口調で言った。

「しかし、これは取材ですからね。取材活動の自由は認めてもらわないと」

新聞記者らしい眼鏡を掛けた痩せた中年男が反論した。

「それは分かりますが、皆さんの立っている場所は私有地です。許可なく、他人の家に入り込んでいるわけですから、厳密に言うと住居侵入罪になってしまいます」

さすがに、このまま居座り続けると逮捕するとは言わなかったが、言外にはそんなニュアンスがあったのは確かだ。もちろん、そこに集まっていたマスコミの誰もが、自分たちが行儀のよい振る舞いをしているとは思っていなかった。だから、とりあえず、警察官の要求を受け入れて、この場所から少々撤退するしかないという雰囲気になり始めていた。

「ちょっとおまわりさん、こっちに来てください」

そのとき、戸田家の裏手のほうから、奇妙に甲高い男の声が聞こえた。私たちは反射的に裏手のほうに移動した。警官二名も仕方なく付き合うように、歩き始める。

そこにはテレビ局のスタッフらしい男たち三名が入り込んでいた。一人の長身の若い男は撮影用のカメラを抱えていたが、回してはいない。だが、その顔は真っ青だった。

ふと見上げると、浴室らしい部屋の窓が少しだけ開いている。その長身の男が窓を外から開け、中を覗き込んだらしい。ということは、窓には鍵が掛かっていなかったということか。

窓の位置はかなり高く、人によっては、覗き込むことが無理な場合もあるだろう。しかし、私は長身でその若いカメラマンとさほど変わらなかったから、その窓の隙間から中を覗き込むことができた。

心臓に鈍い疼痛《とうつう》が走った。胃液が逆流するのを感じた。それほど広くはない浴室の蛍光灯のソケット部分にロープを吊して、縊死を遂げている男の顔が見えたのだ。長く伸びた首と舌。鬱血してくぼんだ眼窩《がんか》。

一瞬、初めて見る顔に思えた。しかし、その光を失った目とどこか幼さを感じさせる表情はすぐに達也の顔を彷彿《ほうふつ》させた。

周囲の人々のざわめきが遠くで聞こえていた。やがて、それも消えた。初冬の朝の淡い日差しが、呆然とする私の顔に降り注いだ。まぶしくはなかった。

しかし、視界に映るすべての風景が、白く浮き立つ無声のフィルムの中に沈んでいくように感じた。

二名の警官のうち、若いほうがパトカーに向かって駆け出していく足音で覚醒した。携帯電話を使う人々の声があちこちで飛び交っていた。

「あっ、デスクですか。戸田達也が死亡した模様です。たぶん、自殺だと思いますが、詳細は分かりません。浴室の窓から――」

その興奮気味の声を聞きながら、私は携帯で浜中の番号を検索していた。

（5）

私は浜中と遼子の携帯にまず電話を入れたが、二人とも出なかった。留守電にメッセージを残した。「緊急事態が起こりました。すぐに電話をください」。それ以上のことは、言わなかった。最初に返事があったのは、遼子のほうである。

「兄が死んだのは、私のせいではありませんからね」

達也の死を私から知らされた遼子が発した第一声が、これだ。特に動揺した声でもなければ、ましてや悲しそうな声でもない。むしろ、どことなく安堵の籠もった声であった。

私はこの妹が実の兄を徹底的に追い詰めていく姿をつぶさに目撃していたわけだから、この結果を目の当たりにして、なんともやりきれない気分に駆り立てられていた。遼子が勇人のほうに思い入れがあるのは分かるが、死んでいった達也に対して、肉親として憐憫《れんびん》の気持ちはまったくないのか。少なくとも、私には遼子が達也に対してそういう感情を少しでも抱いているようには見えなかった。

ただ、私はそのとき、遼子に対する批判の気持ちはほとんど見せず、淡々と事実関係を述べただけである。遼子のほうも私が特に反論もしなかったせいか、意外にあっさりと電話を切った。

一方、私のメッセージを受けて、浜中から掛かってきた電話は、私にとって一層厳しい内容だった。浜中も殊更私を非難したわけではない。ただ、その口調は冷たかった。

「こうなることは、意外ではなく、予想できていました。みんなで彼を追い詰めていったんです。しかし、真実というものが永遠に分からない以上、近代刑法に基づいた無罪判決は決定的なもので、これこそが真実と考えるしかないんです。それなのに、こんな結果になってしまったことに、私も責任を感じています」

だから、あなたにはもっと責任を感じて欲しいということか。私は浜中の声を聞きながら、そのことについては一言も反論しなかった。しかし、浜中は前日の私と達也の話し合いについて知らないのだ。知っていれば、批判の舌鋒《ぜっぽう》ははるかに鋭いものになったことだろう。

私は少し間を置いてから、死んだ達也が檜山に指示されて勇人夫婦の死体を移動したことや、事件への檜山の関与を暗示的に口に出したことに言及した。しかし、浜中の反応はこの点についても芳《かんば》しくなかった。

「杉山さん、戸田達也さんが亡くなった以上、私の役割はもう終わりました。真犯人が誰かというような話に深入りする気はありません。それに、これはあなたに対する御願いですが、これ以上、死人の山を築くことはおやめになるべきだと思います」

唖然とした。この発言には、さすがに怒りがこみ上げた。達也の死に対する責任は認めるが、この言い方では、まるで私が木村や富樫、それに荻野の死にまで責任があると言っているようにも聞こえるのだ。そして、私の行き過ぎた取材が檜山にも及ぶ場合、檜山も自殺してしまう可能性があると考えているのかも知れない。

「しかし、檜山さんにこれだけの疑惑が出ている以上、川口事件の主任弁護人として、あなたにもその検証に加わる義務があるんじゃないでしょうか？　檜山さんがあなたの高校時代の同級生であることは分かっていますが、だからと言って、彼を庇っていいことにはならないでしょ」

浜中が遣った「死人の山」という言葉が、私を感情的にしていたのは間違いなかった。私の口調も、悪意に満ちあふれたものだったはずだ。

「彼が私の同級生であることには何の意味もありませんよ。ただ、これで分かりました。あなたは所詮、そういうものの考え方しかできない人なんですね」

不意に電話が切れた。浜中が通話終了ボタンを押したようだった。私は激情に駆られながら、再び、同じ番号への発信を試みようとした。しかし、かろうじて思い留まった。

言いたいことは山ほどある。ただ、今もう一度浜中と話したとしても、ののしり合うだけになるだろう。結局、反論は控えた。それが死んだ達也に対する供養のようにも思えたのである。

後の検視と行政解剖で分かったことだが、達也の死亡推定時刻は死体発見前日の午後十時から十一時頃だった。従って、秀明の家から帰ってから、いくらも経たないうちに自らの命を絶ったことになる。やはり、私にあのような告白をした時点で、すでに死の決意をしていたということだろうか。自殺であるのは、科学的にも状況的にも明瞭だった。他殺を疑う要素は、警察の慎重な捜査でも何一つ出ていない。

檜山も一度長い事情聴取を受けただけで、それ以降は八王子署に呼ばれることもなかった。意外だった。私は達也の告白内容のほぼすべてを辻本に話していた。

辻本自身は、その話にまったく否定的なわけではないように思われた。しかし、捜査本部の中には、遼子などの身内やマスコミに追い詰められた達也が、責任を分散させるような意識から、檜山を巻き込むでたらめな告白をしたのではないかと見る向きもあった。

何よりも決定的だったことは、檜山の関与を示す客観的な証拠が何一つなかったことだ。もちろん、檜山自身、事件への関与を全面否定していた。

確かに、USBに映っている場所は、高圓寺の本堂の床だった。また、家宅捜査の結果、床下には僅かな血液反応が認められ、死体をいったんそこに隠したあと、再びどこかへ運んだ可能性も否定できなかった。その意味では、達也の告白に符合しているのだ。

しかし、実際問題としては、施錠されていたとは言え、ごく簡易な施錠システムだったので、高圓寺の本堂へはその気になれば誰でも入り込めたことだろう。それに、本堂と檜山と娘が住む住宅棟との位置関係を考えると、檜山が本堂に他人が侵入したことに気づかなかったとしても、それほど不自然でもないのだ。

捜査本部の大方の見方は、碧を強姦したあと、勇人と碧を殺害したのは、達也の告白通り、達也と木村であり、あの動画を撮影していた者がいたとしても、それは主犯ではなく、木村のグループに属する非行少年の一人だったかも知れないというものだった。それが富樫であってもおかしくないという意見さえあるようである。

木村も富樫も、それに達也も死亡してしまった現在、富樫が途中で事件から下りたことを客観的に証明できる者もいなくなっていた。しかし、私は達也証言の信憑性の高さを辻本に強調した。

「私には達也が嘘を言っていたとはとうてい思えません。自分は無罪だという主張なら虚偽の可能性も当然考えるべきでしょうが、彼は弟に対する殺人を認めた上で、そう言ってるんですよ！　それに、碧と檜山との関係、あるいは木村の母親と檜山との関係などを考えると、檜山の容疑は濃厚だと思うんですけど」

しかし、私の言っていることも、基本的には状況証拠で、檜山を直接、川口事件と結びつけるものではなかった。娘の里葉の証言も、やはり状況証拠という他はなかった。檜山と事件を結びつける、あれほど直接的な証言と思えた達也の告白も、厳密に言えば、その「鳥打ち帽の男」を檜山と認めたわけではないという点で、決定的とは言えなかった。

「疑いは残る。しかし、死体が出てこんことには、どうにもならんよ」

辻本は私の発言を遮るように、ぽつりと言った。川口事件の中心にいたと見られる人物のほとんどが死亡している状況では、仮に死体が発見されたとしても、これ以上の事件捜査の道はすでに絶たれたように、私には見えた。

それが法律というものであるのは分かる。しかし、私の頭の中では、檜山に対する疑惑は永遠に消えない陽炎《かげろう》のように、留まり続けた。

（6）

私は脱出不能に見える袋小路に入り込み、最後のあがきを繰り返していた。もはや、檜山に関しては、事件と直結する部分については調べ尽くした感があった。ただ、足りない部分があるとすれば、それは彼の出自の問題だった。

一概に寺の住職と言っても、二種類あるようだった。住職が親子代々引き継がれているような寺と、本山から派遣される人間が住職の地位に就き、定年になると、再び、まったく別の人間を住職として本山が派遣するような寺があるのだ。檜山の場合は、父も祖父も代々「高圓寺」の住職を務めていたから、明らかに前者に属する。これは寺の住職としては、やはり恵まれた環境にあったと言うべきだろう。

私は檜山の高校時代の同級生の何人かに電話取材して、檜山と浜中の関係について訊き出していた。そこで分かったことは、浜中だけでなく、檜山も高校内ではトップクラスの成績を収める秀才だったということである。

「浜中君と檜山君はとても仲がよかったけど、同時に勉強の上ではライバルでもあったんです。檜山君も本当は東大を受けたかったらしいですよ。でも、父親は絶対に寺の住職を継がせたいって意志が強く、檜山君は泣く泣く仏教大学を受験したというのが実情でしょうね」

こう語ったのは、檜山も浜中もよく知る高校時代の同級生である。別筋の私の調査では、大学受験を巡っての父親との確執以降、檜山は高圓寺の住職を父親から引き継いだあとでも父親には冷たく、脳梗塞で倒れた父親を介護施設に入れたあとはろくに面倒も見なかったという情報もあった。

これは、誰に対しても優しく、寺の住職として親身になって相談に乗っていたという一般に語られている檜山の人物像とは著しく乖離《かいり》するものである。その一方、母親には優しく、妹夫婦と同居する母親には頻繁にプレゼントを贈っていたという。八十九歳で死亡した母親の葬儀のときは、檜山は人目も憚《はばか》らず号泣していたという話も伝わっている。

檜山の趣味は西洋美術鑑賞だった。これも古文・漢文を教え、日本の古典芸能に詳しい檜山のイメージからは、若干予想外だった。

特に、十七世紀のスペイン絵画には造詣が深かったらしい。同じ趣味を持つ、檜山と親しかった高圓寺の檀家の立場にある大学教授の次のような証言がある。

「私も彼も西洋美術が趣味でしたから、よくそういう話をしていましたね。彼は十七世紀のバロック期のスペイン絵画に並々ならぬ関心を示していましたが、この時期の代表的な画家と言えば、やはり、何と言ってもベラスケスでしょ。ところが、彼はそういう大家《たいか》に対してはあまり関心を示しませんでした。というか、彼の場合、個々の画家そのものに対する関心というより、描かれている人物に関心があったのです。彼が異常な関心を示していたのは、ルクレティアの死を描いた一連の作品群です」

私はこの話を聞いて、かつて上野の西洋美術館のプラド展で見た、ルカ・カンビアーゾ帰属とされる「ルクレティアの死」という絵を思い出していた。ルクレティアとは紀元前六世紀頃の美貌の女性で、当時の国王の息子に強姦され、親族に復讐を託して自害したと言われている伝説上の人物である。

私が見た絵では、全裸の女性がふくよかな腹部に自ら短剣を突き当てる場面が描かれていた。しかも、腹部から噴き出す赤い血まで描かれているのだから、一種の残酷画《ざんこくが》のような雰囲気があり、その不気味なほどのリアリティーは当時の絵画としては異例の部類に入るだろう。

ジャン＝ジャック・ルソーが「ルクレティアの死」という散文悲劇を書こうとして、未完成に終わったというのは、研究者の間ではよく知られている事実である。だが、この事件に関するルソーの関心は明らかだった。ルクレティアは、通常、ローマが王制から共和制に変わるきっかけを作った人物と考えられていたから、ルソーのルクレティアに対する関心は、基本的には政治的関心だったのだ。

だが、檜山の関心はそうでないように思えた。私の目の奥に、白い腹部に不気味に滲む赤い血の残映が浮かんでいる。

「ベラスケスの時代は、特にスペインでは風景画はあまり発達しておらず、人物画が中心でした。ただ、あの有名なベラスケスの『王太子バルタサール・カルロス騎馬像』では背景としては広大な丘陵地帯がカルロス像の背後に広がっており、それ以降の風景画の発達に影響を与えるものではあったんです。しかし、檜山さんはこの点では徹底しており、彼は人物画にしか関心を示しませんでしたね」

私はこの発言を聞いて、檜山の血の濃さを感じた。彼があくまでもこだわり続けたのは、飽くなき欲望に翻弄される人間のおぞましい現実の姿ではなかったのか。

「特に、ルクレティアに関する関心は、もはや異常と呼んでいいものでしたね。もちろん、本物を手に入れることなんか、現実にはできませんが、画集はいろいろと揃えていましたよ。いや、本物を手に入れたいという気持ちも多少はあったんじゃないですかね。だからこそ、あんなあり得ないような詐欺事件にひっかかったんですよ」

あり得ないような詐欺事件。私はこの言葉に顕著に反応した。

(7)

私は銀座にある画廊「冬光《とうこう》」の経営者高木健作《たかぎけんさく》に面会した。高木はすでに八十歳を超えており、すでに人生の終着点を迎えようとしている人間の達観が滲み出ているような風情の男だった。

「もちろん、あれは完全に私の失態で、お恥ずかしい限りです。ルクレティアを描いた絵画自体は複数存在し、それが日本にあってもそれほどおかしくないように思い込んでしまったのです。しかし、断じて申し上げるが、詐欺の犯意などまったくありませんでした。実際、私はご住職にははっきりと申し上げたはずです。私としては本物であることを信じたいが、正直に言って、自信がない。それでもよければ、お譲りすると――」

高木はその絵を三十五万円で檜山に売った。しかし、その代償がとんでもない高額なものに付くことを高木は予想していなかった。

「いいですか。十七世紀のバロック時代の絵画が三十五万ですよ。そんなわけないでしょ。もし本物なら、最低でも何千万単位ですよ。ですから、その値段は、ある意味では贋作《がんさく》であることを前提に付けた値段なんです。変な話ですが、贋作だってできがよくて、歴史的にも由緒あるものであれば、その程度の値段が付くことはあるんです。ところが、浜中という弁護士に詐欺罪だとさんざん責め立てられて、結局、慰謝料など合計二百万円程度の金を取られたんです」

ここで浜中の名前が登場してきたのは、ある意味で予想通りだった。だが、浜中は私が想像していた以上に、美術品に関連する詐欺商法の領域には食い込んでいて、年間で五十件近い事案を取り扱っていた。そのうち、民事裁判もしくは刑事裁判に至ったのは、五パーセント程度で、ほとんどのケースは公判前に示談が成立している。ただ、檜山が絡むのは、高木との取引だけだった。

「それにしても二百万は高すぎますね。浜中弁護士はどういう名目で、二百万という金額をあなたに請求したのでしょうか？」

「最初は、三十五万を返却させられました。これ自体には、私も納得していました。ところが、浜中弁護士が言うことには、檜山さんはすでに詐欺罪で被害届を出してしまったため、警察が動き出しているというのです。そして、詐欺罪は親族間によるもの以外は親告罪ではないため、仮に檜山さんが告訴を取り下げたとしても、捜査は続く可能性があるというのです。その警察の捜査を止めるためには、被害者が支払った金を返却するだけではだめで、慰謝料として百万程度払い、謝罪の意思を明確に示す必要があるというのです。だから、三十五万円に加えて、まず百万円を浜中弁護士に渡しました。ただ、それでは済まず、浜中弁護士の弁護士費用も檜山さんに代わって負担させられましたから、さらに百万近い金を取られました。こっちは高い金が掛かるという理由で、弁護士も雇わず、私が一人で相手方の弁護士である浜中さんと交渉していたわけだから、不利なことは初めから分かっていましたけどね」

違和感のある話だった。確かに詐欺罪の場合、被害弁済がどの程度なされたかは、警察の捜査や検察の起訴・不起訴の判断に大きく影響する。しかし、それは被害額が大きく、被害額の完全弁済に至っていない場合の判断基準であって、この件のように被害金額の完全弁済に加えて、さらに慰謝料の大きな上積みがなされて、ようやく警察が捜査を中止するという状況は考えにくかった。

私は辻本に頼んで、この事案に関して檜山が本当に警察に被害届を出し、告訴状も提出しているかを確認してもらった。すぐに返事が来て、そんな事実はないことが判明した。おそらく、浜中は交渉術の一つとして、そういう架空の告訴をでっち上げたのだろう。さらに調べていくと、いくつかの他の事案でも、ほぼ類似の行為が行なわれていることが確認できた。

私の頭の中で、浜中のイメージが大きく崩れ始めた。それまでは、私とは人権を巡って対立状態が続いていたものの、彼が冤罪と戦う人権派の弁護士であるという基本的な認識が揺らいでいたわけではなかったのだ。達也に対する浜中の姿勢に対して、私は対立しながらも、ある種の敬意を払っていたと言っていい。だが、世間から見えない部分で、浜中がそんな不正な方法で経済的利益を上げていたとしたら、そもそも人権派の弁護士というレッテル自体がカムフラージュに過ぎないということになるかも知れないのだ。

私はかつて浜中の弁護士事務所に勤め、やがて浜中と対立して事務所を去った四十代の弁護士に、匿名を条件にインタビューすることができた。

「まあ、どの弁護士でも多かれ少なかれやっていることですが、浜中さんの場合、人権派を代表する著名弁護士ですからね。他の平凡な弁護士に比べて、特に法律家としての高い倫理《モラル》が求められるでしょうな。しかし、あなたの仰るようにこと経済的利益に関しては、彼が通常世間に向けている顔とは違い、結構シビアでしたよ。警察や検察の動きを弁護士が交渉手段に使うことはごく普通のことですが、実際にはなされていない架空の告訴を使う例はあまりありませんよ。それはもはや交渉テクニックというよりは、反則、もっと踏み込んで言えば、詐欺行為に近い。ただ、それが弁護士の立場を奪えるほどのことかというと、それは難しいですよ。私も浜中さんも第一東京弁護士会に属していますが、所属の弁護士の懲戒請求は毎年、かなり来るんです。そういう請求が起こった場合、『綱紀委員会』が『懲戒委員会』の審査に付するべきかどうかをまず検討するのですが、この時点でその必要なしと判断されてしまうことも多いんです。やはり、よほどはっきりした刑事事件でも起こさない限り、弁護士という身分は保障されているんです。もちろん、御批判もおありでしょうが、弁護士の自由な弁護活動を保障するという点では、そういう仕組みはそれなりの機能を果たしているんです。しかし、倫理的視点から言えば、確かに問題はあります。浜中さんが世間を欺いて、かなり際どいテクニックを駆使して、金儲けをしていることは否定できないですよ。法曹界の一部では、彼が裕福な依頼人とズブズブの関係にあることは公然の秘密ですからね」

この弁護士が、かつての経緯から反浜中の立場にいる弁護士であることは割り引くにしても、その語り口にはある程度の公平さが感じられ、それが彼の発言の客観性を担保しているように見えた。

依頼人とのズブズブの関係。私は浜中の顔を思い浮かべた。そうだとしたら、世間はあの柔らかな物腰と温和な表情に騙されているのだ。

しかし、このズブズブという表現が、浜中と檜山の経済関係に当てはまるとは思えない。檜山は特別な資産家でもないし、単に収益という意味で言うなら、浜中にとってもっと当てにできる多くの依頼人がいるはずである。ただ、頭のいい檜山が、浜中が高木から金を奪った方法が厳密には違法であることを認識していなかったとも思えない。そうであれば、檜山は浜中の弱みを握っていたという言い方も不可能ではないのだ。

私の想像はさらに広がり始めた。檜山が浜中に達也の弁護を依頼した時点では、浜中が事件の真相を知らなかったのは当然だろう。いや、東京地裁の判決が出るまでは、浜中は少なくとも檜山が事件に深く関与していることは知らなかったに違いない。問題は、そのあとの展開だ。

特に、喜久井からUSBが檜山に届けられたあたりの状況を今から考えてみると、檜山は想像以上に追い詰められていたと思われるのだ。その切羽詰まった状況の中で、檜山が高校の同級生であり、有能な著名弁護士でもある浜中に相談したことはあり得るのではないか。もちろん、この時点で檜山が木村や富樫をすでに殺害していたかは不明だし、浜中に完全に本当のことを喋ったとも思えない。

おそらくあり得るのは、自分も事件に巻き込まれ、結果的に寺の本堂を強姦と殺人の現場として提供してしまったという程度の説明をしたことだろう。そして、ここが一番重要なことだが、檜山はどんな形であれ自分の関与だけは世間に知られたくないと主張したのかも知れない。

浜中と檜山は親しい高校の同級生であること、そして、絵画に関連する浜中の違法行為を檜山が知っていることを考えると、浜中が檜山の要求を受け入れてもそれほどおかしくないだろう。つまり、ＵＳＢを警察に提出したのは、檜山の判断というより、浜中の指示だったのではないか。その時点では、浜中も檜山の関与はごく周縁的なもので、まさか檜山が川口事件の主犯格とは思っていなかったに違いない。

もちろん、これはすべて私の頭の中で組み立てられた想像であることは認めざるを得ない。だが、達也の自傷行為以降の、私に対する浜中の態度を考えると、妙に腑に落ちるところがあるのだ。浜中が達也の人権を盾に、達也に対する、私やマスコミの追及を厳しく批判した本当の理由は、達也を法的には無罪だが、あくまでも世間の疑惑の対象のままにしておきたかったということではないのか。

実体的真実として、達也の有罪が明らかになれば、事件の真相解明の動きが加速し、最終的に浜中と檜山の関係が明るみに出る。こういう事態を浜中は最も恐れていたのかも知れない。

ここまで考えて、私は再び、出口のない迷路に迷い込んだように感じた。すべて推測に過ぎないという以上に、だからと言って、檜山を追い込む手段に何かの道筋が付いたわけでもないことに気づいたのだ。

しかし、と私は思い直した。浜中をも巻き込んだ、私と檜山の戦争が始まれば、それなりの活路が開かれるように思われたのである。つまり、浜中は真実を話さなければ自分の弁護士としての立場を完全に失うと判断したとき、檜山を見捨てることは考えられるだろう。あくまでも追及すべきなのは、檜山であり、浜中ではないのだから、そうなれば私の思うつぼなのだ。

しかし、そうなるためにどれほどの歳月が経過するのか、私には見当がつかなかった。ただ、私はそのときに備えて、あらゆる準備をしておくつもりだった。

（8）

二〇一一年十二月十八日。私はこの日、里葉に二度目の取材を行なった。それは、警察が高圓寺を家宅捜索したあと、檜山を長時間に亘って事情聴取してから、およそ一ヶ月が経った頃のことである。

私はそれまでに何度も、前の取材で教えてもらっていた彼女の携帯に電話やメールをしていたが、応答はなかった。檜山は、高圓寺の捜索だけでなく、達也の自殺のせいもあって、「疑惑の住職」という異名の下に、一部のマスコミに騒ぎ立てられていた。さすがに人権問題を気にするテレビ局は、露骨な言及は避けていたが、複数の週刊誌が明らかに檜山と分かる表現を用いて、その疑惑に言及していた。

この関連の記事に特に力を入れているのが、『週刊毎朝』だった。「疑惑の住職」という言葉を最初に遣ったのもこの週刊誌である。

私の情報を利用して、檜山の疑惑についてスクープ記事を書いた須貝は、今や『週刊毎朝』において川口事件を追う中心記者らしいと、『黎明』の編集長である向井が電話で教えてくれた。須貝はもともとは『黎明』に川口事件について書いていた私の編集担当者だったのだから、向井も私に同情していただけでなく、須貝の利敵行為を腹に据えかねていたのだろう。

私は一時、須貝と連絡を取ることは諦めていた。しかし、向井の話を聞いて怒りがぶり返し、久しぶりに須貝の携帯に連絡してみた。もちろん、その時期、須貝は私からの電話にはまったく出なくなっていたから、そのときもおそらく繋がらないだろうと予想していた。ところが、意外なことに、須貝があっさり応答したのだ。

「ああ、杉山さん、ご無沙汰しています」

須貝の平然とした応答に、私は一瞬、不意を衝かれた気分になった。しかし、すぐに正気を取り戻したように、激しい言葉で須貝を非難した。

「杉山さん。そんなことを言うのはおかしいですよ。あなただって、私から情報提供を受けていたんだから、お互い様で、私が一方的に非難されることじゃありませんよ」

唖然とした。私は、少なくとも須貝が言い訳に終始すると思っていたので、こういう堂々たる反論は予想していなかった。

「私があなたから何の情報を提供されたと言うんですか？」

「檜山氏と浜中弁護士が高校の同級生であることをあなたに教えたのは私ですよ」

もう一度唖然とした。それは私の依頼で、須貝が調べて分かったことなのだ。時間の節約が必要だったので、当時は信頼していた須貝に、実務的作業を頼んだに過ぎない。

私はそんなことを言って、須貝に反論したが、須貝はそのあとも、韜晦《とうかい》的な言葉で詭弁《きべん》を弄《ろう》して、私の情報を横取りしたという基本的事実さえ認めようとしなかった。

「恥を知りなさいよ。あなた、それでもジャーナリストですか！」

私はついに怒鳴りつけた。

「ジャーナリスト？　ご自分をそんなたいそうなものだと思っていることこそ、傲慢ですよ。我々は所詮情報屋だと自覚すべきですよ」

須貝が嘲笑《あざわら》うように言う声が聞こえ、電話は切れた。情報屋、か？　私は携帯のディスプレイを見つめながら、思わずつぶやいた。

私はこの言葉を聞いて、一九七六年に「死ぬ権利」を主張して公開死刑を受けたゲイリー・ギルモアをインタビューしたローレンス・シラーの言葉を思い出していた。ギルモア事件よりおよそ七年前、チャールズ・マンソン事件裁判で実行犯の一人であるスーザン・アトキンスにインタビューしたときの模様を証言するために証言台に立ったシラーは、裁判官から職業を訊かれて、「情報屋《コミユニケーター》」と答えたのだ。

これより前、シラーはアトキンスの物語をニュー・アメリカン・ライブラリーに一万五千ドルで売り渡していた。「情報屋」という言葉に、シラーのユーモアだけでなく、自虐の念も込められていたのは確かだろう。

私は達也の告白については、捜査当局に知らせただけで、マスコミには公表していなかった。従って、『週刊毎朝』などの週刊誌を賑《にぎ》わせていた疑惑の論点はむしろ、達也と檜山の共犯関係に置かれていた。つまり、自殺した達也が主犯で、檜山がそれを共犯として助けたのではないかという論調を取る記事が目立っていたのだ。

私から檜山に関する情報を得ていた須貝も、その意味では私の情報を鵜呑みにしていたわけではないのだろう。補足的な調査も踏まえて、檜山を主犯というよりは共犯と判断していることは、『週刊毎朝』の具体的な記事を読めば分かった。私は、達也から私が聞き出した自白内容の重要性をあらためて認識していた。

それはともかく、里葉もこの騒乱のあおりを受ける形で、マスコミから執拗に追いかけられていたので、どこかに雲隠れしていたらしい。

しかし、その日、里葉から急に私の携帯に電話が入り、すぐに会いたいと言ってきたのだ。私の取材手帳を見ると、その日は日曜日で午後から別の取材が入っていたが、私はそれを急遽キャンセルして、彼女と会うことを優先した記憶がある。

場所は、再び、四谷の「喫茶室ルノアール」の個室にした。およそ一ヶ月半ぶりに私の前に現われた里葉は、ひどく沈んでいるという雰囲気ではなかったが、依然として判断不能の疑惑の袋小路から完全には抜け出ていないように見えた。

「家宅捜索の結果、何も出てこなかったわけですから、少しは気持ちが落ち着いたんじゃありませんか」

私の問いかけに、里葉は、幾分当惑したような表情になった。一部のマスコミが檜山について騒ぎ立てていることは、私のほうからはあえて触れようとはしなかった。

「ええ、とりあえず、私の考えていたことが妄想だったのかも知れないという気持ちにはなっています。確かに異臭は感じていたのですが、それがネズミなどの小動物の死骸の臭いだった可能性もあるわけですからね。一部のマスコミは父のことでまだ騒いでいますが、死体も何も出なかったことで、父に対する疑惑は一般的な意味では多少は薄らいだのかも知れません。でも、行方不明のお二人の消息が分からない以上、やっぱり何だか不安な気持ちは続いています」

「それはそうでしょうが、とりあえず、高圓寺の捜索で何も出なかったわけですし、警察もそのあとお父さんに対して、事情聴取を繰り返しているわけではありませんから」

私がこう言ったのは里葉の気持ちに対する配慮もあったが、本音を言えば、里葉の本当の気持ちを確かめたいというところもあったのだ。

「でも、私、やっぱり安心できないんです。父が警察に呼ばれていた日、私も同じ八王子警察署の別室で、事情を聴かれたんです。そのとき、私も知らないようなことを警察は摑んでいて、私は愕然としたんです」

「それはどんなことでしょうか？　差し支えない範囲で教えていただけないでしょうか」

私は遠慮がちに訊いた。

「碧さんから結婚問題について父が相談を受けていた頃のことです」

里葉はそれほど躊躇することなく、ぽつりと言った。私は先を促すことをしないで、次の言葉を待った。

「碧さんと別れて、高校を去り、予備校の講師になられた先生がいたのですが、父は碧さんに代わってその先生と交渉し、慰謝料として百万円に近いお金を払わせているんです。父がそういう相談に乗っていることは私にも話していたから知っていましたが、そんな具体的な交渉までしているとは知りませんでした。何でも、その先生が碧さんとの結婚を約束しながら、結局、履行しなかったというのが、その理由だそうです」

藤倉のことだとすぐに分かった。ただ、私も慰謝料のことは知らなかった。おそらく捜査本部が、藤倉から直接訊き出したのだろう。確かに、そこまでやっているのは意外であり、そのことは檜山と碧の関係が思った以上に深く、しかも複雑であることを予感させた。

そして、里葉が次に言った言葉は、私の思いを確信に変えた。

「でも、今から思い出すと、思い当たる節があるんです。碧さんが埼玉第三高校を辞めて、別の高校に変わったとき、父は自宅でお酒を飲んで、ものすごく荒れたんです。いくら、自分に惚れていた教員が埼玉第三高校に残っていて、気まずいからと言って、高校を変わるなんて、我《わ》が儘《まま》だと言って。私はそのとき、碧さんが校長先生と直接交渉してそういう風に決めたことに腹を立てていたのだろうと、解釈していたのですが、今ではそうじゃなくて、それはやはり碧さんに対する父の執着だったんじゃないかと思えてきたんです」

これもピンと来る話だった。荻野との関係が気まずくて、高校を変わったと思われていた碧が、実は檜山から逃れるためにそういう行動を取ったと考えると、妙に腑に落ちるところがあるのだ。そして、達也の告白が真実だとすると、そういう解釈は、殺害現場での、碧に対する主犯の残虐きわまりない言動とも結び付くように思われるのだった。

やはり、川口事件の筋書きを書いたのが檜山だと仮定すると、私にとって一番分からないのは、その動機だった。ただ、檜山が勇人夫婦、特に碧に対して、想像を絶するような愛憎を抱いていたような気がするのだ。勇人も、ときに神経の鈍い言動で他人を傷つけることがあり、檜山の逆鱗《げきりん》に触れることもあったのかも知れない。

私は最初に檜山にインタビューしたとき、勇人の性格について訊かれて、檜山が答えた評言を思い出していた。

「裏表のない、運動選手らしい性格でしたね。しかし、だからと言って、相手の気持ちを無視して強引に物事を運ぶような人間ではありませんでしたよ」

今から思うと、あの評言の後段は若干不自然に思えた。自分が感じていたことを私が訊くのを予想して、先回りをして、その逆を答えたという印象があるのだ。つまり、勇人は「相手の気持ちを無視して、強引に物事を運ぶような人間」だと、檜山は実際には感じていたのではないか。そういう抑圧された鬱憤《うつぷん》が、碧との愛憎劇の中で爆発した可能性は否定できないだろう。

一方で、私は「(その憎しみは)二人に肉体的危害を加えたいと思うほどではなかった」という事情聴取の際の荻野の供述を思い浮かべた。それは、長い年月の経過を考えれば、案外本当のことだったのかも知れない。

碧も荻野のそういう感じは何となく分かっていて、荻野はすでに当面の脅威ではなくなり、むしろ脅威は慰謝料を藤倉からせしめてくれて、異常な執着を自分に見せる妻を亡くしていた檜山のほうではなかったのか。宗教者として、日頃、禁欲的な生活を送っている人間は、無意識のうちに途方もない欲望のマグマを蓄積させていて、それが配偶者の死によって突然爆発することもあるかも知れないのだ。

「そういう話を警察にはなさったのですか？」

私はあえて落ち着きを装って、さりげなく訊いた。

「いいえ、していません。父が不利になるような話は、やはり娘としてはできません」

その割に、八王子署に密告文を出した事実は認めているのだ。このあたりに、私はやはり精神の不安定さを感じないではいられなかったが、あえてその矛盾を衝くのは避けた。

「飲酒のこともそうなんですが、父は職業柄色欲には無縁と思われているようですが、娘の私から見ると、そうでもないんです。だから、私は父が碧さんにこだわっていたことはよく分かるんです。そのことは、父と一緒に居ることが多かったあの人だって、私と同じように感じていたはずです」

「あの人」とは、木村多恵子のことだった。ただ、私の印象では、多恵子は檜山とは完全に縁が切れているとは言え、彼の事件関与に否定的であるのは、一貫していた。これも、溺愛していた息子を殺したのが、誰なのかという視点に立てば、結構危うい話ではあるのだが。

「私のほうから一つ質問していいですか？」

私は話題を変えるように訊いた。これ以上、檜山の執着と色欲について話しても、堂々巡りのような気がしていた。里葉は小さくうなずいた。

「二〇〇八年八月十三日の夜、つまり『川口事件』が発生したと推定される夜のことですが、あなたは高校の臨海学校で九十九里に行って、家には居なかったわけですね。本堂の施錠は日頃はどうやっていたのでしょうか？」

「父か私が外から、鍵を使って施錠していました。普通は父がしていましたが、たまに父に頼まれて私がすることもありました」

「すると、その日は、あなたは居なかったわけですから、当然、お父さんがされていたはずですよね」

「ええ、でもその点もよく分からないんです。警察の方のお話ですと、父はその日の施錠については、よく覚えていないと言ってたらしいんです。それに本堂の施錠については、普段からあまり意識していなかったとも言っていたというんです。中には盗む物もないから、施錠してもしなくてもあまり差はないとも。でも、それは明らかに嘘なんです。父は本堂の施錠については日頃とても神経質で、私が閉めてきたあとでも、もう一度念のために見に行くくらいでしたから」

「そういうあなたのご意見も、あなたは警察には伝えなかった？」

「ええ、やはり、父の不利になることは言いたくなかったですから、私はただ聞き流しました。それに、父の心理は何となく理解できました。外部者が本堂に入り込むことは難しくなかった。それが父の言いたかったことでしょ。父は当然、自分に疑いが掛かっていることは分かっていたでしょうから、そういう小さな嘘を吐いて、警察の疑惑を逸らせたかったという気持ちは分からないでもありませんので」

私も里葉の言うことは、分からないでもなかった。しかし、これも黒の、あるいはどうよく見積もっても灰色の、状況証拠の一つだった。

「警察ではおっしゃらなかったことを、今、私に伝えているのは、どういうお気持ちからでしょうか？」

私の質問に、里葉はしばらく黙り込んだ。それから、一気に暗い表情になって、話し始めた。

「自分でもよく分かりません。でも、不安なんだと思います。だから、客観的な立場にある誰かに話して、意見を聞きたかったのかも知れません。でも、話してしまったら、今の心境はむしろ、客観的な他人の意見を聞くことが怖くなってしまいました。話しているうちに、自分の頭の中でも話が整理されてきて、父の疑惑は誰の目にも明らかなように思われてきたんです。そうじゃありませんか、杉山さん？」

不意に自分の苗字を呼ばれて、私は動揺した。どう返事をしていいのか、私は判断に迷った。里葉の言うことは、図星だったからである。

「確かに状況証拠的には、疑われてもやむを得ない部分があるかも知れません。しかし、一方では事件とお父さんを結びつける具体的かつ直接的な証拠は何一つありません。死体が発見されないだけでなく、物証も間接的な物ばかりです」

私はUSBに映る鈴や白のワゴン車のことも思い浮かべていた。だが、達也の告白はもちろんのこと、物証についても具体的に言うのは控えた。

「ですから、肉親のお立場としては、お父さんの言うことを信じてあげたほうがいいと思うのです。警察が事情聴取をしても、逮捕しなかったのは彼らの心証としても、お父さんは少なくとも黒ではなかったからでしょ」

私としては、慎重に言葉を選びながら発言したつもりだが、私の発言には明らかな嘘が含まれていた。私はこの前に何度か辻本にも会い、捜査本部内部の情報を手に入れていたが、それは私が里葉に伝えた内容とだいぶ趣を異にしていた。

捜査本部は檜山に対して、黒に近い心証を抱きながらも、東京地検と協議の結果、逮捕しても起訴できる見込みは薄いと判断していたのだ。それに辻本の遠回しな言い方から判断すると、やはり達也を起訴して有罪に持ち込めなかったことが微妙に影響しているのかも知れなかった。

「警視庁だけじゃなく、地検もメンツにこだわるからな」

檜山を逮捕・起訴すると、当初の起訴内容である、達也の単独犯説を自ら覆すことになるから、警視庁も検察庁も二の足を踏んでいるということなのか。

また、仮に逮捕して起訴したとして、裁判でまたもや無罪判決でも出れば、検察側の二連敗ということになり、慎重にならざるを得なかったのかも知れない。辻本もさすがに現職刑事であるから、そこまではっきりとは言わなかったが、そういうニュアンスがあったのは確かである。

私がそういう警察内部の情報を正しく里葉に伝えなかったのは、もちろん、辻本の立場を配慮したということもある。しかし、達也の自殺を目撃したあと、私自身がひどく弱気になっており、里葉に同じ行為をされることを恐れていたからでもあるのだろう。

あるいは、須貝から言われた「情報屋」という言葉が妙に耳に残っていたということもある。ジャーナリストとしての情報の解釈こそが、人の心を傷つける元凶なのかも知れない。その意味では、里葉との関係においては、情報屋に徹したほうが気楽なように感じられていたのだ。

「警察はそんなに甘いところじゃ、ありませんよ。疑惑があればもっと執拗に追及するはずです。しかし、近頃、まったく動きがない」

私はさらに突っ込んだ言い方をした。これで、里葉はようやく少しほっとしたような柔らかな笑みを浮かべた。やはり、里葉がその日、私に会いに来たのは、私を通して警察情報を手に入れたかったからなのかも知れないと思った記憶がある。

里葉がアメリカに留学したのは、それからさらに一年と五ヶ月後のことであるが、この間、私は会うどころか、メールのやり取りや電話での会話もできなかった。私のほうから、何度かメールや電話はしたのだが、返事は一度ももらえなかった。

だから、別筋から里葉が現地でアメリカ人の恋人ができ、その後も、カリフォルニア州のサン・ノゼでその恋人と暮らしているという情報を手に入れたとき、妙にほっとしたのを覚えている。いまだに、帰国したという話は聞いていないから、穿った見方をすれば、里葉は、父親と顔を合わせたくないのかも知れない。

しかし、私が里葉に二度目のインタビューをして以降、川口事件に関して大きな進展もなく、事件のことはマスコミの話題に上ることもほとんどなくなってきた。もちろん、殺人事件の時効はもはや存在しないから、この事件に関わる捜査官は捜査を続けるしかない。ただ、私にとって、檜山が白ならばもう他に真犯人がいる可能性はなくなり、川口事件は永遠の迷宮の闇に陥るしかないように思われるのだ。

しかし、そういう判断と私が里葉に対して示した、ある種の倫理的態度の矛盾は、自分でも痛切に感じていた。真実はときに、まったく罪のない人々の心を傷つける。だが、檜山をこのまま放置することは単に社会正義に反するだけでなく、被害者たちやその遺族を絶望の沼に沈め続けることでもあるのだ。

私が檜山を糾弾することによって、里葉がどれほど苦しむのか、私には容易に想像が付いていた。だが、里葉がアメリカにいるという情報が、私が里葉に対して感じていた罪悪感を多少とも緩和する方向に働いたのは、確かである。

私は自分の本来の武器を意識した。浜中との戦争という言葉も再浮上していた。それはあくまでも、ジャーナリストとして真実を書くことを意味しているのである。

（9）

二〇一五年八月七日、川口事件に関わる大きな出来事があった。高圓寺の裏山の土中から、人間の死体らしいものが二体発見され、DNA鑑定の結果、戸田勇人と戸田碧のものと判明したのである。二人とも全裸で、衣服などは発見されていない。

その日は、最高気温は三十七・七度で、最低気温でも二十六・八度という異常な猛暑日だったから、暑さに狂ったいく匹かの野犬が土を掘り起こし、その結果、二人の死体が思わぬ形で発見されたものと推定される。死体発見者は、檜山ではなく、キノコ採りに裏山に入っていた近所の中年の夫婦だった。

行方不明からおよそ七年が経過していたから、死体は完全に白骨化しており、死因の特定は難しかった。しかし、二人とも首筋にかろうじて扼痕《やくこん》が認められたため、最終的には扼殺されたものと推定された。この点でも、達也の私に対する告白は、間違っていなかったことを裏付けている。

ついでに言えば、まるで「灯台もと暗し」という格言を地で行くような、高圓寺本堂から近い位置で二人の死体が発見されたことには、それなりの意味があるように思われた。達也にしてみれば、死体の移動に言及さえしておけば、警察は当然、高圓寺本堂の周辺をかなり広範囲に亘って捜索するだろうから、あえて正確な位置を言わなくても、いずれ発見されるだろうという判断があったのではないか。

それが彼なりの主犯に対する義理の立て方のようにも思われるのだ。この中途半端な対応は、達也が最後まで「鳥打ち帽の男」が檜山であることを否定しないと同時に、そうだとも断言しなかったことと符合している。

実際、警察は本堂を捜索した直後に、高圓寺の裏山も捜索していた。だが、不運にも死体は発見されず、結局、年を隔てて、暑さに狂った野犬が掘り起こすという皮肉な結果になったのだ。

だが、行方不明者二名の死体の発見というこの重大な局面でも、檜山に対する疑惑が、逮捕状を請求することが可能な明確な容疑に変化することはなかった。高圓寺の裏山は、法的には寺の敷地内だったが、実質的には誰でも入り込むことができ、檜山自身が近隣の人々にそう公言していたのである。

このとき、檜山はすでに埼玉第三高校を退職し、もっぱら高圓寺の住職として暮らしていた。檜山はもう一度捜査本部のある八王子警察署に呼び出され、長時間に亘って、事情を聴かれた。だが、捜査本部はこの二度目のチャンスでも、彼から決定的な供述を引き出すことはできなかったようだ。

辻本はこの時点では、すでに捜査本部にはいなかったが、私は「死体さえ発見されれば、何とかなるんだ」という彼の発言を思い出し、複雑な心境になった。死体が発見されても、何ともならなかったのだ。あるいは、死体の発見が遅すぎたということなのか。

私自身、辻本が捜査本部を去ってからは、何度か捜査本部に呼び出され、達也の供述に関する詳細な説明をあらためて求められ、さらに遡って、木村や富樫に対する取材過程に関する質問も受けていた。もちろん、その中には檜山との関連で訊かれた質問も多数含まれている。

従って、私はこの時期、檜山や浜中に対して行なった独自調査から得られた情報を使って、二人に勝負を仕掛ける余裕などなく、ただひたすら防戦に追われていたと言うべきだろう。しかし、私は、そういう質問に対してどういう風に答えたかは、今ここで明らかにすべきではないと考えている。

ただ私が浜中について述べたことは、将来の訴訟に備えて、ある戦略的な意味を持っていたことを否定するつもりはない。もちろん、私には、取材記者としての取材ソースに関する守秘義務がある。しかし同時に、一市民として警察の捜査に協力する義務も感じていたから、私は話すべきことは話し、秘匿すべきことは秘匿したという原則論を、ここで述べるに留めておきたい。

警察は檜山が白のワゴン車を寺の敷地外の駐車場に駐めていた事実も把握していた。これは私が木村の母親の証言を警察に伝えたからではなく、警察は独自捜査でこの事実を突き止めていた。しかも、この車についても、檜山自らが警察に車内を調べるよう申し出ており、警察も実際にそうしていたのだ。

その結果、この車の中に血液反応などは認められず、外見的な損傷もなかったことが判明している。血液反応については、拉致からこの時点で七年が経過していることもあり、それがないことにたいした意味があるとも思えなかった。

車内を徹底的に清掃し、一定の年月が経過すれば、その痕跡を完全に消すことは不可能ではない。ただ、警察はそのワゴン車の修理歴も調べ上げていたが、車検などの定期点検を除けば、特別に修理をした記録もないという。

修理履歴に対する警察のこだわりは、当然、富樫の事故死を念頭に置いているものだろう。ただ私は、その事故が仮に純粋な事故ではなく、誰かの故意が働いたものであるとしても、直接、車を富樫のオートバイにぶつけるような単純なものではなかったと考えている。

事故を見慣れている交通機動隊隊員の自損事故という判断は、それなりに重視されるべきである。それはまさに外見上は自損事故の様相を呈していたのだ。

だとしたら、車とオートバイの大きさの差を利用して、車でオートバイを囲い込むように追い込み、事故を起こさせたという解釈も可能だろう。これは実際微妙で、富樫のオートバイがその車から逃れようとして、運転を誤りガードレールにぶつかったとしたら、それも自損事故だったと言えないことはないのだ。

富樫が死亡した日にち・時刻の檜山のアリバイは曖昧だった。警察における彼の供述によれば、その日は水曜日だったが、たまたま研究日で、一日中家にいたというのだが、娘は高校に出かけていて留守だったので、それを証明する者はいない。

それに対して、檜山の白いワゴン車は駐車場にはなかったという二、三の証言が近隣の住民から寄せられていた。木村の死体が遺棄されたと推定される日にち・時刻にもこの駐車場には、檜山の車はなかったという証言もあったが、檜山自身はやはり車による外出は否定していた。もっとも、多恵子が言ったように、この駐車場には確かに防犯カメラは設置されていなかったため、車の出入りの客観的な記録は残されていない。

私には川口事件のおよその見立ては付いていた。やはり、勇人と碧を直接襲ったのは、達也、木村、富樫の三人だろう。それぞれ動機は違うのかも知れない。

達也には、主犯による指示や教唆《きょうさ》があったはずだが、基本的には単純な性欲が主たる動機だったのではないか。もちろん、幸福な生活を送っていた弟に対する反感や嫉妬心も無関係とは言えないが、それが動機の主要な部分を形成しているとは思えない。

達也が主犯に対して感じていた恩義が何だったのか依然として明瞭ではない。覗き行為を庇ってくれたという程度ではそれほどの恩義とも感じられないのだが、一方では達也はそういう具体的で直接的な言動に対して、過剰な感謝を抱く男であるのは間違いないのだ。

木村の動機は複雑で、不明な点も多い。ただ主犯との間に、母親と関連する、ある種の心理的葛藤があった上で、主犯の指示に従ったとも考えられる。やはり、母親が万引き犯として逮捕され、檜山が浜中弁護士を紹介していたという事実は無視できないだろう。

木村から見れば、檜山は母親の決定的な恥部を知る男だったのだ。しかも、母親はその後、檜山とは愛人のような関係に陥っている。母親と異常な関係にあったという噂さえある木村にとって、この状況は支配と隷属の我慢のならない関係であったことは想像に難くない。そして、彼がその関係を逆転させようと決断した瞬間が、彼にとって、まさに死の瞬間だったのかも知れない。

富樫に関しては単純明快で、彼は不用意に木村の誘いに乗り、そんなのっぴきならない事件に巻き込まれただけだろう。

暴行と殺害が行なわれたのは、達也の告白通り高圓寺の本堂で、この現場にいた者は、達也と木村、それに主犯の男だった。富樫はこの前に脱落していて、本堂で起こったことには関わっていないというのは、信じていい。

ここで、達也と木村が、勇人と碧を最終的に扼殺して、本堂の床下に埋めた。主犯の指示で、達也は死体を隠すのは手伝わず、先に自宅に戻った。高圓寺と戸田家の距離は、徒歩十分程度だから、達也はらくらくと午前六時前に自宅に戻れたはずだ。この本堂の床下の死体は、のちに裏山の土中に達也によって埋め直されたはずだが、それは檜山の娘である里葉が本堂の異臭について言及していた時期とほぼ一致している。

檜山については、腑に落ちない言動が複数あった。その一つに、荻野の過去の担任履歴についての証言がある。あのとき、荻野が設楽響子という教員が病気になって、荻野が一時的にその交替として木村の在籍していたクラス担当になったことがあると、私に電話で伝えてくれたのだ。それは暗に荻野と木村の母親の接点を臭わせているようにも取れる情報だった。

しかし、私が裏を取るために設楽響子に会ってみると、担任交替と言っても、結果的には二週間だけで、すぐに彼女が復帰していることが分かった。胃のレントゲン検査で「精密検査を要する」が出たため、パニック状態に陥り、担任の返上を申し出たのだが、内視鏡検査の結果、どこにも異常なしと判定されたというのだ。

これはささいなことに見えるものの、私にはそれなりの意味を持つ出来事のように思われた。設楽響子によれば、その二週間の間に保護者会などの行事は開かれておらず、臨時の担任教員と保護者の間に接点ができることなど、考えにくいというのだ。しかし、檜山がそういう文脈に私を誘導しようとしていたのは、明らかに思われた。

（10）

二〇一七年の夏を迎えた。

私は二〇〇九年十月号から、三ヶ月間に亘って、雑誌『黎明』に川口事件に関する連載記事を書いた。だが、少年法の絡む人権上の問題もあって、連載を中止させられた。私としては連載をいつか復活したいという思いはあったが、ついにその機会は得られず、川口事件が発生してから九年が経過してしまった。

連載当時、雑誌の売れ行き自体は、非常に好調だった。『黎明』はもともと政治ネタの多い堅い雑誌と見られていたから、これほど売れたことはかつてなかった。それは一般の人々の川口事件に対する関心の高さの証とも言えたが、私の記事が家族も含む事件関係者内部の複雑な人間関係を伝えていたことも、多くの読者を獲得できた原因の一つだろう。

私は少年法の精神を遵守し、仮名で言及される事件関係者の人権にも十分に配慮したつもりだった。それでもなお、様々なクレームが雑誌発行元の本社に寄せられていた。特に、浜中からは連載中に厳しい批判が寄せられただけでなく、その後の事件展開に関連して、たびたび厳重なる抗議を受けることになった。

また、辻本は私に情報を漏らしたことで、捜査本部内部での立場が悪くなったと聞いている。彼は、結局、二〇一二年の四月一日付けで、本庁の捜査一課を離れ、下谷《したや》警察署の副署長になった。表向きは栄転だったが、左遷色の濃い人事だったことは否定できない。

私は連載中止後、調査自体は続行していたものの、川口事件に関して他の場所で書くことも発言することもなかった。その間《かん》、私の意図に反して、調査内容を別の人間に公表されてしまうという番外劇はあったものの、川口事件について私の調査内容を自ら公表することは封印していた。

連載中止という客観的事実を重く受け止めざるを得なかったということもある。しかし、やはり決定的だったのは、二〇一一年、十一月十八日に起こった戸田達也の死であった。あの悲惨な死に、私が一切関わりがないなどと言うつもりはもとよりない。

永遠に沈黙してしまいたい気持ちに駆られることさえあった。しかし、このままでは何とも後味の悪い幕切れであることは確かだろう。

二〇一七年時点において、川口事件はすでに終焉を迎えたかのように、社会の遠景に退き、ひっそりと息を潜めているように見えた。捜査本部は規模を縮小しながらも継続しているが、伝え聞くところ、その捜査活動も活発とは言い難い状況に置かれているらしい。

マスコミが最後に盛り上がったのは、やはり勇人夫婦の死体が発見されたときだろう。檜山に対する疑惑は週刊誌だけでなく、テレビ局までが、一定の人権的配慮を示しながらも、取り上げ始めた。しかし、私は達也の死の直前の告白については、この時点でもマスコミには公表していなかった。私のところにインタビューに来るテレビ局や雑誌記者もいたが、私は言《げん》を左右にして、言質《げんち》を取らせなかった。

捜査本部は、私以上に徹底していた。達也が私に対して行なった告白は、捜査本部の捜査官たちには伝えていた。そのため、彼らは一斉に無口になり、刑事部長や捜査一課長は、執拗に食い下がる新聞記者の質問に、恫喝《どうかつ》と沈黙でしか答えなかった。

やがてその騒乱も収まり、それ以降は静かな凪《なぎ》が訪れたかのように、川口事件がマスコミで取り上げられる頻度は著しく減っている。ただ、私と浜中の深刻な確執は根深く、私はいつでも戦端を開ける準備をしていたが、現実問題としては、個人的な経済事情もあり、別の仕事に打ち込まざるを得ず、川口事件は私にとっても終焉しようとしているようにさえ見え始めた。

しかし、二〇一七年九月に入って、雑誌『黎明』を出す出版社の書籍部門の編集会議で、川口事件について書籍を刊行する企画案が持ち上がり、私に原稿を依頼してきたのだ。その頃、向井が書籍部門の編集長になっていて、その案を出したのも向井だったらしい。あるいは、私と須貝の経緯を知っている向井は、多少とも罪の意識を感じていて、罪滅ぼしの気持ちもあったのかも知れない。もちろん、『週刊毎朝』に移った須貝に対する怒りが、私だけでなく向井にもあったことは否定できないだろう。

だが、向井本人はそういう動機は完全に否定していて、今、川口事件関連の本を出そうとしているのは、私が『黎明』連載中だった頃とは、根本的に状況が異なっているからだという。

多くのことが曖昧模糊《もこ》としていた二〇〇九年当時に比べて、勇人と碧の死体が発見され、当時少年だった二名の人物の関与が明らかになり、無罪判決を受けたはずの達也自身が私に勇人の殺害を認めた上で自ら命を絶ったのだ。この状況下で、なお事件の中心人物であった可能性のある人間の白黒がはっきりしないのは、著しく社会正義に反しており、それを糺《ただ》すのがジャーナリズムの大義だというのだ。

私にとって、そんな大袈裟なことはどうでもよかった。このままではあまりにも無念で中途半端な終わり方で、せめて総括的な文だけでも『黎明』に書きたいと思っていた矢先のことだったから、それはただひたすらあり難いオファーだったのだ。

もちろん、大きなリスクを覚悟しなければならないだろう。私がすぐに思い浮かべたのは、檜山より浜中の顔である。

ただ、浜中に関しては、私と向井の意見が完全に一致していたわけではない。当初、向井は浜中についてあまり批判的な内容を書くことには消極的な姿勢を示していた。

「あくまでもターゲットは檜山であるべきだと思うんですよ。あなたがお調べになった浜中弁護士の疑惑はまた別の問題でしょ。それは少なくとも、川口事件と直結するものではない。人権派の弁護士として名高い彼が、実は裏の顔を持っていて、合法と非合法のすれすれのところであざとい金儲けをしていたというのは、週刊誌的には面白い記事であっても、今回の企画の意図からは外れていますよ」

向井の言うことは理解できた。しかし、私はこの本を刊行したあとのことも考えていた。刊行後、浜中から法的措置を含む何らかの反撃がなされるのは必至だった。もちろん、私はその反撃に対応する心の準備はできていたが、正直、先制攻撃の必要も感じていた。

延々と続く不毛な裁判を避ける意味でも、下手に反撃すれば、大変なことになると浜中に思わせることが重要なのだ。だから、浜中に関する疑惑にも言及することはそれなりに意味がある。私はそんな趣旨のことを向井に述べたあとで、さらにこう付け加えた。

「私は浜中弁護士が、当事者という意味でも川口事件とまったく無関係だとは考えていません。もちろん、勇人夫婦の拉致と殺害という意味では無関係でしょう。あるいは、木村と富樫の殺害にも関わっているとも思えない。しかし、どこかの時点で、たぶんそれは檜山の元に例のUSBが届けられたあたりだろうと思うのですが、彼が檜山の関与に気づいていたことはあり得ると思うのですよ。全面的ではないにしても、檜山自身が告白した可能性だってありますよ。だから、彼の弁護士としての不正を暴くことは、川口事件の調査とまったく無関係なわけじゃありませんよ」

向井は、なお納得しているとは言い難い表情だったが、さらに反論することはしなかった。実際にも、向井は浜中の不正に言及するくだりに関して、私の原稿に赤字を入れてくることもなかった。

雑誌に連載するのとは違い、一冊の本にまとめる場合、出版停止や出版禁止の危険は回避しやすいという、編集長としての向井の判断もあったのだろう。結局、出版社の重役サイドから人権問題全般に関する危惧の声が上がったものの、出版部長や向井が頑張ってくれて、一年後の二〇一八年九月には刊行することが決定された。

私は第一稿を出し終えて、初校のゲラが上がって来るのを待つ間、檜山に質問状を出すことにした。初校に間に合えば、その回答を加筆するつもりだったのである。

あの達也の告白がまったくの作り話だとはとうてい思えなかった。ただ、その証言を補完する、客観的かつ絶対的な物証があるわけではなかったから、檜山を一方的に犯人扱いする言動は、厳に慎むべきだろう。

従って、私は質問状でそういう疑念はなるべく見せないように努め、文言も客観的で中立的な語彙《ごい》を選んだ。檜山が私の質問に誠実に答えてくれて、それなりに納得の行く回答が得られれば、私も檜山の疑惑を否定する方向で、エピローグに加筆する可能性も考えていた。

コミュニケーションの手段として、手紙を選んだのは、それ以外に方法がなかったからである。達也が自殺して以降、檜山は私のメールにも返信してくれず、電話にも出ようとしなかった。途中から、携帯の番号も変えたようで、電話自体が繋がらなくなっていた。

だから、私は二〇一〇年、十月十九日に会って以来、檜山には一度も会えていない。

しかし、檜山はどのマスコミに対してもそういう対応をしていて、私に限ったことではないようだった。特に、里葉が家を出てアメリカに居住するようになってから、檀家の人々でさえ、高圓寺に行きにくい雰囲気になっているという噂も漏れ聞いていたので、私としても直接訪問するのは避けたのだ。私の書いた手紙は以下の通りである。


前略　長い間、ご無沙汰しております。

さて、本日、お手紙を差し上げましたのは、川口事件に関しまして、どうしてもあなた様にお伺いしたいことが生じまして、まことに勝手ながら、いくつかの疑問点にご回答いただきたいからでございます。実は近々、川口事件に関する私の本が、ある出版社から刊行されることになっています。長い間、川口事件の取材に関わってきたジャーナリストとして、このまま真相を闇の中に葬り去ることは何としても避けたいという思いは強く、一冊の書物という形で真相の解明に寄与したいと考えております。この趣旨をご勘案いただき、なにとぞご協力のほどを御願い申し上げる次第です。

思えば、川口事件関係者の実に多くの方が亡くなっておられます。もちろん、事故死や病死の方もおられますが、中には明らかに殺害された方、あるいは変死もしくは自殺と考えられる方々もいらっしゃいます。そこで、話を整理するため、現在の私の判断として、関係者の死因を以下のようにまとめさせていただきました。

戸田勇人・碧　殺人　木村牧人《まきと》　殺人　富樫一樹　変死（交通事故死もしくは殺人）

荻野謙介　自殺　戸田達也　自殺　戸田菊子　病死

これら七名のお亡くなりになった方々のうち、病死である戸田菊子さん、あるいは自殺の可能性が濃厚である荻野謙介さんや戸田達也さんを除いても、実に四名の方々が殺害され、もしくは変死を遂げているわけであります。これらの方々の死の状況を本格的に調べれば、途方もない労力と夥しい時間が費やされることは間違いなく、とても個人の調査能力ではどうにもなるものでもなく、結局、警察力に任せる他はありません。従って、私は質問の範囲を極力限定し、あなたが何かをお知りになっている、あるいはお気づきになっておられると推定される部分につきましてのみ、質問させていただくことにいたしました。どうぞご回答を宜しくお願いいたします。なお、ご回答の便宜を考え、質問事項は箇条書きにしてあります。また、敬称も省略させていただいております。

質問内容は、今までの取材によって生じた檜山に対する疑問・疑惑に関してで、A四判のコピー用紙三枚分ほどのものである。檜山が回答しやすいように、箇条書きの工夫もし、彼が各項目ごとに答えるという形式を取った。

ただ、私は達也の告白についてはあえて触れなかった。その告白を裏付ける具体的証拠がない以上、「真っ赤な嘘」という一言で片付けられる可能性があったからだ。それに、達也の告白内容は檜山にとって、直接的で生々し過ぎるから、檜山を興奮させ、無用な反発を招くことを危惧した面もある。

私がこの手紙を檜山に送ったのは、二〇一八年の八月二日である。それに対する返信は思ったより早く、三日後に届いた。封を切ると、便箋二枚が入っていた。しかし、一枚は白紙で、もう一枚には、達筆ではあるが、たった数行の手書きの文字が書き記されていただけである。

質問状に回答することはできませんし、また、その必要も認めません。なお、現在、浜中弁護士に依頼して名誉毀損《きそん》罪であなたを刑事告発する準備を進めております。そういう無意味な訴訟を避けたいのであれば、御著書の出版は、即お取りやめになることをお勧めいたします。

私はこの手紙の警告を聞き入れる気はない。従って、『真犯人の貌　川口事件調査報告書』は、二〇一八年九月二十八日付けで出版されることになるだろう。

世間は私の本の内容に騒然とし、出版社には多くの意見が読者から寄せられることになるかも知れない。当然のことながら必ずしも好意的なものばかりではないはずだ。

しかし、檜山や浜中から、裁判も含むしかるべき反撃が本当にあるのかは、正直なところ、私にも分からなかった。

エピローグ

二〇一八年九月十七日午前一時過ぎ、八王子市川口町にある高圓寺で火災が発生した。その模様を、ある大手新聞の朝刊は以下のように伝えている。

十七日午前一時五分ころ、東京都八王子市川口町の住民から「高圓寺が燃えている」と一一九番通報があり、高圓寺の本堂及び住居棟など約一二〇〇平方メートルが全焼した。焼け跡から三人の遺体が見つかり、そのうちの一体は高圓寺住職の檜山洋介（56）さんと見られる。残りの二体は、若い男女で、今のところ身元は特定できていない。

本堂の西隣にある住居棟のリビングから出火したと見られるが、出火の原因は分かっていない。ただ、その日の午前中から檜山さんの娘と婚約者が高圓寺を訪ねており、警視庁は焼け跡に残された二体の遺体との関連を調べている。高圓寺裏の山林からは、三年前の二〇一五年に川口事件の被害者二名の遺体が発見されており、警視庁は今回の火災と川口事件との関連も含めて、慎重に捜査を進める模様。

おそらく、朝刊の締め切りにぎりぎり間に合った記事だったのだろう。基本的な事実以外はほとんど何も判明していない段階で書かれた記事であるのは、間違いない。

しかし、十七日の午後になると、テレビなどの報道機関は、ワイドショーの番組枠などを利用して、この火災について、詳細な報道を開始していた。ちょうど敬老の日に当たる休日だったが、月曜日だったためほとんどのテレビ局は、平日と同様のワイドショーやニュースバラエティー番組を放映していた。

当初身元の分からなかった二体の遺体は、檜山の娘の里葉と、その婚約者である、メキシコ系アメリカ人のカルロス・フェルナンデスであることも判明していた。十八日には迅速な司法解剖も行なわれたが、里葉もフェルナンデスもほとんど煙を吸い込んでおらず、二人が死亡後に火災が発生した可能性が高いという。それはとりもなおさず、この火災が殺人後の放火であることを意味していた。

実際、特に燃え方の激しかった住居棟リビングの床には油を撒いた跡が残っていた。里葉の首筋には紐状のもので絞めたときに生じる索条痕《さくじょうこん》が、フェルナンデスの後頭部には大きな鈍器で殴打されたような陥没痕が認められている。

私は呆然として、一日中、このニュースの各局報道を追っていた。私が知っている里葉の悲しげな顔が網膜から離れず、私は何度も首を横に振りながら、溜息を繰り返した。

どの局もとりあえず川口事件との関連にはあまり触れず、檜山が里葉とフェルナンデスの結婚に異常に反対していた事実を集中的に報道していた。ある局のワイドショーでは、顔を映さず、音声も変えた、高圓寺の檀家で檜山とも親しいとされる匿名の男性の音声が流れていた。

「まあ、その反対の仕方は一言で言えば、尋常ではなかったですね。この国際化の時代、留学した娘さんが海外から恋人を連れて戻ってくる話なんてざらにあるわけだから、それほどのことでもないと思うんだけどね。でも、彼には息子がいないから、里葉ちゃんと結婚することになる男に高圓寺を継がせたかったらしいですよ。だから、絶対に純粋な日本人しかダメだと言っていた。でも、私の印象だとそれは表向きの理由で、本音を言うと、日本人であろうと誰であろうと、結局、彼を納得させる里葉ちゃんの結婚相手なんかいなかったんじゃないでしょうかね。それだけ、里葉ちゃんに対する彼の愛情が深かったということですよ」

私にはこの証言者の言っていることの意味はよく理解できた。川口事件の周辺事情を詳しく知る私には、これは檜山が娘を永遠に自分のものにするために仕掛けた無理心中事件であるとしか思えなかった。

報道を通してでさえ、娘と婚約者に対する、檜山の強い殺意が伝わってきた。まず圧倒的に強力な鈍器で、力の強い男性を瞬時に打ち倒し、そのあとで力の弱いほうを殺す。セオリー通りのやり方だ。具体的に何の鈍器が使われたのかは分からないが、私は川口事件で使われた手斧を思い浮かべた。

　私はすぐにこの事件の取材を開始した。向井とも相談して、新しい情報を入れる場合は、発売日を若干後ろにずらすことも考えていた。

　だが、その後の取材で特に注目すべき事実が出てきたわけではない。表向きはよくある父と娘の愛憎によって生じた惨劇という解釈しか下しようがないのだ。警視庁の発表もまさにその通りで、娘の結婚に強く反対した檜山が娘と婚約者を殺害し、自らも自殺を図った放火殺人という見立てだった。公式には、川口事件との関連については何の警察発表もなく、記者会見を行なった警視庁の捜査一課長は、その点に関する記者団の執拗な質問攻めにも、沈黙でしか答えなかったという。

　檜山は、大量の睡眠薬を飲んだあとに、放火していた。ただ、ある捜査関係者の話では、里葉の体内からは男の体液が発見され、死亡直前に性行為があったことが認められたという。微妙なのは、フェルナンデスの死亡推定時刻は里葉より一時間程度早いため、その性行為の前に死亡していた可能性が高いというのだ。

　死亡推定時刻に多少の誤差が出るのは事実だが、反対する父親に結婚許可をもらいに行った二人が、里葉の実家で性行為を行なうとは考えにくい。だとすれば、それは一体誰の体液なのかというきわめて深刻な問題が起こってくるのだ。

おそらく、今後、医学的な見地から正しい結論が導き出されるだろうが、私の判断ではそれが公表される可能性はきわめて低いだろう。それにその情報は、川口事件の解決に必ずしも資するものではないはずだ。

私は向井と話をして、とりあえず二十八日の刊行は予定通り行なうことを確認し合った。この放火無理心中事件そのものは、川口事件の本質に関わるものではないという点でも、私たちの判断は一致していた。

ところが、発売日の一週間前になって、私の携帯に浜中から電話が入った。予想できたことなのに、何故か私は不意を衝かれた気分になった。

「また、やってくれましたね！」

浜中の第一声がこれだった。私の心臓に奇妙な疼痛が走った。

「どういう意味です？」

私の声は掠れ、上ずっていたに違いない。

「檜山さんたちを殺したのは、あなたですよ。これで何人目の犠牲者なのかという意味です」

特に気色ばんだわけでもない、落ち着いた声だ。しかし、ひどく無機質で冷徹にも響いた。

「何を言っているんですか！　あれは里葉さんの結婚を巡る親子間のトラブルが原因の事

件ですよ。川口事件とは直接的な関係はありません」

ようやく正気を取り戻した人間のように、私は声高《こわだか》に反論した。浜中のせせら笑う声が受話器の奥から微かに漏れてきたように思えた。

「表向きはそうでしょう。しかし、檜山さんをノイローゼ状態に追い込んだのはあなたですよ。川口事件に関する、あなたの、根拠のない、しかし執拗な追及で、彼は正常な判断力を失い、あんなとんでもないことをしでかしたんです。だから、檜山さんも里葉さんもフェルナンデスさんも、殺したのはやはりあなたなんです。今になって、川口事件の真相が分かりましたよ。真犯人はあなたなんです！」

馬鹿な。思わず嗤《わら》いたくなった。そうだとしたら、最高の出来映えの推理小説だろう。だが、私を犯人だと名指しする浜中の悪意は、得体の知れない不可視の細菌のように私の無防備な皮膚を通って、私の体内に毒素を撒き散らし始めたように見えた。その間、浜中の言葉は続いていた。

「正義のジャーナリストを気取りながら、あなたは次から次へと事件関係者を追い込み、川口事件を実際以上に、大きなものに見せることに成功したんです。その意味では、あなたが主役だったんです。偶発性の強い事件を、ある人間によって巧妙に仕組まれた計画的復讐劇に仕立て上げることに成功したんです」

これが、浜中の側からの先制攻撃なのか。しかし、一方的に言い立てられる気はなかった。私は反撃を開始した。

「あなたは、今でも檜山さんは事件と無関係だとお考えなんですか？　浜中さん、私はあなたは檜山さんに例のUSBが渡ったあたりから、檜山さんが事件に関与していることに気づいていたんじゃないかと思っているんですよ」

私は冷静さを取り戻して、静かな口調で言った。だが、浜中は私の反撃の芽を有無を言わせず摘み取ろうとするかのように、高飛車に言い放った。

「杉山さん、私はあなたのような人間と議論する気はまったくありません。ただ、これだけは言っておきます。御著書の発売はおやめになるべきだと思います」

「結局、それが言いたかったんですか？　警告には感謝しますが、発売させてもらいますよ。あなたが私との議論を拒否される以上、私は自分の本を通して、私の意見をあなたに伝えるしかない。今回の本には、あなたの弁護士活動の問題点、特に西洋画の贋作詐欺事件に関する――」

電話が切れる音が耳に響いた。既視感のある情景だった。達也の死に関して、浜中とやり合ったときのことを思い出した。だが、あのときは激しく対立しながらも、浜中の人権感覚にはある種の敬意を払っていたという点で、今とは根本的に違う。

私はもう一度向井に電話を掛け、善後策を協議した。その結果、発売日を延ばし、浜中との、この電話でのやり取りをエピローグとして、小冊子を本に挟み込むことにした。発売後に起こることについては、向井も覚悟を決めているようだった。

だが、私は向井と話し終えて携帯を切ったあと、奇妙な心境に陥っていた。この後に起こるかも知れない裁判も含めて、浜中のことなどどうでもよく思えてきたのだ。

浜中は所詮、川口事件とは直接には関係のない周縁的な人物に過ぎない。私の目に、死んでいった木村、富樫、達也、檜山の顔が走馬灯《そうまとう》のように流れていく。私は少なくとも川口事件に対する、彼らの関与の度合いについては、この本の中で、おおよその道筋は示したつもりだ。しかし、それで川口事件は完全に解明されたのかと訊かれると、私は沈黙で応えるしかない。

私の頭の中では、川口事件は、依然として未解決事件のファイルに収められたままである。

解説

鈴木《すずき》涼美《すずみ》（作家）

一見して目的や動機が把握し難《がた》い行為の後ろに、「異常」な人間の存在が浮かび上がり、荒唐《こうとう》無稽《むけい》に見えた事実関係が想像し得なかった形をしていることに気づく。映画化もされた人気作『クリーピー』を始めとする前川裕作品の大きな魅力のひとつにその「異常」で「不気味」で「怖い」人間の姿があることは間違いない。私もそうだが、夢中になって読むファンの多くはその「異常」さにぞっとすると同時に目が離せなくなる。そして何気なく生きている日常、その日常が組み込まれた街、毎日見ていると思っていた景色に実はいくつもの「異常」が紛れ込んでいる可能性に気づき、再びぞっとする。

個人的には後に『号泣』と改題された『愛しのシャロン』を読んだとき、はっきりとその感覚を味わった。歌舞伎町《かぶきちょう》の男装ホストクラブで働く若い女を中心に展開していく同作では、特に前半部で夜の街に棲む女たちのアンビバレントな気分が実に精細に描き出される。人の不幸が見ていられなくなったり、そのまま不幸になっていくのを見たくなったり、仲間意識と思っていたものが軽蔑にすげ替わったり、自虐的でありながら周囲を見下したり、微妙な心理バランスで生きる彼女たちが持つそういう気分は、かつて夜の街に棲みついていた私自身にも身に覚えがあるものだった。

歓楽街と前川作品は絶妙な相性で共鳴し合う。描かれる彼女たちがそうであるように、あるいは私自身がかつてそうだったように、一般的な社会から排除されがちな者をも引き寄せ、包み込むのが夜の街だからだろう。排除される者とは理解されない者であって、そうした者たちを私たちは「異常」と見做《みな》す。「異常」とは多くの人に理解できない欲望の形のことなのだ。私や私の周囲にあった小さな「異常」が作品の中で形を与えられていた。

『真犯人の貌《かお》』もまた読み進めるにしたがって、異常で不気味な人間の姿が見え隠れし出す。にわかには理解しがたい欲望やその欲望から連なる恨みや嫉妬、おぞましい事件の詳細も含めて、ぞっとするのに目が離せないという魅力は相変わらず存分に詰め込まれている。さらに、フリーのジャーナリストの視点で紡《つむ》がれるフェイク・ドキュメントという手法によって、では「正常」とは、「理解できる」とは、「解明する」とは一体どういう事態なのか、という一歩進んだ問いが投げかけられる。読者はいつの間にかその問いが作り出す深い沼に誘われていることに気づくのだ。

本作は十年前に起きた未解決事件を追うジャーナリスト杉山《すぎやま》の取材によって進んでいく。夫の実家に泊まっていた夫婦が血痕を残して失踪したその事件では、同じ家で寝ていた夫の実兄が逮捕されるが、死体が発見されないまま無罪判決を受ける。杉山が事件の翌年雑誌に連載した記事のみで構成される第一部では、事件について判明していることと残された謎、関係者の証言などが惜しみなく開示されるので、続く第二部、第三部もあたかも実際に起きて報道などでよく知っている事件についての骨太のノンフィクションを読んでいる気分のまま没入できる。

周囲の人物への広範囲な取材記事から、徐々に事件の実態がわかりかけた矢先、たった三回で連載は打ち切られてしまう。被害者夫婦が高校の教員だったことで関係者には未成年も含まれること、兄の無罪が確定していることなどの事情が重なり、人権的な問題があるとされたのだ。第二部からは連載中止後の独自取材の様子が杉山によって語られるが、関与をほのめかす関係者たちがいる一方で、その誰もが絶対に語らない一部があるため、真犯人の貌には長く靄《もや》がかかっている。死体の遺棄場所や主犯の名前が語られない中、杉山は関係者の人物像や過去を知るためにさらに取材範囲を広げていく。

家族、学校関係者、弁護士、夫婦の教え子たち、さらにその家族らがそれぞれ思惑や感情を抱えて語る。それぞれの証言が集まってくると被害者の夫婦と逮捕された兄の人格や関係性に輪郭《りんかく》や色がついていく。と同時に周辺の人物、語っている本人たちの人生も浮かび上がってくる。それぞれに事情があり、過去があり、怒りや欲望がある。語り手であり記事を執筆した杉山にも、また編集者や刑事にも当然思惑があり、怒りがあり、思い込みもある。信頼できる真実を見極めるのは難しい。あらゆる人物に複数の貌があり、印象や憶測は上書きされ続ける。関係者の死や思わぬ情報漏れなどに翻弄されながら、なかなかすっきりとした真相解明には至らず時間は経過していく。

　杉山は徐々に真相に近づいている手ごたえを感じてはいるが、語られないことや想像できない理由などが足りないピースとなって、真相という盤面には空白が残り続ける。杉山につられるように読者も、当初は足りない情報を探し、手掛かりを見つけ、大きな空白を少しずつ埋めていく作業に没頭するのだが、ある時点から、ピースと思っていた事実の欠片《かけら》をかき集めたところで空白がなくなることがないと思い当たる。パズルの盤面だと思っていた真実は多面的で可変で、完全に理解できる過去の真相などないはずなのだ。

　それでは、理解できないものを異常として不気味に感じ、機会があれば排除しようとするのは実に驕《おご》った態度なのではないか。他者の、あるいは世界の形を完全に理解することなどできないのであれば、異常と異常でないものの境目は極めて曖昧《あいまい》で、如何様《いかよう》にも変わるはずである。真犯人らしき人物の不気味さに慄《おのの》きながら、不気味と感じるこちらも問われ続ける。小説を読んでいる最中、あるいは読み終えた後ですらドキュメントと見紛うリアルさがあるのは、それを模した手法以上に、埋まるはずの空白が膨張し続けるような、すっきりとピースが埋まる感覚のない「真実」が、私たちの生きている現実とてもよく似ているからだろう。その現実の途方もなさ、「真実」という概念の残酷さを描いたことが、この作品の大きな到達のように思える。

複雑な思惑や欲望が絡《から》む川口事件の中で、女性読者として最も気になるのは、失踪した夫婦の妻である碧《みどり》の存在だ。事件の経緯を追っていく中で、碧の人柄や容姿、そして評判は大きな鍵のひとつとなる。杉山による連載記事の中で、夫の姉によって「美人であるだけでなく、大学時代は新体操の選手でしたから、体の均整もとれていて、女の私が見ても、ほれぼれするくらいでした」と語られるように、碧は人目を引く美しい顔と身体を持っている。過去を取材すると、夫との結婚前の学校での碧の評判、そして男性関係が詳《つまび》らかになっていき、事件の前にインターネットの掲示板で「碧先生を私刑《リンチ》する会」なんていうスレッドがたっていたことも判明する。複数の男性から言い寄られるような碧の結婚の経緯は事件後に週刊誌でネタにされるようにやや複雑であったこともわかっており、一部では「男好き」などという風評も書き立てられた。彼女の美貌は、無罪になった長兄を夫の姉が疑い続ける根拠のひとつでもあり、思わぬ関係者に疑惑が向くきっかけにもなり、事件の真相ともどうやら不可分なものである。女の性だけが注目されるのも、実際にそれが簡単に何かトラブルを引き起こすのも、私たちが生きる現実で見覚えのあるものだ。

人間の欲望は多様で理解し難く、時に異常さを伴って表出するが、こと性的欲望に関してはそれが口にされたり議論されたりすることが少ないだけに他者には想像し難く、底なしに多種多様で、また根深い。一時であれ性を売り物にする場所に身を置いた者として私も、心底そう実感する。人が何に興奮し、どんなことを妄想し、どんな衝動を抱えるのかは、風俗情報誌やポルノのウェブサイトでそのジャンルの幅広さを見るだけでも無限の可能性があることがわかる。さらに、何フェチであるとか何萌えであるとかいうことに始まり、好みや性癖、性的倒錯は本人であっても理解も制御もし難いのも事実だ。普段言語を介して論理で理解し合おうとする人間にとって、性は論理が全く捉えられない領域であるために、格別の聖域のようにも不気味な闇のようにも見える。あらゆる宗教が戒律やタブー意識を使って人の性的欲望に歯止めをかけてきた歴史を振り返れば、人がその無限に膨張する欲望をいかに恐れ、不気味に思っていたかは歴然としている。

そして現在のところ報告される性犯罪被害の圧倒的多数が女性に偏っている事実を鑑みると、女であるというだけで強制的に引き受けるリスクがあるのも否定し難い。この世界は想像を絶する形をした欲望をある日突然向けられる可能性に充ちている。ただし、被害者になりやすい性であるということは、すなわち純真無垢で無害な被害者でしかないということを意味しない。当然、女にも悪意があり、性的欲望があり、欠陥があり、過ちも愚かさもある。そして被害者に愚かな過去や性欲があると、なぜか世間はそれを重大な新事実のように受け取り動揺する。

前川作品に登場する女は歌舞伎町の女であれ、清純そうな体育教師であれ、とても生々しく、複雑で、リアルだ。だからこそ碧はちょっとした恋愛トラブルから容姿の特徴まで細かく世間に晒《さら》されるのだが、それが事件の真相と無関係でなく、むしろ実際に事件を紐解く鍵にもなる。そういう意味で女が引き受ける不幸は二重にも三重にもなり得る。碧は夫の実家で大人しく寝ていたところを事件に巻き込まれた。特段何かの引き金を引いた形跡はなく、強《し》いて言えば女に、そして美しい女に生まれたというだけなのである。それは残酷なことであり、受け入れ難いことであり、現実に即したことでもある。碧が押し付けられた不幸は、関係者によって語られる事件現場の凄惨《せいさん》さと相まって、重く荒々しい石のように私の中に残った。

＊この作品に登場する事件も人物も団体もすべて虚構であり、実在しません。
＊なお、本書に登場するローレンス・シラーに関する記述に関しては、Norman Mailer, *The Executioner's Song* (New York: Little, Brown, 1979) を参考にしました。

二〇一八年九月　光文社刊

光文社文庫

真《しん》犯《はん》人《にん》の貌《かお》
著者　前《まえ》川《かわ》　裕《ゆたか》

2024年1月20日　初版1刷発行

発行者　三宅貴久
印刷　萩原印刷
製本　ナショナル製本

発行所　株式会社　光文社
〒112-8011　東京都文京区音羽1-16-6
電話（03）5395-8147　編集部
8116　書籍販売部
8125　業務部

落丁本・乱丁本は業務部にご連絡くだされば、お取替えいたします。
ISBN978-4-334-10187-9　Printed in Japan

組版　萩原印刷